中国多民族作家作品系列

石一宁 主编

石一宁 著

《文学评论集》

文学经验：探索与言说

Gvangjsih Minzcuz Cuzbanjse
广西民族出版社

作者简介

石一宁，壮族。毕业于中山大学中文系。著有文学研究专著《吴浊流：面对新语境》、文学评论集《走向文学新天地》《民族文学：现场与思考》、散文集《薄暮时分》《湖神回来了》《履痕心绪》、传记文学《丰子恺与读书》。另发表文艺评论和各类体裁文学作品多篇。传记文学《丰子恺与读书》获第十二届中国图书奖。曾任《文艺报》副总编辑。现为中国作家协会全国委员会委员，《民族文学》主编、二级编审，中国少数民族作家学会副会长。

现实主义文学的两个层面（代序）

现实主义文学，是改革开放40多年来中国文坛的主流。加强现实题材创作的提倡，再次凸显现实主义文学的重要性。

诚然，现实题材与现实主义并不能画等号，但是以现实主义的手法创作现实题材作品，是当下大多数中国作家的选择。那么，现实主义文学这一概念，是否所有自诩为现实主义创作的作家都理解透彻了呢？答案恐怕是否定的。有“高原”缺“高峰”，现实主义高峰之作的缺乏，就是一个明证。

现实主义文学应包含两个层面，即现实主义精神和现实主义创作方法，这是互相关联但又有分别的两个层面。

现实主义精神首先是一种真实性，一种对现实的忠实、客观的观照和把握。所谓忠实和客观，不仅是指对现实的外表，更是对其内涵、意义和本质的领会与依循。现实主义精神是一种形而上的精神，是文学的哲学。而现实主义创作方法，是按照生活的本来样貌来表现生活、塑造人物的一种写作手法，它强调细节的真实和典型环境中典型人物的塑造。现实主义创作方法是形而下的技巧，是操作和应用层面的。一部现实主义作品，必定是在现实主义精神指引下，以现实主义创作方法创造的。但是，现实主义精神与现实主义创作方法不存在孰主孰次、孰重孰轻的问题，优秀的现实主义作品，是现实主义精神与现实主义创作方法融合无间、相辅相成、相得益彰的。这就是现实主义经典理论家所说的不应为了观念的东西而忘掉现实主义的东西，不应为了席勒而忘掉莎士比亚。

作为一种文学的哲学，现实主义精神不独存在于现实主义作品中，还可能存在于非现实主义（如浪漫主义）的作品中。茅盾认为，盘古开天、夸父追日、嫦娥奔月等中国远古神话就内含着一种“神话的现实主义”，因为这些神话不认为宇宙间有全能的主宰，而认为人是宇宙间的主宰，是一种现实的真实反映。这些神话正是《诗经》等文学史上的早期作品所表现的人道主义和现实主义精神的渊源。

现实主义文学，首先要求作家养成现实主义精神。缺乏现实主义精神的作家，创作不出现实主义的作品；现实主义精神不充足的作家，创作出的作品的现实主义自然是虚弱的。现实主义精神，既是一种视野，也是一种能力，更是一种勇气。

现实主义的真实性，不是对生活真实的简单复写和再现。首先，复写和完全再现生活真实事实上是不可能的。法国存在主义哲学家、作家萨特曾详细论述写作对现实与人生的“介入”性质。“介入”文学可以是一种现实主义文学或具有现实主义文学品格，但萨特对现实主义评价不高甚至不予认同，他认为，现实主义由于相信能够对现实做出公正的描绘而成为一种谬误。因为现实不可能被公正地描绘——既然连知觉本身都是不公正的，那么只要人们叫出对象的名字，对象就已经被改变。萨特认为，语言也是一种行动方式，当一个人的行为被人评论后，他就不得不面临两种抉择：或者固执地继续这一行为，明知故犯；或者放弃。对象“失去了自己的无邪性质”，这两种情况都是一种改变。其实，萨特所说的只是一种对于现实主义的理解，这种理解将现实主义等同于对现实的刻板复印和摹写。其次，现实主义的真实性，是一种建立于生活真实基础上的艺术真实，是经过了典型化的处理从而抵达生活本质的真实。

当下现实题材创作的许多误区，正是源于对真实性的误解。在关于当下农村生活的创作中，这一问题尤其明显。在一些作家的笔下，当下中国农村尽是田园荒芜，老弱病残，一片凄凉，作品的基调是悲愁、绝望乃至愤怒。不能说其中没有作者耳闻目睹的真实，也不能说作者没有写出细节的真实，但也仅此而已。这些作品中，无论是环境描写还是人物塑造，都没有让人看到典型化处理的努力。现实主义固然要写真实，要摒弃瞒和骗，然而，现实主义的真实不是表面的、片面的真实，而是本质的、完整的真实。现实主义对真实的现象要知其然，还应探索其所以然。当下中国农村的变迁，具有深刻的历史和现实的原因。中国正在进行的现代化建设，导致大量农村剩余劳动力向城镇转移，这是世界范围内一种不以人的意志为转移的发展趋势。当作家描写当下农村的种种阵痛和弊端时，只有结合这一时代背景和发展趋势进行思考，才能客观地、不失偏颇地描写出真实的当下农村的生活。

当下现实主义创作的另一个误区，是没有把作家对典型人物的塑造提到应有的重视高度。21世纪文学的人物画廊里，性格鲜明、令人难忘的人物形象十分稀缺。淡化故事、淡化情节、淡化人物，或许可以成为其他流派的创作方法，然而，现实主义文学对此应该保持警惕，应该与之保持距离。

现实主义文学要自觉地区别于别种流派，坚守现实主义创作方法的质的规定性，但不应拒绝借鉴他山之石。现实主义文学发展史表明，现实主义源远流长，然而它又不是一成不变的固定模式。实际上，一时代有一时代的文学，一时代有一时代的现实主义，后时代的现实主义文学，总是在继承前时代同流派文学传统的基础上，同时借鉴吸收历史的和当代的一切文学流派的经验和技巧，形成现实主义的崭新风貌。不断发展，与时俱进，这是现实主义文学永葆青春和蓬勃生命力的关键所在。

原载《长篇小说选刊》2018年第5期

目录

第一辑

“家”的真实与虚幻

——关于海飞长篇小说《回家》

在抗日战争题材作品中，海飞的长篇小说《回家》(浙江文艺出版社2014年3月出版)有其鲜明和突出的独到之处。

中国人民抗日战争是世界反法西斯战争的重要组成部分，迄今为止，表现这场伟大而艰苦卓绝的战争的文艺作品不是多了，而是还远远不够。尤其是表现这场战争的思想深刻、艺术精良的作品还远远不够，需要一代代作家从不同的角度、不同的层面去反映、还原和揭示这场战争复杂的内涵与本质。但毕竟之前已有了相当一批同类题材的作品，这就给今天的作家尤其是年轻作家创作的超越带来一定的难度。

《回家》的特别之处首先在于其平民视角。小说的正面人物中，职务最高的是国民党军队某部三十五团团长张国忠，他很早就阵亡了。主要人物陈岭北，在新四军里没有军官职务，黄灿灿在国民党军队中只是个连长。而且无论是新四军还是国民党军队的这些伤兵，与其说他们是军人，不如说他们是穿着军装的平民。他们不是通常同类题材作品中的类似人物，他们最初是以平民的眼光来看待战争包括抗日战争的。当兵并非他们的本愿，打仗更不是他们的所想。他们在战场上无论是打输了还是打赢了，想的都是回家，想回到家中成家生子，与亲人永远厮守。他们没有什么崇高理想和远大抱负，他们的愿望很卑微、很平凡，那就是远离战争的硝烟，远离人杀人的战场，回到家中做一个平常人，过平常人的日子。甚至被俘的日本士兵香河正男，也是这样的想法。应该说，这种平民视角显得更真实，也更有新意。

其次，作者以“回家”为主题来写这部作品和描绘作品中的大多数人物。几乎所有正面人物都想早早回家，仗没打完也没关系，侵略者还没被赶走也没关系，任何事情都阻挡不了回家的念头。实际上，“家”在他们的心目中已不是通常的意义，它已成为一种形而上的东西，成为一种既是肉身的也是精神的归宿的象征。家就是和平，家就是真善美，家就是最理想的人性。然而，在战争年代，在侵略者用炮火和铁蹄说话的岁月，这样的家是虚幻的，因而实际上是不存在的。战争用残酷的事实驱除了陈岭北和他带领的伤兵们心头的梦幻：当陈岭北回到朝思暮想的家时，家已沦为断壁残垣，他念念不忘要娶之为妻的嫂子棉花已因被日兵糟蹋愤而跳潭自尽……梦幻破灭之后的“陈岭北们”终于惊醒，他们这支杂牌队伍没有一个人再想回家，而是一起到南通加入新四军，继续接受战火的考验和洗礼。

从一门心思、不管不顾甚至当逃兵被枪毙也要回家，到家已幻灭因而重新走上枪林弹雨的战场，这是一种内心的、精神的成长。抗日战争的伟大之处，正是在于它使无数中国人摆脱了一盘散沙的浑噩状态，集结在争取民族解放的旗帜之下，在与侵略者的浴血战斗中获得了内心的、灵魂的、精神的成长。这部作品通过对“回家”的肯定与否定，对“家”的赋魅与祛魅，十分巧妙地揭示了中国人的这种成长历程。小说最后的“附录”所交代的书中人物的结局，比如在“文化大革命”中陈岭北被批斗并被打断双腿，柳春芽被送进“牛棚”，亦颇有意味，可谓对“回家”这一意念的再度冲击。

这部小说的另一独特性，在于以细小的点来折射宏大的面，通过描写四明镇这么一个弹丸之地上的人物与战事，映照出全民抗战这一中国人民抗日战争的伟大而又悲壮的全景。国共两党，男女老少，军人、百姓、土匪乃至日本被俘士兵，结成反抗侵略者的统一战线。作品也描写了不同党派和阵营人物的矛盾冲突，还描写了为国家民族而大义灭亲的壮举。全民族共同抗战的历史画卷不是概念地而是形象地，不是刻板地而是生动地在小说中呈现。换言之，《回家》这部作品的艺术概括力相当强大。

这部小说的叙事十分自由，时空随意变换且游刃有余。叙述视角既可以是每一个人物的，也可以是动物的。叙事的灵动使得这部作品在艺术上颇为标新立异。但它在价值观方面仍严守着底线，不像有些同类题材的作品，在炫耀才气的同时颠覆了国人的某些历史共识和基本价值观。阅读《回家》，让人在感受着一种自由叙事的同时，也感受着一种庄重的思想，尽管这种思想是深藏着的。

原载《文艺报》2014 年 5 月 30 日

草原，不只有牧歌

——索南才让小说集《德州商店》序

索南才让是近年崭露头角的蒙古族青年作家。青海省海北藏族自治州托勒草原是他的出生地和成长地。

索南才让的小说，颇给人一种陌生感。他的小说，大都以草原生活为题材。草原文学固然不是新鲜的文学品种，但在索南才让的笔下，此草原不是彼草原，是属于他自己的生活经历和内心体验所观照的一片天地。

索南才让著有中短篇小说集《存在的丰饶》《我是牧马人》和长篇小说《野色失痕》《小牧马人》，曾获第六届青海青年文学奖、青海省“五个一工程”奖，他上过鲁迅文学院高研班，加入了中国作家协会。对一位1985年出生的作家来说，这样的写作成绩单还是很漂亮的。但没人能想到，这份成绩单的主人只接受过四年的正规学校教育，学历是小学肄业。有篇报道说，索南才让十二岁即辍学回家放牧，父亲郑重地将一匹怀孕九个月的白色母马连同家里的羊群交给了他，交给了这个七岁就会骑马的草原新一代。父亲对他说，好好照看羊群和这匹母马，母马生下的小马驹就归他了。诚然，学历不等于一个人真正的知识水平，学者化也不见得是所有作家的必要条件和必由之路，但在大学普遍扩招，甚至博士学历已不稀罕的当下，没人能否认成为一个作家也是需要相当的文化知识的。索南才让真正的文化程度当然不止于小学肄业，他的文学知识来自刻苦自学。他对文学作品的阅读，是从武侠小说开始的。对索南才让来说，武侠小说放飞了他的想象力，使他看到了比草原更辽阔的远方。他变得爱读书了，想尽各种办法借书，求父亲带他到县城买书、租书。从武侠小说到天文、历史、地理、神话传说，他读的书越来越多、越来越杂。读书自学为索南才让日后的写作提供了必要的知识准备。然而，这种自学与同龄人所接受的正规学校教育还是有所区别的，这或许使索南才让的成长过程缺少了什么，但另一方面，这或许也是他能写出别具一格的小说的一大因由。正式文学教育的欠缺使他的写作少了一些传统的规训和套路，而多了一些野性和朴拙，有一种脱俗的品质。

对一个作家来说，读书和天赋、勤奋并不是成功的全部要诀。文学的成就，还需要厚实的生活体验。读万卷书，还要行万里路。索南才让的生活轨迹颇为“歪打正着”地造就了他的写作。他十四岁即外出打工，做过小工、餐厅服务员、兽医、保安、铁道工……首都北京是他好几年的打工之地。这些经历在使人品尝人生的辛酸苦辣的同时，也拓展着一个人的视野，磨炼着一个人的心志。丰富的生活阅历，使索南才让的创作根基沉稳和厚实，让他的小说世界虚构与真实水乳交融。

索南才让小说里的草原生活图景使人印象深刻，因为他写出了一种内在的真实——生活的，人的。他笔下的草原，不只有牧歌，更有人生百态和人性善恶。《德州往事》和《对手》这两篇小说，分别发表于《民族文学》2017年第11期和2019年第5期。《德州往事》里，正处于青春年岁的主人公“我”与父亲外出收拾羊粪，在东家、父亲的熟人登知布家住下干活。“我”和登知布时而正常时而疯傻的女儿花姆产生了男女之情，最终“我”服从了这一“如同命中的囚牢压住我，使我难以反抗”的宿命，正式娶了花姆。小说将草原生活的粗粝与温情、艰难与顺命颇为自然地调和在一起。《对手》里的主人公阿云德，因随意扔烟头引起草场火灾。但他内心里一直在百般否认这一事实的恐慌和烦恼中挣扎，甚而诬告同村伙伴东珠是纵火嫌犯……作品揭示了人性的幽微。而《屠宰客》里，为了帮主人公“我”退掉婚约，“我”的师父付出了生命的代价。《德州商店》里，已经成人并已娶妻成家的主人公罗布藏从周围人的议论中，得知兽医邻居格日勒竟然是自己的亲生父亲。《秦格巴特的阳光》里，女牧民拉毛不喜别人进出她家的草场，竟把脏内裤扔进建在她家草场供同村人饮用的蓄水池里……索南才让的小说，把人物命运的悲喜剧和生活的荒诞不无残酷地呈现给读者，颇具一种黑色幽默般的艺术效果。

索南才让的小说色调偏冷，他不是很想去给故事缀上一条光明的尾巴。这是一种文学个性的选择，索南才让或许认为他写出了自己生活于其中的真实的草原。但善与恶、美与丑的斗争从来都是推动人类生活前进的动力，何况再真实的小说也是一种想象和虚构。对善与美的更多发现，对草原春暖花开的稍加留意，是我对索南才让未来创作的一个期待。

是为序。

2020 年 11 月 16 日于北京海淀区

观照儿童世界的特殊视角

——关于鲍尔吉·原野长篇儿童小说《乌兰牧骑的孩子》

如果说好的儿童文学一定是既吸引儿童也吸引成人的话，那么鲍尔吉·原野的长篇儿童小说《乌兰牧骑的孩子》可谓臻此境界。

儿童文学的读者是儿童，作品要引起儿童的阅读兴趣，切合儿童的欣赏趣味，这就要求作者保有童心童趣。儿童文学作品如果要吸引成年人，就要寻找能打动成年读者的写作元素。鲍尔吉·原野找到了这两者的结合点，亦即讲述故事的特殊视角。这部小说的主人公是孩子，然而，孩子前面是有定语的，这个定语是“乌兰牧骑”。乌兰牧骑是成年人的文艺组织，是成年人的艺术实践。乌兰牧骑，蒙古语原意为“红色的嫩芽”，意为红色文化工作队。1957年，乌兰牧骑诞生在内蒙古自治区锡林郭勒盟苏尼特右旗，之后在内蒙古草原上成立了一支支乌兰牧骑。乌兰牧骑还先后赴欧美和亚洲多个国家访问演出。半个多世纪的创作实践，使乌兰牧骑涌现出许多优秀剧目和一大批优秀人才。毛泽东3次、周恩来12次接见乌兰牧骑队员，邓小平、江泽民为乌兰牧骑题过词。2017年，习近平总书记给苏尼特右旗乌兰牧骑队员回信，勉励乌兰牧骑在新时代努力创作更多接地气、传得开、留得下的优秀作品，永远做草原上的“红色文艺轻骑兵”。“乌兰牧骑”这一词语在某种程度上可说是家喻户晓，但在除内蒙古外的地方，真正了解乌兰牧骑的读者恐怕不太多。因此对许多成年读者而言，这部小说首先具有一种认识价值。作品里，乌兰牧骑的演出地点、内容、形式令人大开眼界，按摩、理发、干牧活……乌兰牧骑队员的一专多能让人惊叹。“一个老牧民走上台去拍了拍丹巴的肩膀，说了好多话，估计是表扬他的话。但丹巴正在唱歌，所以没听到这些话。还有一个牧民上台送给丹巴两个香瓜，丹巴双手举在空中，不能拿香瓜，牧民把香瓜塞进他蒙古袍的大襟里。还有一个牧民用手端着一袋点燃的烟袋锅，上台送给丹巴吸……”一个老奶奶自己赶牛车早上四点钟出发，走了十多个小时来到演出地点，但她对乌兰牧骑队员们说：“我不看演出，我是来看看你们的……”文艺与生活如此之贴近，文艺与人民如此之水乳交融，令人感动，使人深受启迪。

对儿童读者来说，这部作品具有多重内涵的教育意义。

乌兰牧骑这一文艺组织抑或队员们戏里戏外的表现，对作品主人公铁木耳和他的小伙伴们是一种言传身教，也是一种浸润式教育，因为他们在某种程度上也有意或无意地参与了乌兰牧骑的演出和服务活动。乌兰牧骑给予了他们红色的基因，在他们的心中播下了红色的种子。他们从参与为牧民演出、教牧民识字、发现侵华日军遗留的弹药库等行动中感受到了人生的神圣与庄严、责任与使命。铁木耳和小伙伴们的红色经历，对儿童读者无疑也是一种感染和感召。

《乌兰牧骑的孩子》地域特色鲜明，民族文化特色浓郁。草原、繁花、沙漠、牧群、野生动物、蒙古族民间故事、马头琴、长调……阅读小说，读者如同置身于辽阔壮美的内蒙古大草原，感受着蒙古族和其他民族斑斓多彩的文化风情。儿童文学的美育与怡情作用在小说中得到充分体现，民族文化的传承亦在这种美好明媚的情境中不知不觉地进行着。没有生硬与不适，而是妥帖和自然。

少数民族题材文学和儿童文学容易陷入的一个误区是景观化。题材所具有的差异性与民族性特色优势，在有的作者手中没能得到恰当地和最大值地利用，而是止步于形与色或力与美的展示。鲍尔吉·原野的这部小说从民族特色深入人物的性格、人物的内心，抵达蒙古族的民族特质。铁木耳和五个小伙伴是在民族文化的濡染中生长的，民族文化不仅赋予他们外在的特征，也陶铸着他们的品质。儿童是纯真的，但民族精神的养成更多地依靠后天的教育和传承。小说中，在父母一辈的教导下，铁木耳和小伙伴们知道了什么是真正的诚实和勇敢，知道了只有掌握过硬的本领才能更好地帮助他人。他们在克服虚荣心和嫉妒心中得到成长，在险境和挫折中不断获得人生的智慧。草原和民族文化在锤炼和呵护他们的成长，小说小主人公的形象因而也是一种民族心理和性格的凝聚。

这又是一部讲述对大自然的热爱的书。辽阔的草原是大自然的一种美丽神奇的展现。如诗如画的大草原，千百年来滋养着蒙古族人民；而蒙古族人民对草原和草原上的一切生灵也怀着虔敬和爱心。小说中，铁木耳和伙伴们也从父辈身上继承了对大自然、对草原上的动物和植物的热爱。草原上的这些人们敬信长生天，淡定面对日出月落、风霜雪雨，以同理心和同情心对待动物和植物。无论是喜鹊，还是蛇、狼，都被当作大千世界的一分子予以善待。蒙古族当代儿童文学也出现过以爱护动物为主题的作品，如毕力工的小说《一颗爱鸟的心》，描写蒙古族小学生爱护各种小鸟，并立志长大后要当鸟类专家的故事。鲍尔吉·原野的这部小说虽然是新作，但故事发生的时间是1965年，这一时间设置或许跟作者的经历有关，但在这个时间发生的热爱大自然、爱护动植物的故事，也是在向读者昭示蒙古族一种传承久远的民族性格和传统美德。

作为一部儿童小说，《乌兰牧骑的孩子》也有一些浪漫主义的笔法，但它整体上是一部现实主义作品，尤其在主人公铁木耳的塑造上，体现了一种现实主义精神和现实主义创作方法。铁木耳有助人为乐、为牧民服务的热心，是一个品质优秀的孩子，但也有大意、虚荣和妒忌心理这样一些缺点，作者对主人公并没有拔高塑造，没有将主人公“英雄化”，而是紧扣未成年人的身心正处于发育成长时期的特点，建构人物形象及其艺术世界。呈现在读者面前的铁木耳和他的小伙伴们，是可亲、可爱和可信的儿童形象。

这部作品的语言优美、明净、风趣，熔铸了作者散文创作的优势，如：“人走在沙漠上，流沙急速抱住你的脚，好像早就盼着这一天，知道你的脚要走到这里来。沙子钻进鞋里，和你的脚趾捉迷藏，这多有意思。”“蓝天不光蓝，上面还有丝绵般的小云朵。这些小白云蛋子在蓝天上走得很慢，好像在俯瞰沙漠上有什么东西。实际上，沙漠除了沙子什么都没有，它空寂、干净。但仔细观察，沙漠也有生机。蜥蜴从沙漠的斜坡上唰唰爬过去，它的小脚和尾巴踢落一些沙子。蜥蜴钻到沙子里面又去了哪里？没人知道这些事情。”这些语言以儿童为接受对象，充满童趣；而其中也蕴含机智，成人读来也有一种愉悦的精神享受。语言的韵味增加了这部小说的魅力。

2021 年 9 月

新时代现实主义文学的新变

——以王华发表于《民族文学》的小说为例

王华是一位创作勤奋、卓有成就的高产作家，著有《桥溪庄》《傩赐》《家园》、《花河》《花村》《花城》三部曲和《大娄山》等长篇小说和多篇中短篇小说。作为一位仡佬族作家，她深深扎根于贵州山乡，致力于表现21世纪以来尤其是新时代贵州大地的历史性变迁与百姓喜怒哀乐中透现的人性幽微。王华近年来发表于《民族文学》杂志的《大娄山》《在路上》《陈泊水的救赎之路》《生计以外》等长篇小说和中短篇小说，以现实主义的精神与手法观照和叙写时代生活，思想性与艺术表达达到了相当的高度与深度，呈现了新时代现实主义文学的新变。

现实主义文学是当代中国文学的主潮。现实主义这一概念的命名在当代中国亦是几经变化，“十七年”时期和“文化大革命”期间的社会主义现实主义、革命现实主义，改革开放历史新时期的启蒙现实主义、生存现实主义、新现实主义等等，分别对应着不同年代的社会历史条件和意识形态语境。21世纪的现实主义文学，已不再贴各种前缀与标签，历经半个多世纪的坎坷历程，已将现代主义、后现代主义等欧风美雨吐纳消化的中国现实主义文学，如同一条巨大的河流，气度雍容地在大地上奔流。

进入新时代，现实主义文学呈现愈来愈强劲的态势。“新时代以来，中国当代文学在乡土题材、知识分子题材、工业题材、时间叙事、空间叙事等不同维度，创造出了具有鲜明现实主义风格的、具有深刻思想魅力和强大艺术感染力的文学精品力作。”①张丽军发表于《文艺报》的《新时代中国现实主义文学力作面面观》一文中，分别从乡土、知识分子、工业、“到世界去”与家族等题材叙事概括和论评新时代中国现实主义文学在五个方面的呈现，其中虽然对乡土题材叙事有“新乡土现实主义”之说，但只是一笔提过，显然并不准备为新时代中国现实主义文学重新命名。然而，现实主义确实是新时代中国文学最亮眼、最浓重的色彩，最深刻、最深厚的底蕴。现实主义之所以仍然是新时代中国文学无可替代的选择，吴义勤认为：“首先，现实主义文学是帮助我们认

① 张丽军：《新时代中国现实主义文学力作面面观》，《文艺报》2019年11月4日，第4版。

识自己所处时代的特殊视角和重要工具，是它让我们获得了对于现实身在其中又出乎其外的能力，是它提供了超越‘不识庐山真面目，只缘身在此山中’之迷茫的可能。其次，现实主义是最能唤起我们审美共鸣与价值认同的文学形态。现实主义在中国的兴盛既是中国特定的时代需要决定的，同时又是中国主流文学观念和审美心理主动选择的结果。”[①]王华近年发表于《民族文学》的作品，显示了她对现实主义把握现实又给人以超越现实的可能性的深刻认识，对现实主义与读者的审美趣味、审美共鸣之间关系的切实理解，从而产生以现实主义视角与手法认识新时代、表现新时代的自觉。

从宏观的视野来看，新时代是中国人民为实现中华民族伟大复兴的中国梦而同心协力奋斗的时代。新时代的中国也面临着新的挑战，我国社会的主要矛盾转化为人民日益增长的美好生活需要和不平衡不充分的发展之间的矛盾。作为世界第二大经济体，新时代的中国展现出了新的活力、新的风貌和新的气象，新时代的中国也处在由“最大世界工厂”向“最大世界市场”转变的艰难途程中。新的生活、新的矛盾、新的人物和新的情感，是新时代中国现实主义文学所必须面对并致力于发现与表现的客观对象。王华的上述小说敏锐地洞察并获取了新时代现实主义文学的新质。

---

① 付秀莹主编《新时代与现实主义》，作家出版社，2019，第10–11页。

一、多棱面地表现新时代现实生活

新时代的现实是广阔的，广阔的现实召唤着现实主义作家。王华是一位敏锐地感应现实生活、积极地回应现实呼唤的作家。8万字的中篇小说《在路上》(《民族文学》2018年第1期）和长篇小说《大娄山》(《民族文学》2021年第7期），展陈的是贵州少数民族地区扶贫脱贫、发展经济、加速迈向现代化的悲壮而雄浑的图卷。

《在路上》的主人公谢奋进当上了县委常委、工业园区管委会副主任。尽管在他还只是个县委办主任的时候，老实巴交的农民父亲就说“可以了可以了”，但他总觉得凭着送走了三任书记的资历自己才成为县委常委，而且仅让他管离县城十公里的地方，只有一块被挖烂了的平地，厂房和客商都还没有的空空如也的工业园区，心头的失落和不满未免难以填补。但职责所在使他没有更多的时间抒发幽怨委屈，工业园区的拆迁户、钉子户，赴深圳招商引资等等，需要他斗智斗勇、巧于周旋。为了争取企业到珍州工业园区落户，不能喝酒的他为了“一杯一百万”甚至差点丧命。在谢奋进和县委、县政府班子的努力下，三家吉他制造企业落户珍州工业园区，并吸收相当部分精准扶贫对象进厂做工。谢奋进为了实现自己所憧憬的通过发展工业实现全县脱贫，并把珍州工业园区建成“中国第一吉他村”(县委书记曾为民加码提出建成“世界第一吉他生产基地”)的目标，他一次次地将个人荣辱得失和家庭生活的苦恼置之脑后，拎着装有出差用品的环保袋匆匆上路，“在路上”成为他的生活常态。

长篇小说《大娄山》是献给扶贫一线上牺牲者的作品。有8万贫困人口的国家级贫困县娄山县面临着在建党节前必须“摘帽”的艰巨任务。新任县委书记、代县长、县脱贫攻坚指挥部总指挥的姜国良深感压力巨大。他走访深度贫困村，带领基层扶贫干部因地制宜、因人施策解决脱贫难题。他解救落入传销团伙的智力障碍少年，做通不符合条件却一门心思想当“贫困户”获取住房救助的村民工作，解决留守村里的阿妈们的就业问题并帮助她们治疗妇科病，将因非法开采金矿几乎被掏空、已不适宜人居的月亮山村整村搬迁到娄山县最大的移民新村——金山社区……姜国良更大的手笔，是倾注大量心血培育出优质肉羊产品娄山羊。娄山羊是经杂交改良的杂交羊。饲养杂交肉羊的农户，平均年收入达3万元以上；饲养胚胎移植纯种种羊的农户，最高年收入可达35万元。此外，运用新西兰先进的草地建植和管理技术种植适合南方草山薄土层的改良版皇竹草，当年即可形成地被覆盖，减少泥土冲刷量77%~90%，第二年即可杜绝水土流失。石漠化比较严重的大娄山，石漠化趋势将可得到有效遏制，生态环境将明显改善……在这种与贫困的苦苦缠斗中，花河镇碧痕村风华正茂的第一书记娄娄、为追求娄娄而来当扶贫干部的周皓宇、原副县长陈晓波、花河镇镇长李春光、月亮山村第一书记王秀林先后牺牲了。而在最大的一次娄山羊出口贸易将要交接、养殖大户们正从四面八方赶着羊应约而来之时，姜国良被送进了医院……

《在路上》《大娄山》打开了新时代社会生活波澜壮阔的画卷，直面新时代现实的“典型环境”，直笔呈现时代精神。两部作品体现了作者对“每一部小说都描写一个时代”[①]这一现实主义文学的旨意与抱负的追求。

中篇小说《生计以外》(《民族文学》2015年第11期)是农民工题材作品。小说讲述主人公高经济及其父亲高社会这对农民工父子进城打工的经历。父子俩各有各的奇遇。高经济看不上父亲的建筑工工作，自己找到快递公司跑快递。城市生活、城里人的生活让他十分好奇并对他产生巨大的诱惑。遇到客户到外地出差的情况，他即利用曾学过的开锁技术，偷偷进入客户住宅体验一把城里人的生活。他吃住在客户的家里，扮演想象中的客户角色在日常生活中的样子。即使曾被人发现报警进过派出所，他仍然无法彻底遏制这样的冲动。在给女客户鲁拉拉送包裹时，他故伎重演。鲁拉拉是一个贪官的“小三”，贪官被查处，原配带娘家兄弟逼迫鲁拉拉交出钱和房产证，未果便要侮辱鲁拉拉，被高经济救下。鲁拉拉提出要与高经济结婚，两人第二天就办理了结婚证。接着鲁拉拉在房产证上加上了高经济的名字，而且将其放在自己名字之前。高社会则在工地上与进城在家政公司谋事的刘小珍同居，而且工地上同类情形并不少。刘小珍要求高社

---

① 巴尔扎克：《〈人间喜剧〉前言》(1842年)，转引自北京师范大学中文系文艺理论教研室编《文学理论学习参考资料》(下)，春风文艺出版社，1982，第536页。

会离婚娶她，高社会不愿离婚也不想刘小珍离开他。故事结局是鲁拉拉的贪官情人“很快就能出来”了，贪官指使其“影子”分别潜入鲁拉拉和他的另一个情人已卖掉的房子，取走藏在床垫里的大笔赃款。深受刺激的鲁拉拉不辞而别，并偷偷将房子卖了，交易时出示了丈夫高经济的“死亡证明”。房子的新主人报警将高经济送进派出所。高社会到派出所领出儿子。此时刘小珍亦离开了高社会，高社会幻想着还能遇上一个愿意跟他“搭伙”的女人，同时也觉得儿子好可怜。

《生计以外》在对农民工题材的处理上展现出新的开掘。小说不再是同类题材作品中常见的苦难叙事或励志书写。这是一出有着怪诞喜剧包装的悲剧，或是一出悲剧套入的喜剧。令人啼笑皆非的情节揭示的是随着经济和社会发展衍生的现实生活的变异，其中有腐败之风对社会和人心的毒化污染，也有环境的改变对底层人群伦理道德观念的冲击与重塑。

中篇小说《陈泊水的救赎之路》(《民族文学》2017年第1期）则更注重表现内在的、精神的现实。小说主人公陈泊水本是一个普通的农民，但在72岁这年的秋天，由于内心的不安从渐变转为突变，他不再普通了。他将自己存了15年的存折送给同村的女人黄秀容。在旁人看来，这是老年痴呆者才有的莫名其妙之举。但陈泊水为此而心安。原来陈泊水在“文化大革命”期间是造反派，揪斗“黑五类”甚为积极，“地主狗崽”黄秀容经常被迫与她的“地主婆”母亲陪斗。陈泊水在每次批斗会都烧红铧铁，第一个强迫“黑五类”在烧红的铧铁上下跪，还想出用谷草浸了大粪让被批斗者衔的损招。甚而至于，12岁的黄秀容被他诱奸……在生命的黄昏即将深入黑夜之时，陈泊水想赎回他的罪过。然而，黄秀容不接受陈泊水的忏悔。而且陈泊水此举将两人的秘密公开了，等于是对她的二次伤害。因此她拒收存折，声称陈泊水所说的并非事实。陈泊水最后认为唯一的赎罪办法是去派出所自首，但一个老年痴呆症患者并无指证之受害者的自首，不可能被受理。认了死理的陈泊水天天去派出所"报到"，不让进办公室就待在门外，等候他想要的"逮捕令"。秋尽冬来，步履在风雨中蹒跚，胡子被霜雪染得更白，但他仍然在等……

《陈泊水的救赎之路》所揭示的这种普通人、小人物的内心生活在新时代到来之前是不大可能出现的，因为"陈泊水们"对"文化大革命"的反思不仅只有在"文化大革命"结束后才成为可能，而且多半只会在生命进入倒计时时才会付诸落实。底层人物的心理现实、精神现实，以往的文学创作多是或昧于发现，或不屑一顾。王华的目光能投注到"陈泊水们"这一与"文化大革命"有密切关系的底层人物群体的生活中，进而以陈泊水这一人物为代表，描绘他们平静外表下备受熬煎的内心世界，何等锐敏、何等深思方能至之。

二、多视角地塑造新时代的人物形象

新时代是一个时间概念，是时间上的延伸。新时代又是一个空间概念，是空间上的拓展。新时代与改革开放新时期是承前启后、继往开来的关系。新时代固然也是一个政治概念，有其特定的政治内涵，但其命名有时间上的亦有空间上的依据。新时代的中国社会，已经出现了新的变化，如中国的常住人口城镇化率达到了58.52%[①]（2018年数据——编者）。这意味着更频繁和更大规模的人口迁徙和流动。中国人的生活与活动空间大大拓展，越来越多的农民成为城镇居民。

新的时空、新的生活里必然出现新的人物。而发现和表现新时代的新人物，必然是新时代文学的新使命。王华的新时代小说，正是塑造了一系列新的人物形象。

《在路上》里的谢奋进与《大娄山》里的姜国良，虽然是当代文学作品中常见的领导干部形象，但他们身上别具一种性格和气质。作为出身乡村的少数民族干部，职务的升迁对他们来说并无多少光宗耀祖的喜悦和虚荣，而是意味着改变家乡、改变民族地区贫困面貌的沉重责任感。谢奋进因提拔缓慢还有一种幽怨郁闷的情绪。不擅长喝酒甚至使他显得有

① 习近平:《在庆祝改革开放40周年大会上的讲话》,《人民日报》2018年12月19日，第2版。

些拙木，他不是长袖善舞、八面玲珑，而是以一种义无反顾、责无旁贷的“悲壮”心态投入工作。特殊的时刻，他也敢于拼命（如为招商引资与老板拼酒）。姜国良从土平县县长的位置到娄山县委书记、代县长一肩挑，“原本是件春风得意的事情，可他更多的却是忧心忡忡”。他身材高大却不喜穿西装，到了村里，常常不被村民当县领导看。在土平县他被老百姓称作“羊县长”，因为一开始老百姓都以为他是畜牧局的、兽医一类的。“他骨子里是个要强的人，平时会比别人暗下很多功夫，多学很多硬本事。他喜欢在人前不显山不露水地耍出真本事，让人不得不佩服一把。这也是另一种意义上的虚荣，但这种虚荣其实就是另一种意义上的谦卑。”姜国良的这种“谦卑”性格，与新时代以来更强调领导干部权力与责任的高度统一也有密切的关联。王华在姜国良这一人物身上抓到了一种鲜明个性，更捕捉到了一种“时代性格”。从另一方面来说，谢奋进、姜国良也是新时代理想主义者的形象。但他们怀抱的理想，更多的是实现承诺、让贫困群众脱贫和落后地区改变面貌的实实在在的心愿。但这种理想和心愿要变为现实，又很难很难。于是我们看到谢奋进无暇化解家庭生活的矛盾，总是在路上的风尘仆仆的身影；看到姜国良迟迟不宣布娄山县这个全市脱贫攻坚战落在最后的战场“脱贫摘帽”，让市委领导着急上火。姜国良不采纳新来的搭档刘县长的劝说：“实际上，有个别贫困户还没能脱贫，并不影响整个县出列。”姜国良是可以一边在市委书记面前宣布“娄山县已经出列”，一边解决个别贫困户最后脱贫的问题的，但他没有这样做，因为他是个“完美主义者”。“在路上”与

"完美主义者"，十分恰切地勾画出一种新的人物形象与性格特征。

《大娄山》里的其他人物如娄娄、周皓宇、陈晓波、李春光、王秀林，是牺牲在扶贫一线的人物群像，也不乏生动的刻画。如李春光作为花河镇镇长，面对刘山坡老汉为易地搬迁安置房无理取闹，他一方面坚持原则寸步不让，另一方面对刘山坡老两口儿到他办公室和家里吃住纠缠竟无计可施。一硬一软，显示了人物的正直品格与人民情怀。陈晓波原是副县长、易地扶贫搬迁攻坚队队长，在无法按期完成易地扶贫搬迁入住任务的情况下，他要求职能部门按住房主体建设完成率百分之百上报，结果被处以党内严重警告，还被免去副县长、生态移民局局长职务。但在事故爆发的紧急关头，陈晓波因挺身而出救人而不幸牺牲……脱贫攻坚是新时代的一场硬仗，脱贫攻坚一线的扶贫干部是新时代集中涌现的新的人物，王华新时代小说的现实主义精神，浓墨重彩地体现于对这一新的人物群像的塑造和书写。

新时代现实社会也是丰富而庞杂的。观照和把握新时代的现实生活，经典现实主义作家的态度也应是当下现实主义作家的创作精神，当下现实主义作家也应成为现实社会的书记官，"编制恶习和德行的清单、搜集情欲的主要事实、刻画性格、选择社会上主要事件、结合几个性质相同的性格的特点揉成典型人物"[①]，写出许多历史学家忽略了的历史——

---

① 巴尔扎克：《〈人间喜剧〉前言》(1842年)，转引自北京师范大学中文系文艺理论教研室编《文学理论学习参考资料》(下)，春风文艺出版社，1982，第536页。

风俗史。王华不忘把目光和笔触投向社会底层人物。《生计以外》对主人公高经济与其父亲高社会同时寄予同情和批判，作品揭示了农民工性压抑和性苦闷的现实，也写出拜金主义和腐败之风潜移默化影响之下特殊人群的伦理观、道德观在不断地崩溃与再生，甚至其在罪恶中生存却毫无罪感与耻感，犹如入鲍鱼之肆久而不闻其臭，不知不觉中被罪恶所同化，并产生罪恶的思想与情感。高经济非法侵入他人住宅，却在心中原谅自己“不过是想提高一下生活质量”“向往美好生活是不应该受到指责的，相反它更应该被看成是一种优秀品质，那毕竟是人进步的原动力”。他更为自己和鲁拉拉的婚姻而得意，从中找到了“幸福的感觉”。为了“不用那么辛苦跑快递也能一辈子过得很好”，他听从鲁拉拉的指使，潜入贪官另一个情人卖掉的房子搜寻赃款。鲁拉拉提出离婚，他因为“得不到什么”而不同意离。高经济是一个在罪恶中随波逐流的落水者形象。高社会与刘小珍的畸形关系使他在高经济面前失去了一个父亲的权威，毫无反思的态度也使他从一个令人同情的弱者形象转化为被批判的对象。鲁拉拉更是一个自甘堕落与沉沦的女子，将据有贪官情人的房子并谋取被藏匿的金钱（实为赃物赃款）视为理所当然。这是一个丧失了灵魂的人物。这几个人物虽然涂抹着批判的色彩，却也是不无新意的人物形象。

《陈泊水的救赎之路》更为当下现实主义文学人物画廊提供了一个饶有意味的人物形象。陈泊水的“文化大革命”造反派角色在当下即使不再是一个“身份”，也始终是一条历史轨迹，甚至是一个历史“遗存”。只要记忆犹在，往事貌似远去其实长留心中。罪恶感如一粒种子，在心头生根；似一个肿瘤，在体内潜伏；像一个神秘的声音，在脑中不时震荡。这是一具被内心的恐惧一点点吞噬的身躯，是精神在慢慢蜕变的人物。但在人物精神演变的处理上，作者仍在细心地坚持一种现实主义的态度与手法。在王华的笔下，陈泊水并不会像神话人物般羽化而飞升，他的心理逻辑和精神冥想仍是很现实的——他恐惧的是死后的归宿。陈泊水救赎的动机并没有多么高尚，他和当地人一样，迷信人死后到阎王那里要接受审判，有罪过的人要受锯刑和油锅刑，因此死前要想方设法将罪过删除干净或减轻。他想到的赎罪办法就是给受害者黄秀容送存折。在送存折被拒后，他又选择了去派出所自首。这也是他所能想到并有能力付诸行动的赎罪之举。

读《陈泊水的救赎之路》，令人不由得想到托尔斯泰的《复活》。大学毕业后从军的贵族涅赫柳多夫公爵诱奸了农奴18岁的女儿玛丝洛娃，第二天即抛弃了她。玛丝洛娃怀孕生下的孩子被送到育婴堂后即死去。玛丝洛娃在生活中几经辗转，沦落为妓女。10年后作为陪审员的涅赫柳多夫在法庭上见到被牵连进一桩下毒杀人案的玛丝洛娃，良心受到谴责。为了赎罪，涅赫柳多夫想方设法帮助玛丝洛娃洗刷冤情，并准备和她结婚。玛丝洛娃被判处四年苦役，流放西伯利亚，涅赫柳多夫陪同前往。玛丝洛娃为涅赫柳多夫的真诚忏悔所感动，往日的爱情被重新唤起，但为了不破坏涅赫柳多夫的生活，她没有答应与他结婚，而要与她心爱的犯人西蒙松在一起，得到新的幸福。涅赫柳多夫的内心也获得了新生，他决心践行《圣经》中“马太福音”的教义，并以此为终生的事业。

《复活》是托尔斯泰的批判现实主义力作。《陈泊水的救赎之路》与《复活》的主题有一定的相似之处。但与涅赫柳多夫这样的贵族知识分子不同的是，农民陈泊水对罪恶的忏悔意识不是从各种高大上的思想、主义出发，而是单纯地出于对死后归宿的恐惧，他的忏悔被民间的传统迷信所主宰。“现实主义的作家有意挑选他的素材，较喜欢普通、平凡和日常的事物，而不喜欢当时社会里罕见的方面。因此，他笔下的人物通常属于中产阶级，或劳动阶级——那些缺乏出众的才能和天赋的人们。”[①] 忏悔意识觉醒之前的陈泊水，或许只是一个普通、平凡和日常的人物，然而，为涤除心中的罪恶感而决然地将忏悔付诸行动的陈泊水，气质已在开始变化，已在开始超越普通、平凡和日常，成为“社会里罕见”的人。陈泊水这一小说主人公，堪称新时代文学的一个新的典型人物形象。

---

① 艾布拉姆斯:《欧美文学术语词典》，转引自崔志远:《现实主义的当代中国命运》，人民文学出版社，2005，第429页。

三、敏锐发现与深入探索新时代的人物情感

文学创造的艺术世界是形象的世界，也是情感的世界。情感是生命的要素，是人的最基本的生存状态，“对于文艺而言，情感是比形象更为本质的东西。没有情感力的形象只是些死的形象”。“文学家心理因素中最为活跃的就是情感。作家作为一个审美的主体，始终是带着强烈爱憎态度去感受世界、体验生活，这是作家大异于科学家（认识主体）的地方。”[①] 王华的新时代小说还给人以这样的启示：新时代的现实主义作家，不仅要有感受世界、感受生活的丰沛的情感力，要有与对象情感交融、物我合一的结合力和将情感形式化、使之成为审美情感的表现力，还要具备这一切的前提，即对现实生活中新的情感的敏锐发现力与强烈感受力。

新的生活与新的人物是互为因果的关系。新的生活必然孕育和诞生新的人物，而新的人物必然创造新的生活。新的人物与新的情感亦是同样的因果关系。在小说《大娄山》中，姜国良等系列扶贫干部作为新时代的新人物，他们的情感在相当程度上是打着时代烙印、有着时代属性的新的情感。姜国良被任命为娄山县委书记、代县长时，市委领导找他谈

① 童庆炳主编《文学理论要略》，人民文学出版社，1995，第106、107页。

话，说决战决胜脱贫攻坚期间，最后几百米冲刺，不容人闪腰，所以重担子一定要找腰板硬的人来扛。“可再强壮的人，内心都有个‘小孩儿’。姜国良这里因为被委以重任而自豪，‘小孩儿’却在为他叫屈：你几年来鞍不离马，甲不离身，战不旋踵，好不容易拿下了阵地，可这时候你拿到手上的却不是胜利的红旗，而是一纸调令。你原本已经可以松口气，可以戴着军功章荣归故里，可这下好了，你还得去打仗，而且是恶仗。‘小孩儿’用了一个很时尚的词：悲催。姜国良很欣赏这个词的到位，但同时又不能不把它当耳旁风。”姜国良老母亲突发急性胰腺炎住院手术。“姜国良真是无名火烧，这种时候，老母亲怎么又闹起这出来呢？可火归火，更多的还是心痛，是内疚。儿子不管多大，不管离母亲有多远，都有一根无形的脐带，在他和母亲之间牵绊着。”老母亲手术很顺利。赶到医院，“姜国良想哭——老母亲真是太让人省心了”。可这时候，他请的草专家到了县里，专家想当晚就跟他聊一聊。姜国良想都没想就答应了，然后转身就去跟老母亲请假：

“老娘，我又要走了，你听医生的话，好好养着哈。”

老母亲脸上露出失望，问道：“你到底做哪样，那样忙啊？”

他说：“你儿在打仗哩。”

老母亲问：“打仗啊？打的是哪个？”

他说：“贫穷，你儿打的是贫穷。”

老婆原本也不高兴，听他这么诌，忍不住“哧哧”笑起来，说行了行了，要走就快走吧，老娘有我守着呢。那他还等什么呢，飞身就往外走。

老母亲病逝。凌晨两点回家奔丧的姜国良凌晨五点又接到电话，市里四家班子领导将于今天早上到娄山县视察工作——

接完电话，去看老婆，就知道她已经什么都明白了。她没吭声，他也没跟她解释什么。末了他哭笑不得地走到老娘的遗体前，用开玩笑的口吻冲老娘说："老妈呀，你当初还算英明，先生了大哥大姐，后才生了我，要不然，你死了，举幡的、端灵牌的人都没得。"又说："反正这辈子我也没尽多少孝，也不差这一回，你老人家心宽，就当我是多余生的吧。"说："你放心，一哈你'上山'的时候，有大哥为你举幡，大姐为你端灵牌，你要是不嫌弃，还有我媳妇哈。"

说完这些，他又跪下磕了三个响头，起身走了。

灯光从他脸上晃过，老婆看到一张湿漉漉的脸。

姜国良的这些家事和他无奈之中的决绝处理，无疑披覆着时代的投影，是新时代领导干部一种典型的工作与情感状态。

王华在关于《大娄山》的创作谈中谈到对牺牲的扶贫干部家属的采访时说："我的采访进行得非常艰难，不是因为别的，只因为那些情不自禁的眼泪。那些年轻的妻子，并不想在我的面前痛哭，她们像拉家常一样说着她们的丈夫，说他们是怎么相识、怎么相爱，说他们的某一次吵架，说他们的日常生活中的那些趣事。说的时候，她们始终都在微笑，但伴随着微笑的，是她们那总也无法止住的泪流。那泪水抹了又有，抹了又有，就好像她们的眼睛，是两眼泉。她们从来没有说她们的丈夫是英雄，从来没有。”[①]王华也颇为认可“她们的丈夫不是英雄”的说法，她这篇创作谈标题即为《他们不是英雄》。她一再写道：“我要去写一部英雄谱。可是我要说，他们真不是英雄，他们就是一群普通人，跟我们一样普通的普通人，跟我们一样在日常生活中寻找着那点日常的意义。只是因为分工不同，他们被推向了这场战役的前线……所以，《大娄山》里也没有英雄，有的只是一群普普通通的基层干部。他们是你身边那张口就是粗话、特爱开玩笑的小伙子，是你身边那一说话就脸红的害羞的小姑娘，是紧挨着你家的那位脾气极差的父亲，是你那不会穿搭衣服、略显得有点土气的母亲。他们，不是英雄。”[②]然而，作家未必是自己作品的最佳阐释者，《大娄山》所描写的牺牲的扶贫干部，是当之无愧的时代英雄。但伟大出自平凡，英雄来自人民。英雄并不是长着一副英雄样，而是看似普通的人，或在关键时刻挺身而出，或在平凡的岗位上做出不平凡的奉献和牺牲。

作家只要依循现实主义精神的指引观照与描写生活，就会对生活、对生活中的人物和情感有新的发现。新的人物情感，不只是存在于领导干部这类身份特殊的人身上，也存在于普通人身上。《大娄山》里深度贫困的月亮山村之所以成为易地扶贫搬迁的钉子户，关键在于迷拉这个人物。迷拉即很多人迷信的巫师，在贫困闭塞的月亮山村，村民们仍然像过去那样，遇到难题包括治病都要仰靠迷拉解决。迷拉的手

①② 王华：《他们不是英雄》，《长篇小说选刊》2021年第5期。

段虽然有些荒唐，但他也不是没有一点真本事，如仅凭一人之力就能将袭击村庄的几百条蛇赶进荒野。他一直抵触搬迁，他说不搬，村里就没人会搬。迷拉之所以反对易地搬迁，有其种种考虑。原来月亮山村的人不光以人的形式活在这个世上，同时还以树的形式活着——每个人落地后，父母就会为他（她）栽下一棵“生命树”，死后，家人也会在其葬身的地方为他（她）栽下一棵“常青树”。月亮山村村民和这些树相依相伴，也相亲相融，他们是这座山的一部分，是山体无法割离的一块肉，是这片自然的一滴血，他们的脚扎在这块地方，扎进了地里……这就是迷拉不想、村民们也一直不答应搬迁的一大原因。但迷拉还有说不出口的心思，如同他起初不同意驻村第一书记王秀林带他的侄女丙妹到省人民医院治哑病时所想：“作为一位迷拉，他身上背负着那么多戒条，活动半径当然是越小越好。你想一想啊，到了山外，到了一个那么多房子那么多陌生人的地方，你怎么敢保证你走过的那些地方没有一间房子是一位寡妇的呢？你在一个只有饭馆才有饭吃的地方，又怎么敢保证，你吃到嘴里的不是病死的动物？而对于一位迷拉来说，最大的恐惧还不是寡妇的门和病死的动物，而是犯了戒条后法术不灵了。没有了法术，你还叫什么迷拉呢？”正如村主任大歹颇为诛心地认为的：“你让他（迷拉）到一个充满现代文明的社会环境里去生活，他就等于失业。”一场暴雨导致山洪和泥石流暴发，月亮山村人畜大逃亡，村民得乐的母亲被泥石流压死，驻村第一书记王秀林为抢救得乐的母亲受伤昏迷，最终在医院不治去世。在王秀林被抬上救护车远去时，“迷拉的声音突然像霹雳一般划破了夜空：‘搬吧——’”。

新时代现实主义文学的新质，不仅是文学在面对时代生活、人物与情感方面的新发现，而且是作家调动自己的生活阅历、思想观念与创作手法表现人与生活、人与人乃至人与文化传统之间关系的新探索及其达到的美学深度。

这里再度探讨《陈泊水的救赎之路》这部作品。小说以一个被“文化大革命”后遗症折磨的普通农民为主人公，描写他在老年痴呆症悄然袭来之际为了灵魂的救赎而在秋霜冬雪中奔走、等待。表现这样的题材与主题在当下需要一定的勇气，即使在“文化大革命”结束后的新时期文学中也是十分独特而难得一见的。所谓“伤痕文学”，抚摸和舔舐的是老干部和知识分子，以及被他们连累的亲属这一群体的创伤。而底层小人物等的心灵救赎，直到新时代王华的创作才会被关注。巴赫金在谈到《复活》的创作时指出，托尔斯泰在创作这部小说之前的10年间，经历了生活与世界观的转折：“这一转折不应视作是列夫·托尔斯泰个人生活的事件，因为这种转变是由复杂的社会经济和意识形态过程所积累、所促成的。”[①]《陈泊水的救赎之路》其实应该有一部大作品的题材与主题，当然，它作为中篇小说出现，也还是王华对时代状况的一种敏锐感应。陈泊水对死后归宿的本能的恐惧，是他的忏悔意识觉醒的直接原因。而从更深的层次来说，这是一个人对生命及其意义的完整性的执着求索。“在对生活意义的探索中，在按着一种愈来愈崇高的法则创造生活的意

---

① 巴赫金：《小说理论》，晓河译，河北教育出版社，1998，第12页。

愿中，这种对完整性的要求使我们与我们将成为的，即我们还没有的、我们自己必然还不知道的东西进行搏斗，与我们既不能想又不能说的，然而又不放弃想它和说它的东西进行搏斗。”[①]为求得对自己的“逮捕令”，72岁的陈泊水在村庄与派出所之间的路上踽踽独行，风雨无阻，秋冬不碍。内心在进行搏斗的陈泊水孤独、倔强的身影，一天比一天老态，然而也一天比一天高大。“崇高是那种哪怕只能思维地、表明内心有一种超出任何感官尺度的能力的东西。”[②]获得了忏悔意识，也获得了“超出任何感官尺度的能力”的陈泊水，已经成为一个具有崇高感的人物形象。现实主义文学的时代变迁及其魅力，假王华之手在此淋漓展现。

2022 年 8 月

---

① 罗杰·加洛蒂:《论无边的现实主义》，吴岳添译，百花文艺出版社，1998，第 169 页。

② 康德:《判断力批判》，邓晓芒译，人民出版社，2002，第 89 页。

《汀泗桥》的四个维度

陈敬黎长篇小说新著《汀泗桥》延续了他之前小说创作的一个风格特点——长而又长。尽管写的只是一个小镇不到半个世纪的历史，但以400多个人物（其中100余个是原型人物）、141万字的篇幅来演绎，这在小说创作中虽然不是独一无二的，却也并不多见。但读了《汀泗桥》后，我还是认同了作品自身的逻辑：长有长的道理。这部长篇小说尽管可以用一座桥的名字或一个镇的名字总而括之，但它的内涵极为深广，这种内涵的深度和广度是通过对汀泗桥的地域性、历史性、革命性和人性四个方面的阐发和挖掘而呈现的。评价一部长篇小说的艺术价值的角度是多方面的，有的作品是因为提供了深刻的思想，有的作品实现了形式的创新，但也有的作品是以一种对日常生活的细密描写，呈现生活本身的质感和魅力，呈现人性的多个维度，使读者获得一种体验式的愉悦或沉思，《汀泗桥》即属于这类作品。而这类小说往往需要较大的体量。

地域性或者说地域色彩是《汀泗桥》一个鲜明的风格追求。书名是一个标志，而书中景观、风俗、器物、语言的方言化等等，也都有很强的地域标记或烙印，这种地域性成为《汀泗桥》生动性和趣味性的一个来源。而地域性的实现程度，也能衡量出一个作家的功力。不充分的地域性是一个贴上去的标签，只会使作品显得灵魂苍白。而《汀泗桥》鲜明的地域性有机地构成了作品厚实的底蕴和坚韧的质地。

《汀泗桥》以人民解放军解放汀泗桥为结尾，小说的时间定于清末至解放战争之间，作者写的是汀泗桥的现代史。历史性是这部小说的另一个定位。书中的400多个人物都是历史人物，其中真实历史人物达100多个，还涉及国共高层人物。这对作家写作来说意味着更多和更大的挑战。写作历史或许给作家带来挑战生活与知识的乐趣，但这不是作家最高的追求。《汀泗桥》被定位为历史小说，或许是作者认为汀泗桥这一段历史隐含了汀泗桥当代发展的密码。作者为写这部小说，潜心采访当地老百姓60多人，其中十几位是80岁以上的老人。他能将当年汀泗桥百余家商号所在位置手绘成一张图纸，为写这部小说积累的读书笔记多达20万字。历史性的追求和扎实的写作使这部小说获得了极大的纵深和厚重的分量。

《汀泗桥》也可以被归类为革命历史题材小说。书中所写的汀泗桥的历史，也是汀泗桥的革命史。革命性，是这部小说的一个重心，这是由一种必然性所决定的。中国现代史的中心是中国共产党领导的中国革命史，汀泗桥的现代史首先是革命史。然而现代中国革命既不是自然而然地发生，也不是如无源之水、无本之木般凭空出现，革命需要革命性的开启、发生和成长。《汀泗桥》表现了男主人公刘来宝从汀泗桥饭馆小伙计起步，加入革命阵营，经过出生入死的重重考验，最后成长为共产党的区委书记的曲折历程；表现了汀泗桥地区在辛亥革命、北伐战争、抗日战争和解放战争时期经受的革命战争洗礼，表现了发生在汀泗桥的革命与反革命的激烈搏杀。小说以汀泗桥革命为叙事中心，可谓抓住了汀泗桥现代史的主脉。

《汀泗桥》对人性的表现亦多有令人称许之处。诚然，没有抽象的人性。革命性也是人性的一种体现，但革命性不是人性的全部，也并非所有的人都是革命者。对人性的描写，尤其是对革命与人性的交融和冲突的表现，成为《汀泗桥》这部小说的亮点。小说以刘来宝、周秀梅因相亲相识始，铺展了两人热烈而无法公开的恋情。刘来宝走上革命道路，成为汀泗桥的党的地下组织领导人。周秀梅支持恋人刘来宝的革命活动，但这是因为爱情而不是理解和相信刘来宝的政治信仰。在那样的年代，革命胜利与否犹在未定之天，革命不会干预刘来宝和周秀梅的爱情，甚至革命赋予两人的爱情以正当性：毕竟寿春堂掌柜、名医张海量和周秀梅的婚姻是建立在残酷的欺骗的基础上的。但革命又有党性和纪律的刚性，要求革命者无限忠诚。在革命利益面前，革命者必须无条件放弃个人利益。小说的最后，汀泗桥革命胜利，但面临着国民党残余势力的反扑，在反革命暴乱袭来之际，周秀梅与张海量的儿子、被刘来宝培养为地下党员的张荣庭等人，却因地域和乡情的影响分不清形势，立场模糊动摇，即将被革命政权严厉处理。周秀梅因此对刘来宝深感失望，投河自尽。小说以周秀梅的悲剧爱情和婚姻始，以周秀梅的悲剧命运终，如此蕴含着革命与人性的张力的结局，显示了一种内在深度。

小说中的张海量也是一个性格复杂的人物。他一方面接受父母以欺骗的手段给他娶来周秀梅，另一方面为了维持跟周秀梅的婚姻而忍气吞声。他是喜欢周秀梅的，但他同时又是一个很在乎自己和家族名声的人，为了这喜欢，为了这名声，他背负着道德的十字架苟活于世，最终自杀。这是一个极其隐忍的人，也是一个难以定性的人，他的身上体现了一种复杂的人性。小说将这样一种人性表现得细致入微、千回百转、惆怅复惆怅。对人性洞察之深邃，挖掘之通透，是这部小说的又一成就。

《汀泗桥》因体量庞大，人事纷繁，叙述过程中亦偶有前后不一、首尾失顾的瑕疵。如有机会，应细加修订再版，使作品臻于完美。

原载《文艺报》2019 年 11 月 18 日

红色文学的新视角

——读刘华长篇小说《红罪》

随着红色题材不断被挖掘，红色题材作品层出不穷，在思想上、艺术上继续拓进，而不是简单的数量的递增，这成为所有涉足红色题材创作领域的作家所面临的一个挑战和考验。刘华以中央苏区为题材创作的长篇小说新著《红罪》(中国华侨出版社2012年7月出版)，让人惊喜地看到了一种崭新的视角，是红色文学创作的一个新拓展和新超越。

阅读《红罪》，我首先感受到作者的创作勇气。这是思想的勇气，也是超越的勇气。红色题材创作固然是主旋律创作，但因为它多涉及重大革命历史，乃至涉及现实政治，所以又是一个敏感题材，不仅现实中有一些条条框框，作家在主观上也会产生一些自我束缚，因此要想在红色题材创作领域中开辟新天地并不容易。取得突破，别开生面，需要作家有勇气和气魄。敢不敢写别人没有写过的题材、没有写过的故事、没有写过的人物，这是问题的一个关键。事实上，这部长篇小说的出版，是经过了一番周折的。勇气不是指匹夫之勇，不是作家意气用事，更不是要走向红色文学的反面，而是作家秉持红色信仰，在坚守信仰的基础上，敢于自由思考、自由创作。信仰和自由的统一，才能使一个作家具备思考和创作的勇气。《红罪》的作者正是这样一个信仰和自由在内心相统一的作家，所以才能在创作中展现出巨大的勇气，展现出思想的力量。

《红罪》在视角上是对红色题材创作的一种丰富。作者揭示了一段鲜为人知的历史，或者说，揭开了20世纪30年代那段红色历史中被埋没、被忽略的一些角落上的面纱。它写的是红军中的犯人。营长赖全福被敌人水蛇崽使离间计陷害，同时告发他的县委书记邱冬梅也怀有一丝个人恩怨；出身资本家家庭的宣传队员李双凤被内部的误解与偏见、怀疑与轻蔑乃至敌意所伤；战士钟长水为给恋人买银箍子被人欺骗而犯下贪污三块银圆的罪过。他们三人当中，应该说赖全福和李双凤是最冤枉的。但小说不仅写出了对他们的同情，也非常客观地还原了历史的复杂性。在国民党军队连续大“围剿”，中央苏区红色政权、中央红军面临着生死存亡的关头，在血雨腥风、敌我双方展开大搏杀的历史情境下，组织没有精力也没有时间来对被疑者、被冤者进行甄别，何况组织又不时被“左”倾错误路线所影响。于是，被冤者难有昭雪之日，而冤人者亦难有改正错误的机会。小说中，作为赖全福、李双凤的告发者或处理者的县委书记邱冬梅、保卫局科长曾泰和，虽然对自己的过失也有所醒悟，但他们却无能为力改正，后来也都在长征中牺牲了。历史就是这样残酷，革命就是这样血淋淋。《红罪》揭示了这样的历史实况，复原了历史的真相，表现出了一种把握复杂历史的能力。这部作品之所以达到这样的历史高度，是因为作者对历史理性的认识和遵循。作者对历史不是一味礼赞，也不是横加批判和指责，而是客观地对待历史，是历史地对待历史，或曰历史主义地对待历史。在《红罪》的作者看来，历史不是线性的，不是可以用对与错简单地评判的。就像小说里曾泰和对李双凤所说的：“我晓得，你肯定恨我。没事，恨我吧。日子还很长，等到革命彻底胜利，你就会晓得我们为革命付出的代价不光是生命和鲜血，还有很多东西。”历史往往是是与非、对与错彼此纠缠，需要作家秉持历史理性去分析和评断。在这个意义上，《红罪》这部小说非常深刻地表现了历史的真实。作品中没有那种对历史的教条主义的认识，也没有那种对历史的僵化的理解。小说对历史的表现，充满了作者自己的思考，因此不仅在题材上有新拓展，更在角度上有独到性。读这部作品，可以让人对历史有新发现，有新体会。

《红罪》最出色之处，是其人物塑造。每一个主要人物都各有性格，别具面貌。赖全福作战英勇，对革命事业忠心耿耿。被错误处理并与其他犯人编入挖沙队挖钨矿后，他也曾期盼得到甄别平反，后来则不再抱希望。但他始终都没有背叛自己的信仰，最后点燃炸药炸毁窿子，以生命为代价保守红军的秘密，同时也证明自己的赤胆忠心。这是一个彻底的革命者的形象。李双凤同样是一个信仰坚定的战士，但作为一个女性，她有着极其不幸和困苦的遭遇，在爱情上，她以冷淡来掩盖自己的自卑。九皇女更是一位以革命为生、以红军为至高无上的光荣的女性。为了扩红，她不惜以同时许嫁四个男青年的手段，激励他们参加红军。也是因为同样的原因，当然还掺杂着同情和怜悯，她接受了孤儿出身的长根的求欢，从而牺牲了真正的爱情。她一直到死都没能嫁出去，或者说她是嫁给了革命，嫁给了红军。这样的人物在今天的和平年代也许是不可思议的，但在那段激情如火的红色岁月，这样的人物形象有其真实性，有其逻辑性。乌妹子这一人物则是另外一种性格，她不是一个革命者，但她对爱情比九皇女更执着、更专一。变成犯人的钟长水在九皇女的眼里已经是一个不值得爱的人，虽然他的犯罪是为了向她表达爱意。而乌妹子却认为钟长水是一个有情有义的男人。她对九皇女说："这样的男人，你不要，我要。你想要，也来不及啦。"乌妹子对钟长水可谓情深似海，舍生忘死地爱恋和厮守，尽管她也知道钟长水真正爱的是九皇女。第二次葬钟长水时，她把钟长水葬到了九皇女的坟边，以兑现她对九皇女许过的来世把钟长水还给她的诺言。她对儿子们说能跟钟长水做了这么长时间的夫妻她已知足。这样一个痴情而又豁达的女性形象，同样很让人难忘。

小说最倾力塑造的第一号主人公是钟长水。这一人物很有内涵，能让人长久思索和体味。钟长水参加红军是因为恋人九皇女的激将，他并没有积极主动的革命追求。成为红军战士后，他打仗勇敢，且有智谋。但革命熔炉尚未来得及把他炼成一块纯金，他就因为爱情而犯下罪过。他又是一个敢做敢当的人，自动要求革命政权对他进行惩罚。在服劳役期间和在此之后的漫长岁月中，他也都表现出了对红军的忠诚。但他又不愿披露自己曾经是红军中的犯人，所以直到几十年后儿子要大肆开挖钨矿时他才向政府报告红军当年的宝藏。在感情上，他内心深处一直爱的是九皇女，他以九皇女的“烈属”自居，不当红军失散人员，而领烈属抚恤证。应该说，这是一个性格比较复杂的人物，是一个红军战士但并不真正具备红军的信仰、革命的信仰。他的忠诚是对自己所属的阵营、所属的队伍的忠诚，而不是对革命信仰的忠诚。他对革命信仰的认识和理解并不像赖全福、李双凤那样。但作为一个文学人物，钟长水的这种性格是有深度的。《红罪》塑造的这些人物形象，具有很大的新意。这些人物形象的塑造为读者揭示了革命者和聚集在他们身边的人物的情操和境界，让读者认识到革命者的人性并不是单一的，而是丰富的、多样的。同时，这样的人物形象跟他们所处的历史情境也构成一种互证的关系，即人物所置身的历史是复杂的、多维度的。历史并不像婴儿一样纯洁，更不像婴儿一样天真，而是像作者在小说的后记里所说的：“历史并非都是运筹帷幄或大义凛然，并非都是慷慨悲歌或泣血咏叹，严酷的历史，有时还会让人默默垂泪，苦涩难言，隐痛难忍。”不过，如果作品能多展示一些人物的内心活动，人物的性格可能会更丰满。

这部作品的语言也值得品评。作者对小说语言的运用，不是随随便便、信手拈来的，而是经过了深思熟虑，是有策略、有讲究的。小说的叙述语言，是采用标准的现代汉语；而人物的语言包括人物所唱的山歌，则是采用赣南方言。这种小说的修辞方式显得很特别，也很有节奏感，因此亦构成这部作品的一个风格特点。作者同时融入许多赣南风俗民情的描绘，这些风俗民情和人物的方言，又赋予作品一种深厚的地域文化意蕴。

《红罪》这部小说还给人以这样的启示：红色题材这座富矿中，文学创作远远没有穷尽，还大有挖掘的潜力。红色文学的前景，依然很广阔。

原载《文艺报》2012年12月17日

普通人的抗战

——关于何顿长篇小说《来生再见》

随着岁月的流逝，抗日战争的亲历者渐渐淡出人生的舞台。二十世纪那场惨烈的战争，还需不需要续写？非亲历者的后辈，有无能力续写？抗战胜利十三年后出生的何顿，以其新著长篇小说《来生再见》，对这两个问题做出了极其肯定的回答。

中国人民抗日战争是一场伟大的民族解放战争，同时也是一场残酷的反侵略战争。伟大与残酷，是这场战争的两面。二十一世纪之前的抗战题材作品，更多地在于表现这场战争的伟大。的确，中国人民抗日战争是中国人民经过十四年的浴血奋战，并在世界反法西斯力量的支持下赢得胜利的战争，中华民族抵御外侮、不屈不挠、艰苦卓绝的民族精神，在抗战中大放光芒。然而，这场战争又是对民族性格的拷问，对人性的严峻考验。新时期尤其是二十一世纪以来，抗战题材的作品越来越多地关注这个层面。何顿的长篇小说《来生再见》，以新的视角和新的探索，切入抗日战争这一题材，切入战争中所呈现的民族性格和人性，写人所未写，言人所未言，将这一题材写出了新意，写出了深度。

战争中通常会涌现出很多的英雄，但如果标准严格一些的话，英雄之外的大多数人，即使是拿枪的军人，也可以说仍是普通人。《来生再见》这部小说的内容，如果要用一句话来概括，那么我更愿意归之为“普通人的抗战”。主人公黄抗日是二十岁就应征入伍的贫苦农民子弟，以他在抗日战场上杀死的敌人数量来看，说他是抗日英雄也未尝不可。但从他的性格与经历来看，他的形象却与英雄相去甚远。黄抗日没有顶天立地的英雄人格与性格，相反，他并不高尚，甚至胆小怕事，小时候连看见老鼠都害怕。他也认为自己不是英雄，也当不了英雄。不要当英雄，“在任何场合下都不要充好汉”，这种观念来自他的父亲对他的灌输，因为“凡是充英雄的人都死得比别人快”。父亲还以隋唐时期的好汉裴元庆爱充英雄十几岁就被打死，以及义和团终不敌洋枪洋炮的故事作为这番家训的佐证。对一个普通人来说，不当英雄，保命优先，确实不失为一种处世之道。但在战场上，这种处世之道是需要拿捏分寸的。冲在前面固然容易被打死，但后退也会被枪毙，因此，中不溜儿、随大流成为一种颇为自然的选择。发生在黄抗日身上，就是既当过国民党兵，又当过日本俘虏，为日军搬运炮弹打自己人；被国民党军队解救后再次被日军俘获，当了伪军；之后又被共产党游击队捉拿，成为游击队员。前后四次被三种不同性质的军队抓获，而又都逃过劫难得以保全自身。如何评价黄抗日这一人物？我们只能说他骨子里是那个特定时代的一名普通人。黄抗日虽然当过日军战俘，也当过伪军，但时间都不长，在十一年的从军生涯中，最主要也最光荣的事迹是抗日，并且杀死过多名日兵。普通人虽然不同于英雄，但在特定的情境中也可以做出英雄的壮举。民族精神既体现于英雄的身上，也不同程度地体现于普通人的身上。同时，普通人的身上更带着民族性格的和人性的弱点。黄抗日以保全性命为出发点，既可以抗日，也可以助日。助日固然是被逼的，但抗日也不是主动的，是因为征兵无可逃避才被迫走上抗日战场。

这部小说这样写人物，这样塑造人物性格，可谓真实而深刻。真实，是因为黄抗日和他的国民党军队同伴们的观念与行为，在一定程度上反映了那个时代的真实，反映了某种深层的民族性格。黄抗日这一人物，体现了民族的某种悲剧性格。而之所以说这部作品深刻，是因为它通过对战争中敌我双方的厮杀，尤其是黄抗日等人物的抗日又降日、助日等情节的描写和复杂的性格刻画，揭示了这场战争的残酷——既是对生命的戮杀，也是对人性的摧折。前者是针对人的肉体，而后者是针对人的精神。人性的溃乱，比肉体的消灭更令人震骇。

写普通人的抗战，与写英雄的抗战一样有意义，甚至更有意义。因为普通人是大多数人。作家的眼光也需要观照普通人，从普通人身上发现民族精神，也发现民族性格与人性的弱点。写普通人的抗战，不是泛英雄化，但也不是非英雄化，这是对抗战题材创作的一种拓展。这部作品在这一方面的拓展极具意义，它启发读者对抗日战争所凸显的民族性格和人性进行更深入的反思。

除了人物刻画和战争描写，这部小说对当年的抗日战争形势和当前的中日关系都表现出了独立的思考，并提出鲜明的观点。日本侵华战争的罪恶，日军在中国犯下的滔天罪行，既包括对中国人肉体生命的戕害，也包括对中国人心灵和精神的折辱。书中人物的这些议论将小说从历史场景拉回现实，将历史的再现与当代的问题交织在一起，丰富了作品的内涵。

在写作上，这部小说一方面不取讨巧的手法，比如它不绕开战争，只以战争为背景，或只是蜻蜓点水地表现战争，而是老老实实、不厌其烦地写战争，写一个又一个战争场面，写战争的一次又一次的残酷。那些连天的枪弹和炮火，那些遍地的、堆积如山的尸体，那些美好和丑陋的生命的同归于尽……作者都精心和耐心地加以细致描绘，努力以文字还原半个多世纪前的那场大厮杀、大搏斗。另一方面，它又另辟蹊径，打乱叙事时间。作者在自序中交代这是为了节省篇幅，我觉得更主要的效果是它使读者可以从书中任何一章进入阅读，因为这部小说不是讲述一个个连贯的故事，或者说它不是顺时序地讲述的。

尽管作者认为自己采用的叙事手段已节省了大量文字，

但我认为书中还是枝蔓较多，精练不足，无关抗战时代的章节不必占太多篇幅。衡量长篇创作，行所当行固然是一个方面，而止所当止也同样重要。

2014 年 11 月 20 日

大俗大雅的《生活简史》

阿成的长篇小说《生活简史》(昆仑出版社2013年5月出版)是一部大俗大雅的作品。

所谓大俗，是指这部作品不仅贴地面、接地气，以芸芸众生的生活即俗人俗事为题材，而且它把俗人俗事描写到了极致。当然，在这部小说中，并无俗与雅的刻意区分。然而，如果把雅俗简单定义为形而上与形而下的话，那么《生活简史》无疑首先是表现形而下的生活。而无论普通百姓还是社会精英，从生物学的角度来衡量，都是离不开衣食住行这些基本需要的人类，或者说都是生物学意义上的俗人。俗人为衣食住行之种种奔波劳碌，亦即俗事。尽管《生活简史》的第一人称主人公是一个与作者同名的作家，但阿成也是将笔下的这个“我”作为俗人来写的。

小说分为《爱情简史》《住房简史》《买车简史》《工作简史》和《家庭简史》五章，所涉及和涵盖的正是当代俗人俗事之大端。住房、买车、工作、家庭，正是芸芸众生在日常生活中需要面对的，其中充塞着种种烦恼、苦闷、忧愁、悲伤和愤恨，当然也有欢喜和开心一刻。阿成以种种让人目不暇接的细节将滚滚红尘、悲欣人生书写得酣畅淋漓。或曰爱情是属于形而上层次的，似乎不能以俗事视之，然而《爱情简史》一章中所写的爱情，却有不少表现的是爱情的物质基础，亦即爱情的形而下的种种情状。《秦葫芦的恋爱史》一节中的老秦，述说了当年（20世纪60年代）的恋爱。早晨，主人公与女朋友从家里出来之后，坐五分钱的公共汽车或四分钱的有轨电车，再买俩五分钱一支的冰棍。当然，有高级的一毛钱一支的冰棍。但为什么要吃高级的？五分钱就可以。两支冰棍，二五一十，一毛钱。加上坐车，这时候才消费了两毛钱。两个人在松花江畔坐累了，饿了，就下小馆吃馄饨。大馆子是肯定不能去的：“因为咱没有那样的经济实力，而且去馄饨馆女朋友不会有啥想法，认为这很自然，不会认为你小抠儿。大家挣的工资都不多，家里的生活都不太富裕。这是搞对象了，平常能上饭店吗？疯啦？海外来人啦？”馄饨馆的馄饨里头有紫菜、肉丁、蘑菇、海米、味之素，一大海碗一毛四分钱。再买两个烧饼，油盐烧饼和糖烧饼六分钱一个，芝麻烧饼一毛钱一个，“有心眼的都避免吃芝麻烧饼，免得让女方认为你不会过日子。女方也绝对不会提这样的要求”。如果想再奢侈一点，就再来两碟小菜，像拍黄瓜、糖拌柿子、炝土豆丝儿、五香干豆腐丝儿之类的。像点样的菜有酱猪肺、酱沙肝、炸小白膘子鱼，但“这后面的菜一般是不点的，贵呀。你点拍黄瓜或者五香干豆腐丝儿就行。一碟小菜二毛钱，其实这就不算便宜了”。吃过了，去看电影，电影票两毛钱一张。看完电影出来，不能再下馆子了:“再下馆子就有点太不像话了。就坐公共汽车，或者走，把女朋友送回家去。这一天下来，有两块钱就差不多了。”《门洞里与司仪对话》一节，写老一代的资深司仪大宋眼中的婚礼：首先要预计好来多少客人，娘家来多少人，婆家邀多少人，单位的，朋友的，都得算个八九不离十才行，这才能知道摆几桌、放几拨，备多少料。鱼啊，鸡啊，大米、各种蔬菜、酒、烟、糖、茶，还有“离娘肉”、大葱、粉条子、压炕钱、赏钱，都要事先准备好。小说的主人公“我”则深有感触：在那个人人口上寡淡的年代里，大家都很羡慕去参加婚礼的人，因为可以在婚礼的酒席上吃到鸡、鸭、鱼，借此改善一下生活。所以，不少将去参加婚礼的人，早晨不吃饭，空着肚子，留着在婚礼的酒席上大吃一顿……诸如此类的描写，将多少钟情少年、怀春少女憧憬的浪漫爱情，从天上拉下人间，从梦中拉回现实。作品叙述的这些凡尘俗事，正是生活的真相。阿成不惮琐细的精雕细刻，将小说坚决地推向俗而又俗的大俗之境地。

然而，《生活简史》又可谓大雅之作。虽然这是一部书写平民百姓日常生活的小说，但它还有一种超越日常叙事的视角，亦即隐含着一种宏大叙事。爱情、住房、买车、工作、家庭，人生与生活中的五个方面，五行八作、三教九流几代人的经历，实际上体现了中国现当代史的多个侧面，是现当代中国人的喜怒悲欢乃至心理、情感与性格的一种写照。毕竟“简史”也是历史，生活史又是风俗史、民族史。《校花的婚姻》一节中，那位“长得漂亮，且有一副魔鬼身材，并且能歌善舞还品学兼优”的校花，在“文化大革命”期间因家庭成分不好，近三十岁了仍“寂寞开无主”，最后只得嫁给一个相貌丑陋的司炉工，委委屈屈地“一生都在不甘心”之中。《女出纳的婚姻》一节中，有着俄罗斯血统、长得高大漂亮的出纳员“大洋马”，也是因为家庭成分问题，终身未婚，没有人爱上过她，她也没有爱上过别人，“与她做伴的只有鸟、狗、猫，还有从外面飞来的麻雀”。《散人之居》一节中的中学历史教员散人，因为无房，只好领着老婆孩子住在学校里布满粗粗细细、纵横交错的管道和阀门的锅炉房里，把板床搭在贴地而过的管道上，一家三口就睡在管道上面，“非常暖和，妙不可言”。主人公“我”，也经历了从无房、租郊区农民房、分到八平方米房和三十六平方米房到最后住进一百多平方米房的“住房史”，从当单位汽车司机到想买私家轿车的“买车史”。小说人物之众多、故事之纷繁，不仅展现着作者生活体验之广阔与丰富，而且作品中形色各异的普通人物的命运，无疑映照着中国人的民族性格和精神样态，也折射着时代的政治、经济和社会状况，小说因此在某种程度上起着中国现当代社会的“书记官”的作用。读者从《生活简史》中那些俗人俗事里，同样可以看到历史的悲剧和喜剧，认识到承受着传统与现实重压的现当代中国人的处境，感受到历史的沉重和时代艰难而不可逆转地前行的步履。

《生活简史》之雅还在于它对文体创新的探索。这是一部以“纪实”的形式创作的长篇小说，它不仅设置了与作者同名的主人公，而且以第一人称叙述，或许还植入了包括作者自己在内的生活中的部分真人真事，这使小说具有生活的“真实记录”的外貌。作品的结构方式也别具匠心，小说以爱情、住房、买车、工作和家庭为单元，有着独立的开端与结束。起合的自如与角度的变换，使小说于内容之重中获得形式之轻，如同一个巨人具有灵活的身段，随时能敏捷地闪转腾挪。小说的语言亦庄亦谐，然而契合有度，庄重处读来让人肃然屏息，谐谑处让人会心一笑。作者的写作用心是严肃的，其幽默亦是不动声色的，掩卷之后犹多令人回味。

在传统中国画中，“烟火气”（生活气息）是一大忌，其中或有一定的美学合理性，但无论传统还是现代，小说如果没有“烟火气”则不成其为小说或者好小说。阿成的这部《生活简史》，动人之处正在于其弥漫的“烟火气”，在于其浓重的生活味。然而，作为一种艺术创作，小说也有相应的美学法则，更遑论要有思想的灌注与统摄。因此好的小说总是一方面盯紧和呼吸“烟火气”，一方面也需要思索“烟火气”的意义，将“烟火气”作为思考的对象和形而上升华的阿基米德支点。

清代画家石涛有云：“以我襟含气度，不在山川林木之内，其精神驾驭于山川林木之外。随笔一落，随意一发，自成天蒙。处处通情，处处醒透，处处脱尘而生活，自脱天地牢笼之手，归于自然矣。”小说创作之大俗大雅之境界，或约略近似。阿成的《生活简史》，虽从生活琐事俗事着手，但作家的精神超越于琐事俗事之上，故落笔之处皆成雅趣，皆能通情醒透；入于“烟火气”又出于“烟火气”，写出了生活，更写出了历史。

原载《北京晚报》2013年6月21日

浪漫与现实的双重奏

——关于海勒根那的小说

海勒根那的《请喝一碗哈图布其的酒》这本小说集收入的13篇作品，我觉得分别属于两种风格，一种是浪漫主义的，一种是现实主义的。当然，这些小说不完全是传统意义上的浪漫主义小说和现实主义小说，而是经过了现代主义洗礼和小说的现代性熏陶的创作成果。这些小说具有鲜明的现代性面貌和品格。

海勒根那所生长和生活的内蒙古呼伦贝尔，有着奇丽的草原风光和深厚的蒙古族历史文化，确实很容易培养出一种浪漫主义的情怀气质，启迪出一种浪漫主义的风格追求。首先肯定这一点，并不是否认浪漫主义风格是一种文学学习和创作选择。事实上，海勒根那是一位对文学品质具有很高要求的小说家，他对自己有远离平庸、追求卓越的期许，这就是他的小说总是让人觉得与众不同、让人感到陌生惊讶之所在。

草原是海勒根那的根，也是他的小说的根。他的小说场景，或者是草原，或者是远离草原的地方，比如城镇或大海。然而，小说里的人物都是或曾是草原人，都带着草原的气息。无论是浪漫还是现实，都是草原所孕育的，都打着草原的烙印。但是这些草原人各色各样，大异其趣。他描写如草根一样柔弱卑微，又如草原一样胸怀辽阔的小人物。小说集开篇《巴桑的大海》里的主人公巴桑，是小时候被二战时日本人在诺门罕战役中丢弃的炮弹炸掉双腿的残疾人，欺辱耻笑伴随着他成长。巴桑不向命运低头，不仅学会了骑马，马术还超过了所有的伙伴，而且被招进马戏团进行专业表演，随马戏团到处演出。然而，三四年后他离开马戏团，进入一家海洋学校学习并取得海员证，成为远洋捕鱼船上的一名水手，在太平洋上捕鱼。别的船员是为了谋生，巴桑却是因为热爱大海。有一次，渔船停靠在符拉迪沃斯托克（海参崴）港口修理制冷压缩机时，巴桑邂逅了来自图瓦、正在街头售卖乐器的女孩杉蔻，两人坠入爱河。五年间，巴桑与杉蔻有了五个孩子。为了养活这一堆孩子，巴桑无暇考虑俄罗斯的永久居住权，只能在海上拼命工作。小说接着通过船长到巴桑家做客，展示了这个家庭的实况：城郊一处破落的木板房里，一群肮脏不堪的流浪狗热热闹闹地与孩子们嬉戏，孩子们有的没胳膊，有的没腿，有的眼盲，有的脑瘫……他们都不是巴桑和杉蔻所生，而是从孤儿院领养的，或者是街头的弃儿。而杉蔻右边的衣袖里空空荡荡，一只眼睛里面仿佛没有瞳孔……小说还交代了巴桑失去双腿的时候，也失去了生育能力（走出草原家乡之前巴桑最终拒绝同村姑娘阿丽玛的爱情在此得到解释）。但在收养这些孩子之前，巴桑就开始他的义举了，他把赚到的所有钱，通过一个慈善机构，都汇给了相关国家那些在二战中负伤的老兵。小说以倒叙的形式讲述了这样一个故事：巴桑在海上台风中丧生，好友呼德尔想将他的遗体运回家乡安葬，但路途中顿悟“只有大海能盛得下巴桑”，因此最后海葬了巴桑。在这篇小说中，残疾与健全、外丑与内美、卑贱与崇高等等构成的强烈对比，以及不无夸张的人物塑造和故事设计，与浪漫主义文学传统可谓一脉相承。然而，作品时空交错的叙事结构与出入自由的叙述方式又是现代性小说才具备的。《放生马》则像一篇现代主义小说：祖父喜爱的云青马昂阿老了，他交代儿子即“我”的父亲达喜把它放生，送归自然。他要求达喜把它放生到乌珠穆沁或呼伦贝尔人迹稀少、有水有山谷的草原。然而达喜却在放生途中将昂阿卖给了马贩子，祖父被气得生病、糊涂且半瘫了，于是出现了昂阿回归仍在身边的幻觉。他每天早早起床，拖着半瘫的身子给幻觉中的马喂料劈柴长达十五六年。小说结尾，祖父要云青马驮着他出门远游，十五六岁的“我”便背着祖父奔跑到距家乡百里之外的地方，祖父把自己和“我”当作一对放生马。祖父能自己走了，他“站在山岭上的腿脚忽然变得坚实”，祖孙俩“真像两匹并肩而行的马儿，鬃尾飞扬，四蹄如风，向着高高的山岭，苍翠的大野，迎着阵阵松涛，铆足了力气撒欢而去……”这篇具有现代性意旨和内涵的小说，同时也充盈着浪漫主义的激情与幻想。在《请喝一碗哈图布其的酒》这篇作品中，海勒根那更试图以浪漫的手法表现现实变迁与时代精神。小说中，一个身材高大的“远方的朋友”出现在已经脱贫的科尔沁右翼中旗草原哈图布其嘎查的敖包盛会上，人们请他喝酒吃肉，认为“像他这样的人明天就该报到巴彦茫哈苏木（蒙古语：乡）去，政府肯定会把他记录在案，很快就会在哈图布其嘎查给他盖上两间瓦房。到时人们还会替他申请，基于身高，瓦房也要比整个村庄高出一截，那要多补贴五百块砖、二十袋水泥和一整车沙子，另外还要给他加盖一间牛舍，从村集体赊给他三五头最膘肥体壮的西门塔尔牛，分上两百亩锦鸡儿草地……”而这位“远方的朋友”的种种表现，让大家觉得他的名字该叫“都仁扎那”（锡林郭勒传说中的著名摔跤手），他的箭法像成吉思汗麾下四勇之一“者勒蔑”，他的吃相好似《蒙古秘史》里最能吃能喝的祖先“大巴鲁剌”，他的酒量像蒙古人传说中的“酒神”……小说还极其诗意地描写了“远方的朋友”的离去：“他蹚着一眼望不到边际的没膝深的锦鸡儿，这是牧民们人工播种的，过去这里曾经是寸草不生的流动沙丘，如今变成了万亩枝繁叶茂的饲草地。此时头顶之上，数不清的云雀和百灵鸟赛着歌喉，此起彼伏，仿佛一场以天为幕的盛大合唱；近处，清澈的乌力吉木仁河如同一条银带缓缓伸展、飘动；远处，群山如黛，白云像昂扬的雪峰一样高耸，又似一群天马奔腾踢踏。高个子就向着奔马似的云山走去了，一会儿间消失在大野深处。”小说洋溢着诗情画意，“远方的朋友”这一人物身上那层魔幻和神秘的色彩，赋予小说一种寓言性和隐喻性，“远方的朋友”如同蒙古族的遥远祖先，见证着今日草原的繁荣与历史性巨变。在小说美学上，“远方的朋友”这一人物使作品产生了一种陌生化的效果。小说在《民族文学》2020年第11期发表后，获得了《民族文学》年度奖，还先后被《小说选刊》《长江文艺·好小说》和《新华文摘》转载，并入选中国小说学会2020年度短篇小说排行榜，这都并非偶然。

《十八岁出门打工》《午夜沉溺》《清白的玉米》等篇，则由现实主义手法所建构。《十八岁出门打工》叙写主人公“我”十八岁进城当装卸工，见识并亲历了装卸工的辛苦与生活的残酷，但“我”仍然保持着善良的做人底线。《午夜沉溺》的主人公父母离异，他从小由奶奶拉扯长大，成为打工仔后却沾染了网络赌博的恶习，输掉了母亲为他攒了几十年的钱和奶奶死后留给他的老宅，借遍亲友又借高利贷，弄得债台高筑、众叛亲离，最后竟走上杀人抢劫的不归路。当警察从河边的土坑里把他抓获时，“他微微动了动干裂的没有血色的嘴唇，艰难地张开嘴巴，一边伸了长长的舌头，贪婪地迎接着那些自由飘洒的雪花……与冰冷的地洞相比，这个世界的雪花原来都是温暖的”。原载于《民族文学》2016年第2期的《玉米啊玉米》中，主人公阿根被冤枉为强奸犯入狱五年，母亲被气死，妻儿不知去向，出狱后的他因仍被人们视为强奸犯而备受歧视。阿根为了翻案所做的种种努力均未果，正当他决定放弃，别无所求地做一个拾荒流浪者之时，却传来了沉冤将得到昭雪的消息。小说的结尾，种着玉米的田野里，“隐隐的，一个女人的声音如同鸽哨一般，从村庄那边呦呦地传来：阿根，妈喊你回家吃饭……”“阿根扛起行囊迎着那声音，面向夕阳，像一个淘气的孩子兴高采烈地走去。”这些作品在人物性格和故事描写上具有某种浪漫主义的印记，比如某些夸张的手法，但小说的基调是现实主义的，它们既揭示了尘世的严酷与忧患真相，也留意到生活中的一缕缕温情和光亮。

浪漫与现实的双重奏，浪漫主义与现实主义的交互变换，使海勒根那的小说一方面接续着文学传统的经脉，一方面又立异开新，显现出创造的冲劲和活力，形成自己的标志与风格。但是海勒根那的创作也面临着一个课题，即在以浪漫风格表现现实的同时，如何使现实的深刻性和丰富性得到更多的呈现。

2022 年 6 月 7 日

“寻找”与“找回”

——关于俞胜长篇小说《蓝鸟》

俞胜的长篇小说《蓝鸟》是一部至少可以从两个层面解读的作品。在第一层面，它为读者提供了一个励志的故事；在第二层面，它是一部探讨人生哲理或曰人生哲学的作品。

《蓝鸟》以第一人称讲述主人公毕壮志十七岁辍学，与家人不辞而别，外出闯荡，先后在县城的建筑公司、省城哈尔滨的房地产开发公司和搬家公司打工，最后开起了水果连锁店的故事。毕壮志在哈尔滨既找到了事业，也找回了高中时代才貌双绝的恋人宋燕秋并与之成家生子。作为一个家境贫寒且高中没读完的农民之子，毕壮志的这些经历与奋斗轨迹组成的故事链条，无疑已达到一种十分励志的阅读和欣赏效果。的确，主人公的这些经历与事业并没有多么了不起，直到故事结束，毕壮志充其量只是一个卖水果的个体户。然而，作为一个出身底层、学历不高的普通人，他走出的每一步都格外沉重、叩击人心，因而他所取得的点点滴滴，令人内心无比感动。何况三十多岁的毕壮志也还没有顶到人生的天花板，在故事的尾声，他想将最后一家水果店转给店员吕福生，让他“有个营生”，自己则在妻子宋燕秋的鼓励下，决心“重拾雄心”“破茧而出”。

在励志与爱情层面，小说体现的是“成长”这一文学母题。《蓝鸟》首先是一部成长小说。十七岁是迈入成人门槛的前一步，少年离家出走，在外面的世界经受风风雨雨的历练，终于成长成熟，这是成长小说的常见框架。与大多数成长小说的浪漫与传奇色彩不同的是，《蓝鸟》始终依循现实主义的逻辑来推动叙事与塑造人物，没有惊心动魄的情节，没有远离现实的人物，如诗如画的爱情描写亦犹如昙花一现，一切就像生活一般流动，一切也像生活一般自然。《蓝鸟》这部小说的魅力，不在于浪漫主义的传奇性，更不在于魔幻的神话化，而在于现实主义的真实性。它接地气，非常走心地贴近读者。

《蓝鸟》还体现了另一个文学母题。在人生哲理或人生哲学这一层面，小说体现的是“寻找”这一母题。“寻找”在中外文学史上都是重要的文学母题，如中国四大古典名著之一的《西游记》，希腊神话中伊阿宋寻找金羊毛的故事，都以“寻找”为母题。成长与寻找，这两个文学母题往往并驾齐驱，出现在同一部作品中。在小说《蓝鸟》中，主人公毕壮志的成长与寻找是分不开的。一方面，他要寻找生活——新的、美好的生活；另一方面，他要寻找爱情。他这样畅想他要寻找的另一半："那种风风火火闯九州、大大咧咧的女强人我不喜欢，那种没有头脑、遇事犹豫不决的女人我不喜欢，那种只有漂亮外表却没有漂亮心灵的女人我不喜欢，那种虽有漂亮心灵却有丑陋外表的女人我也不喜欢……我喜欢那种知性、文静而又美丽的女人。"他内心深处所喜欢的，还是初恋宋燕秋这种类型的女人。但他一度以为已永远失去了宋燕秋，因此转而留意身边的异性，如姜小美和申楠楠。毕壮志与宋燕秋一波三折的情爱婚姻，虽然是有情人终成眷属，但已不像初恋时期的至善、纯美，而是甚具人间烟火气息的。事实上，关于毕壮志与宋燕秋的爱情，作者或许想写出一个浪漫主义的故事，却只能写成一个现实主义的情节，且最终让它同时成为一个隐喻和寓言。在小说的末尾，主人公这样解说："有的人、有的事原本就属于你的，在很早的时候就注定属于你，只是你在成长的过程中，迷失了她。以后你所有的努力，都是为了找回她。人生就像爬一段盘山路，你自以为出发得很久了，到头来，却发现起点就在眼前。"

寻找之所以重要，是因为它是成长的必由之路。寻找是对新生的渴望，意味着未来之我的实现，它也包含着伦理与价值追求。人之所以寻找，是因为人总是意识到生命的每一时刻都可能是终结的最后的时刻，同时又都可能是新生的开始的时刻。人在寻找中体验到旧生活的终结和新生活的开始。如果套用笛卡尔理性主义哲学名言，便是"我寻找，故我在”；如果提供一个萨特式的存在主义哲学解释，那就是“寻找先于本质”；如果以巴赫金的理论阐述，那就是“为了活着，就不能盖棺论定地完成，自己就应是开放而变化的，至少是在生活的一切重要方面应是如此，就应该在价值上对自己尚有所期待，就应该不等同于自身的现状”。而与以“寻找”为母题的其他作品相比，《蓝鸟》的新意在于，它寻找的不是一个未知的新的东西，它寻找的目的与结果是“找回”。然而，它“找回”的已不全然是之前的东西。就像佛学的三个境界，最初是见山是山，见水是水；然后见山不是山，见水不是水；最后见山还是山，见水还是水。第三个境界已经比第一个境界高了一个甚至多个层次。《蓝鸟》主人公毕壮志最后的人生领悟，就相当于第三个境界。

作品刻意强调主人公十七岁那年是1990年。众所周知，一年多后的1992年1月，邓小平发表了南方谈话。邓小平的南方谈话对20世纪90年代中国的经济改革与社会进步起到了关键的推动作用，中国的改革开放被再次激活。小说暗示了主人公的个人命运与时代的密切关联，但使用的是一种不动声色、不露痕迹的含蓄手法。

《蓝鸟》的语言颇具特色，具有幽默、反讽的风格。这种语言风格增强了小说的魅力。

小说也留有遗憾。蓝鸟的意象所象征的意义不甚明晰。如果蓝鸟是爱情的象征，那么主人公的爱情与蓝鸟意象之间还是缺少一些必要的交代，以使两者产生一种内在的、必然的联系。象征与被象征物之间应有一种可靠的意义关联。中外文学史上类似的经典意象往往是意义明确的，如中国文学史上的雎鸠、青鸟、鹤、杜鹃、鸳鸯、比翼鸟、鲲鹏等，又如爱尔兰籍诺贝尔文学奖获得者叶芝的诗歌《丽达与天鹅》里的天鹅、《白鸟》里的白鸟，澳大利亚作家考琳·麦卡洛曾风靡全球的长篇小说《荆棘鸟》中的荆棘鸟，等等。读者对这些中外文学史作品中的鸟的意象，是了知其喻的。

原载《文艺报》2022年11月11日

让历史活在纪实与虚构之间

——关于王永盛长篇小说《时代荣光——闽南红色风华录》

王永盛长篇小说《时代荣光——闽南红色风华录》(以下简称《时代荣光》)或许可被视为一部历史小说，因为它所叙述的是中国近现代史上的一些人与事。

作为一部关于东南亚华侨革命事迹的作品，《时代荣光》的题材给读者以一种新鲜感。新鲜，当然是因为这一题材作品比较少见，但不是前所未有。事实上，像20世纪40年代出版的司马文森长篇小说《南洋淘金记》、80年代出版的杜埃长篇小说《风雨太平洋》就是反映南洋华侨革命和抗日斗争的经典之作。然而，《时代荣光》这部作品有其独特的视角，它主要叙写陈嘉庚等几个代表人物在海内外的事迹经历，尤其是他们对中国共产党及其领导的中国革命的支持、襄助乃至虔诚信仰和亲身投入。小说倾力描绘了20世纪的红色风华里他们的音容和身影。

选择了这样一个题材，作者先要解决的应该是文体的问题。作为叙事作品，这一题材可以写成完全纪实的即所谓纪实文学或非虚构作品，也可以写成完全虚构的小说。但我觉得作者有一种叙述历史、铭记历史而又生动地显现历史的雄心抱负，因而要从题材中突围。一是要从前人已有的作品中突围。除了前文提及的《南洋淘金记》和《风雨太平洋》，关于陈嘉庚的传记、回忆录和影视作品就已有多种。二是要从文体中突围。在有着诸多真人真事、人物原型的前提下，文体的选择的确令人踌躇。作者最终找到了现在这样的文体：长篇纪实小说或曰纪实性长篇小说。纪实，是因为作品中的主要人物有真名实姓，主要事迹亦真实不虚。小说，是因为作品的情节、细节、对话和心理活动等等大体是虚构的。要生动地再现和表现这段历史，让这段历史“活”起来，我认为作者对文体的选择是适当的。

这部作品着力描写和刻画的主人公陈嘉庚，是中国现代史上的传奇人物。陈嘉庚17岁从福建到新加坡随父经商，他聪慧灵敏而又脚踏实地、诚信坚毅，在商场上迅速成长，崛起为华侨工商巨子。他念念不忘积贫积弱的祖国，身处海外亦思尽“国民一分子之天职”[①]，大力兴学，创办集美学校和

---

① 陈嘉庚：《南侨回忆录》，上海三联书店，2014年，第4页。

厦门大学。抗战期间，他广泛动员海外华侨支援祖国，并率南洋华侨代表回国考察，轰动一时。对新中国的建设，陈嘉庚也做出了卓越的贡献。陈嘉庚是爱国华侨领袖、企业家、教育家、慈善家、社会活动家，也曾担任中国侨联主席、全国人大常委会委员、全国政协副主席等职务。陈嘉庚生平事略有诸多资料包括文艺作品可查考，但以其为主人公写小说，还是有一定难度，一是人物经历复杂，二是人物身份崇高。作品扣紧陈嘉庚早年的生活经历，包括他在中国命运转折的关头，比如辛亥革命、抗日战争期间的重庆和延安之行，所做出的重大选择。作品更聚焦他倾资办学的事迹，并通过主人公与各界人物的交往，突出他对祖国的卓越贡献和对身边人追求革命与进步的巨大影响，亦注意表现他在日常生活中普通人的一面。人物塑造粗细有度、繁简得宜，因而主人公形象和性格皆立体生动，令读者印象深刻。

历史是人创造的，历史是人的历史，对历史的记述，亦即是对人的书写。小说中，庄希泉、余佩皋、叶飞、莫耶、李林等新一代华侨和华侨子女最终走上中国共产党领导的革命道路，他们或者直接得到陈嘉庚的帮助，或者受到陈嘉庚事迹和人格的感召。庄希泉和余佩皋分别在新加坡和中国台湾进行了与英国和日本殖民者的坚决斗争，两人最后结为伴侣。叶飞、莫耶和李林都是华侨后代。叶飞中学毕业即放弃升学，脱离父母、脱离家庭，投入革命地下工作。莫耶与父亲决裂，追求革命和进步，奔赴延安进入中国人民抗日军事政治大学，并与郑律成合作创作出传遍延安和各抗日根据地的歌曲《延安颂》。李林更是生就巾帼不让须眉的泼辣性格，投身革命队伍后积极请缨上战场杀敌，最终怀着身孕牺牲在与日本侵略者的鏖战中。这几个性格各异而又个性鲜明的人物形象，使华侨的现代革命传奇增添了新的内容与色彩。

作品还涉及对现代史上一些人物的评价，比如关于厦门大学第二任校长林文庆的历史评价问题。在一些文章中，林文庆是颇为负面的人物，一是因为他在担任厦大校长期间对鲁迅的打击和排斥；二是1942年日军占领新加坡，林文庆被日军抓进集中营，在新加坡沦陷前担任日本驻新加坡总领事馆新闻官的筱崎护的劝说下，出任了华侨协会会长。虽然他还利用这一身份掩护，解救了不少爱国华侨，二战结束后也没有受到任何追究，但还是被一些人诟病。王永盛这部小说通过陈嘉庚的视角，展现了对林文庆这一人物的更为全面的审视。在小说中，曾与林文庆有过不快的庄希泉不理解陈嘉庚为何聘林文庆为厦大校长。陈嘉庚说："接到我的邀请后，他马上放弃新加坡优越的工作和生活条件，举家归国，且不领我半分薪水。你不认为，此情诚可感人？""后来我才知道，他同时收到两封电报，一封是孙中山请他担任外交部部长，另一封是我请他任厦门大学校长，他无怨无悔地选择了后者。你们都是我的好友，希望彼此放下成见，以大局为重。人活着，总是要向前看的！""林文庆在南洋之事业，如数十万元之家产，与任几大公司之主席，按年酬金以万数，但他为了厦大，将其全部放弃。此等情谊，让我感佩！"作者也直接对林文庆进行评价："其实，不仅庄希泉不喜欢林文庆，在厦门大学，林文庆曾长期被贴上保守、僵化、反动等标签。后人也因此忽略了这位教育家曾经的奋斗与奉献，但实际上，林文庆没有辜负陈嘉庚先生的厚望。从1921年到1937年，在担任校长的16年间，他兢兢业业，呕心沥血，让一座堪称中国东南最美丽的大学出现在厦门岛一侧的山风海涛之间。”对林文庆这一历史人物的再认识，也是读者阅读这部小说的一个收获。

小说以真人真事并以真名实姓进行创作，虽然其来有自，在文学史上也不少见，但其在小说本体论和小说美学上的意义，我认为仍是一个有待深入探讨的课题，《时代荣光》在这个意义上提供了又一个值得讨论的文本。

原载《文艺报》2022年5月20日

苍凉而壮丽的乡土史诗

——关于顾艳长篇小说《荻港村》

顾艳的《荻港村》，是作者从以往清一色的都市女性题材有所转变，开始有意识地涉及农村题材小说的第一部长篇作品。《荻港村》不仅在题材上有一种大跨越，而且在叙事上也展现了一种史诗性的追求，标志着作者小说创作的一大转折。

在当下的长篇创作中，史诗性的长河小说已日趋罕见，这既是一种审美意识的变迁和艺术趣味的转移，也是时代背景和社会生活状况的一种反映。顾艳不在意时尚而倾心史诗叙事，一方面是因为她对乡土的发现或重新发现，另一方面也是她对作品的内涵与相应的表现形式反复衡量后的选择。《荻港村》力图叙写浙江农村的百年风云与沧海桑田改易中的人性呈现。然而不同于某些宏大叙事的大时空架构，这部小说在时间跨度上虽长达近百年，在空间上却只局限于一隅，作者始终以荻港村这个湖州地区的村庄为聚焦点，通过对荻港村自1918年至2003年的村貌风俗与人生百态的演绎，谱写出一部乡土史诗。

长篇小说的叙事视角是一个关键。《荻港村》以百岁老人许长根为叙述者与第一人称主人公，使作品的史诗叙事有了一个可靠的视角。而且百年人生所见证的风云变幻、大地沉浮，所品尝的生老病死、人情冷暖，无疑别具丰富性、复杂性与启示意义。许长根虽然一辈子住在荻港村，但他看见和亲历了“各式各样人性编织出的无穷世界”。1918年的全球性流感，使他失去了一对18岁的双胞胎姐姐；父亲死于一次打猎，母亲爱上了叔叔；他娶的妻子先后生下双胞胎、四胞胎共六个儿子，复纳妾而引发家庭斗争，妻暗下打胎药致妾流产，妾拐走妻两个孩子，之后妻与剩下的四个儿子染上霍乱死去；他又先是续弦，与章丹凤生下儿子风林、抗敌，后与师父的女儿傻傻私通生下儿子桑果儿；章丹凤遭雷殛，年逾八旬的他与七旬的傻傻登记结婚；长寿使他再次遭遇丧子之痛，风林与抗敌分别死于癌症与心脏病；妻子傻傻80岁时猝死于心肌梗死，亦先他而去。他还经历了孙媳妇兰兰因出轨喝农药自杀，孙子六指儿被女友推撞坠楼死亡，儿媳章珍妮患老年痴呆症出走被人杀害。百岁升天之时，陪伴在他跟前的只有患侏儒症的重孙女青草和爱犬迪杰卡……在漫长的一生中，许长根不仅承受着家族的悲欢离合，还目睹着荻港村人的喜怒哀乐，感应着政治气候变化带来的阴晴圆缺、世态炎凉。从生命的结局而言，他的人生是悲剧性的；对一个不断体验着生生死死的百岁老人来说，人生尤其伤感。20世纪的中国农村，更是一部复杂的历史。许长根这一视角决定了《荻港村》的苍凉基调。

然而，《荻港村》并不是一部悲情作品，作者在苍凉的调子中绘写的是一幅壮丽的图卷。中国那近百年的历史有着太多的苦难，也有着英勇的奋斗。20世纪的中国革命搅动了数千年封建传统的死水，远离政治、文化中心的偏僻乡村同样卷起万丈涛澜。以史诗为追求的《荻港村》因此同时存在着两种时间，即日常生活时间和历史时间，并相应地展开双重叙事：日常生活叙事与历史叙事。

作者尊重历史的真实，注重人物与生活的历史性。主人公许长根是一位颇为先知先觉的乡村革命者，他在村里成立精武会，在浙江省立第一师范学校的同学、共产党员叶天瑞的指导下，在家乡开展农民运动，组织起农民赤卫军、渔民友谊社，创办并主编《蚕桑报》，并化名发表革命文章。不久，他加入了中国共产党。白色恐怖来临，许长根被捕入狱，经受了酷刑的考验。侥幸出狱后，他按照党组织指示开展抗日救亡运动，在村里办起图书室，成立抗日组织，油印抗日刊物，发动青年进行演讲、歌咏、演剧等抗战宣传活动。他还组建抗日武装力量，与侵略者进行浴血战斗。之后，他接受上级指示，打入国民党内部。抗战胜利后，他又组织成立游击队，再次被捕。新中国成立后，他却由于单线联系的上级牺牲，无从证明自己曾是卧底，因而屡次成为政治运动的对象，劫数难逃。改革开放后，已逾古稀的他获得平反并恢复党籍。许长根的这些政治经历，折射着将近一个世纪的中国历史，展示着一种历史时间；作品在这种历史时间中展开的叙事，是一种历史叙事。作者正确把握了历史与生活的关系，意识到历史对生活的限定和规约，因此对中国近百年来壮丽的历史进程予以客观而积极的表现。正是对主人公革命生涯的演绎与对滚滚历史洪流的书写，使作品具备了史诗的品格。

历史是在生活中展开的，历史与生活又是同构关系，因此，作品又流贯着一种日常生活的时间，更多的文字、更长的篇幅是关于柴米油盐、家长里短、生儿育女、婚丧嫁娶的日常生活叙述。荻港村村民琐碎平凡的日常生活中，有浪漫的恋爱，也有愚昧、偷情、饥饿与贫穷带来的邻里不和、姑嫂勃豀、父子反目，更有生命无常带来的苦难与哀伤。小说是一个百岁老人、一个革命者的叙述，然而，它既表现了革命如火如荼的峥嵘岁月，也表现了和平年代的庸常日子，表现了“革命的第二天”。而且，为一口饭、一根针而日出而作、日落而息的日常生活也许更能考验人性的耐力和底线。当年那些跟着许长根闹革命的战友，有的因为误解，有的因为糊涂，还有的因为品质蜕变，与他形同陌路，甚而落井下石。有的直到自己也倒了霉，才品味到冤屈者的悲苦……读者看到，被历史席卷的荻港村在政治、经济等方面不断地演变，然而，人生的苦难并未终止，人性的进步缓慢而有限。在这里，生活又是循环性的、圆周式的，时间的运动枯涩单调，近乎停滞。生活的沉重、生命的苍凉，令读者深思。读者的思考与想象被唤起、被激活，小说的内涵因此而扩容和更加充实。

但《荻港村》的作者知道，循环性的日常生活时间是不足以表现生活的全部真实的。因此在圆周式的日常生活叙事中，小说不忘切入线性的历史时间，以历史时间指引和规定着作品的叙事航向。作品热情地描写了历史的进步和生活的成长。历史的前进虽然不能立竿见影地带来人性即时的、彻底的改善，但它毕竟更新着人性存在的条件；生活的成长并不必然意味着人性的成长，但它预示着人性向善向美生长的希望。因此，小说的苍凉底色中又夹着明朗的调子，荻港村的变化有着许多令人欣喜和乐观的内容：村子以其人文底蕴成为旅游点，除了开办企业，还建起了名人馆、公园、太极馆，已解决温饱问题的村民们“也开始追求精神和文化体育生活了”。主人公许长根的孙女平儿在国内研究生毕业后赴美国耶鲁大学读博士学位，重外孙女石榴考上中国美术学院。孙女闯儿做油脂和丝绸生意大获成功，又在村里开办春晓渔庄。私生子桑果儿成为村支书，并改变了对许长根的敌视态度，父子最终相认。早年被拐走的两个儿子也拖儿带女地回来探亲。小说的尾声，主人公的爱犬迪杰卡即将老死，然而作者赋予了一种诗意的叙述：“我突然听到一阵梦呓般的叫声，那是我主人对我亲切的召唤。我眼前出现了主人影子轮廓。但一会儿它就裹着一团白气，袅袅地飘走了。我在疼痛中，战栗不已。于是随着那团白气，我消失在日出前的夜幕中。我知道当一个火红的太阳从山冈腾空而出时，大地一片银白、洁净，千年的荻港村，将妖娆而斑斓地熠熠闪光。”这段婉丽抒情的叙述，是小说的收束，也是延伸：荻港村过往的故事暂告一段落了，一个时代或几个时代的生活已经终结；而历史仍在前行，等在荻港村前面的是一个光明灿烂的未来。这是乐观主义，是理想主义，但也是现实主义——它源于作者对乡土现实的观察、理解与信心。

原载《文艺报》2008 年 12 月 16 日

宏大的叙事　巧妙的构思

——关于黄秀萍长篇小说《中国智造》

黄秀萍的长篇小说《中国智造》(《中国作家》2022年上半年长篇小说专号)是一部题材重要、内容厚重的作品。作为一位深圳作家，作者对深圳作为中国改革开放最前沿和中国特色社会主义先行示范区的现实生活保持着敏锐的眼光和触角，善于感应、发现和捕捉深圳这座国际化新型城市的脉动、魅力、活力、创新力和引领力。

这部作品聚焦的是深圳的智能制造企业，描写这些企业的掌门人亦即企业家的生活。这些掌门人有国有企业家(刘富强、古睿)，有民营企业家(陈翰、史诗)，有境外企业家

（秦志远）。这些企业生产的特点，就是从中国制造升级到了中国智造，即产品制造的智能化，生产出的是智能化制造的产品。中国智造和中国制造，一字之差，代表的却是两个不同的量级，甚至是两个不同的时代，也代表着一个时代对另一个时代的超越，以及一个时代的创新。小说取名《中国智造》，还表达着对中国品牌、中国创新力的期待，同时也体现着作家写作上的一种雄心壮志，即这个题目是在告诉读者，这是一部主题上乃宏大叙事的作品。20世纪90年代以来写小花小草、琐琐碎碎、一地鸡毛的小说已经太多，像《中国智造》这样敢于迎面描写大题材、敢于驾驭大题材尤其是工业创新题材的作品，我认为是很可贵和值得鼓励的。

《中国智造》构思颇为巧妙。主要人物的故事都围绕着已经不存在于人世的姑娘李凡展开。李凡长相美丽而又心地善良、性格刚毅，17岁时早恋被学校发现，因拒绝供出男友古睿而毅然辍学，到深圳先当“走鬼”（盲流）后进工厂做流水线上的工人。在一次机器故障中，李凡为保护同事们的安全受伤而死，生命定格在21岁。小说里的主要人物，或是李凡的亲人、亲戚，或是同乡同学，或是老板上司，或是朋友恋人，他们最终都被李凡所感动、感化，被李凡美好和光辉的品质所折服。小说借李凡这一形象，较为深入地探索和挖掘了这些致力于中国智造的人物的内心世界，较为深入地探讨了爱情与人性。在此意义上，可以说这是一部爱情小说，也是一部探索人性的小说。作者显然认为，爱情能集中体现人性，描写人物对待爱情的态度和在爱情中的表现，就能刻画出人物真实的和深层的人性。在小说中，所有爱恋或倾慕李凡的人物都被她感化了，甚至被她影响了一生，因此小说对爱情的表现，又带有理想主义的色彩。而这又关联到小说的主题，即中国智造，也就是中国智慧、中国精神、中国力量。中国智造及物更及人，产品的背后是制造产品的人。作者对中国智造背后的人，即站在科技创新前沿的中国企业家们寄予极大的希望，他们有缺点和弱点，但他们更有情怀和担当，有强烈的事业心和科学精神、竞争精神、冒险精神，所以作者刻画这些人物形象时也很自然地赋予了他们一定的理想色彩。在新冠疫情仍在全球肆虐、全球化与反全球化博弈、合作与“脱钩”并行的特殊时期，《中国智造》这部小说的问世很及时，也很有意义。小说彰显了一种不屈的民族意志和民族精神，是一部激情之作，也是一部大气之作。

小说的巧妙还在于李凡这一人物的设置。在小说中，作者并没有对她进行直接描述，而是通过不同人物的转述刻画李凡的形象。李凡不在场而又处处在场，她的生命终止在21岁，这是青春的年华，也是最美的时刻。李凡还没有品尝过性爱，更没有沾染人生的世故。这一形象实际上是美和美德的象征。李凡的形象是以象征化的手法塑造的，但这个形象又是具体可感的，这是这部小说的一个特点。

这部小说的语言比较诗化，所以显得有些夸张。小说应慎用夸张的语言，尤其是这样一部现实主义小说。

2020 年 9 月

暗战传奇　人性写真

——关于童峥长篇小说《你这个特务》

童峥的长篇小说《你这个特务》(解放军文艺出版社2013年出版)，以抗日战争爆发之前日本间谍组织对中国的渗透和中日两国的暗战为题材，展开了一幅惊心动魄的画卷，反映了中国大好河山被侵略者觊觎和践踏的那段耻辱历史和烽火岁月。

这部作品在人物塑造、情节构思和故事叙述方面运用传奇手法，体现着对中国传统小说叙事模式的继承。以“叙述宛转，文辞华艳”(鲁迅语)的唐传奇为代表的中国古代短篇小说，以其鲜明的人物形象、曲折的故事情节和艳美的语言文采，影响着后世的文学创作。即使是浸受现代主义与后现代主义的欧风美雨的中国现当代文学，也仍然在另一方面从本民族的文学传统中汲取灵感和养分。小说《你这个特务》正是这样的一个文本。作品讲述了一个曲折离奇的故事：女主人公宁思凡准备出嫁之际，父亲、外祖父、外祖母及一个伙计被日本女特务土井樱花枪杀。丧父的宁思凡和母亲先是被宁家扫地出门，继而被未婚夫一家借故退婚。宁思凡应聘到市女子中学任体育教师。某日，她在山上被三个日本浪人围住调戏，被开照相馆的高家俊出手相救。媒人给宁思凡介绍对象，而对象碰巧就是高家俊。高家俊本是山东人，幼年时父亲被大水冲走，在逃难途中又与母亲、哥哥离散，被孤儿院收留后又被日本人领养，并带到日本特工学校培训，还被日本特务头子、土井樱花的父亲土井英贤收为义子。20年过去，高家俊作为日本特务被派回中国。有一次，他在山上搜集情报时摔伤获救，施救者正是宁思凡的外祖父。宁思凡的外祖父识破高家俊的身份，一边为其疗伤一边进行规劝。高家俊与宁思凡结婚虽系奉日本特务机关之命，然而妻子的深爱、岳母的善良、三口之家的温暖，使从小缺乏亲人关爱的高家俊内心的寒冰开始融化。高家俊奉命刺杀北平市[①]官员贺守忠，遂制造死亡假象远离宁思凡母女而去。宁思凡千里寻夫亦辗转来到北平。宁思凡被坏人设局陷害后获贺守忠干姐墨竹搭救。共产党派火石等人到北平抓捕土井樱花并暗中保护贺守忠。火石从宁思凡对丈夫的描述中惊悟高家俊就

① 今北京市。

是多年前失散的弟弟，而墨竹则是火石和高家俊的母亲。高家俊在刺杀贺守忠的现场被土井樱花枪击，墨竹为儿子挡子弹而死。高家俊认祖归宗改回徐姓，并和宁思凡在火石的带领下加入了共产党的队伍，在干部培训班任教员。抗日战争期间，高家俊在与土井樱花的再次较量中牺牲……这部作品所设置的人物大都为某种因缘牵连在一起，跌宕起伏甚至大起大落的人物命运，赋予小说强烈的戏剧性，体现着一种传奇性的审美追求；暗战、间谍、爱情、恩仇这些元素和通俗的语言、明快的节奏，与当下读者的阅读兴趣契合，使得这部小说在接受层面上具有雅俗共赏的可能性。

传奇叙事一般更为注重人物的外部描写，通过人物言行来塑造性格，而基本上不深入人物的内心世界。形式所内含的这种风格特征，往往亦使传奇叙事在艺术效果上长短互见。传奇作品痛快淋漓易，长思沉吟难。而《你这个特务》这部小说则表现出一种熔铸传奇叙事与价值思考的意图，这就是小说对历史中真实人性的呈现。这部小说的题材在写作时甚易诱导作者谱上民族主义的高亢基调，但作者不取此一路向，而是选取一种平民的视角，凝视沉浮于动荡时代中的人们的心性。女主人公宁思凡一心一意爱着自己的丈夫，只想跟丈夫和母亲好好过日子。在得知自己嫁的竟是一个日本特务后，小说这样描写她的心情："对高家俊，她是又爱又恨。爱，毫无疑问，她爱高家俊。高家俊救过她，也许从那一刻起，她就已经爱上他了。结婚以后，高家俊对她百般呵护，让她享受到了爱情的甜蜜和幸福。可是另一方面，她又恨高家俊，她恨高家俊欺骗了她！"到山东调查了高家俊不幸的身世后，宁思凡又对他产生了深深的同情。她不鄙夷高家俊，而是千里迢迢到北平，要把他找回家过平常人的生活。而与宁思凡相恋和结婚，亦使从幼年起即浸泡于冷血残酷的日本特务生涯中的高家俊感受到情爱的欢愉和家庭的温馨，感受到平平常常的生活的吸引力。所以当与日本人决裂后，他首先想的是和妻子宁思凡“过柴米油盐的小日子，三十亩地一头牛，老婆孩子热炕头，到深山老林里男耕女织……”对凶残的土井樱花，他本可一枪击毙，然而念及与她多年的相处，所以仍是枪下留情，以致抗战即将胜利时牺牲于与土井樱花的再次决战中。在妻子宁思凡的怀里，他“用尽最后一点力气”说出的话是：“老婆，我真想等天下太平了，能和你，和孩子，过幸福的日子……”小说的这些描写，直指人性的真实，是对被卷入战争狂飙的普通人心态的还原。不求伟大，心思平凡，正是这部小说在抗战题材作品已是林林总总的背景之下仍能别开生面之原因所在。

宋代洪迈评论唐传奇“小小情事，凄惋欲绝”，而传奇色彩浓厚的《你这个特务》尚有深刻的寓意。小说不仅写凄惋欲绝之“小小情事”，而且包容某种宏大意蕴。和平的生活、温馨的小日子，经常只是一种空想。在民族和国家遭遇外侮之时，“小日子”更只是一种不可企及的奢望。正如小说里共产党人火石对高家俊所说的：“弟弟，你的愿望挺好，其实我也想过小日子。可是，生不逢时，多少人想本本分分地过小日子，可是祸从天降！你看看，思凡的姥姥姥爷，那不是在小山村里过小日子，可是谁能想到遇到土井樱花。”独立的民族和国家，才有可能给人民带来幸福生活。而人民也只有在追求独立的民族和国家的奋斗中，才能觉醒为历史的主体。高家俊从小即被日本人抱走并训练为日本特务，民族意识一度颠倒错乱，这多少是一个喻示。宁思凡也曾远离时代的洪流，学生上街游行抗日，身为教师的她却遵母命“赋闲在家”。直到高家俊和宁思凡跟随火石加入抗日队伍，在与侵略者浴血的战斗中，他才从一个民族意识浑噩懵懂乃至颠倒错乱的国民真正成长为一个具有主体性的现代人。高家俊献出了肉体的生命，而灵魂却获得了淬炼和升华，他和宁思凡向往平凡却终铸辉煌。小说通过人物的性格与命运展示了一种历史与人生的辩证法。

原载《中华读书报》2013 年 1 月 16 日，原标题《〈你这个特务〉：暗战传奇》

乡土文学的新质

——关于尹马长篇小说《回乡时代》

我是从乡土小说这个视角来看尹马的长篇小说《回乡时代》的，虽然小说封面上这样做“广告”：“写了乡村，但不‘乡土’；写了城市，但不市侩；写了两性，但不庸俗……”小说取名“回乡”，两位男女主人公的故乡都在乡村，全书大部分的故事情节都是在主人公的故乡南广县展开的，何况小说封面两行“大广告”的其中一行是这样写的：“一部全国脱贫攻坚主战场的‘现实记录’。”脱贫攻坚的战场就是乡村。乡村题材小说，再如何诠释，都脱离不了“乡土”。

当然，这部小说也可以首先被认为是脱贫攻坚题材作品，也确实是脱贫攻坚题材小说的重要的和可喜的收获。但我觉得如果仅仅把它作为脱贫攻坚题材小说来谈论，还不足以穷尽它的意义。《回乡时代》这部作品是很能提供话题的小说。

把《回乡时代》视为乡土小说，并不是意味着这是“旧瓶装旧酒”，它实际上完全承袭了文学史上的“乡土小说”的衣钵。事实上，这部小说与鲁迅所力倡的乡土小说或曰乡土文学，包括当代的乡土小说、乡土文学的面目乃至“身体”已是大大的不同。这部小说的“历史内容”已经与之前的乡土小说、乡土文学拉开了距离，我把这个距离称作“新质”。《回乡时代》呈现了乡土文学的新质。

现代文学和当代文学的乡土叙事，历经了国民性批判、苦难诉说、风情猎奇、唯美描写、革命叙述、文化寻根等发展途程与演化界面，虽然风格面目也各有不同，但只有一条线贯穿其中，只需一条线就可以把它们牵在一起，这条线就是乡村。以往的乡土小说中，只有乡土，也只看见乡土。而在《回乡时代》这部小说里，一条线变成了两条线，乡土小说、乡土叙事中，除了乡土，还有城市。而且里面的城市，不是一般的城市，而是改革开放的前沿，是温州、上海、东莞等可以作为改革开放地标的城市。

《回乡时代》这部小说呈现的新质，并不完全是出自文学想象和构思，而更多的是时代生活的变迁和革新所致。脱贫攻坚和在中国大地上轰轰烈烈开展的乡村振兴，是与城市紧密联系的，也是与城市血脉相连的。没有哪一个时代像新时期以来这样，中国人大规模地在乡村和城市之间往返进出。几亿农民工离开乡土进入城市，农村知识青年也无比自由地前往城市寻找他们的发展空间和创业机会。城市最终成就了他们中的优秀者的事业和人生。而在脱贫攻坚战场上和乡村振兴的奋斗中，广大扶贫干部和扶贫工作者是主力军。在扶贫工作者的队伍里，必然会有许多离乡的优秀游子，他们必然会对故乡激情反哺和倾情奉献。而这样的情景、场面，这样的人物和历史内容，是之前的历史时期所不可能有的；或者即使有，也是零星的、个别的，而不是大量的、普遍性的。《回乡时代》这部小说敏锐地捕捉到并展现了时代激荡人心的嬗变，展现了乡土温馨、温情的新变。

小说男女主人公的故乡南广县，是一个国家级特困县。小说里写到，“有很长一段时间，南广在人们心中的印象是糟糕透顶的：交通滞后，教育水平低下，老百姓素质不高”“很多南广人就把这一切归罪于政府不作为，动不动就在网上谩骂，村干部、乡镇干部、县领导一时成为众矢之的，一件小事可以瞬间放大，连一棵树被雷劈成两半都要嫁祸到干部身上”。而仅仅是几年过去，现在南广的文明程度得到了大幅度提升。主人公周楚阳发自内心地认为：“南广这些年的发展，得益于一批乐于干事、甘于奉献的干部。只要领导干部没有私心，一切都从人民的实际利益出发，群众自然就会信服，就会得到感化。”小说抓住了当下乡村剧变的最主要动因，而这也是当下乡土小说与以往乡土文学的一个重要区别。

《回乡时代》也并没有把南广县描绘成田园牧歌式的世外桃源。这块土地上依然有恩怨的包袱，有善与恶、美与丑的冲突与斗争。周楚阳、彭玉素两位主人公来自两个结下了仇怨的家庭。周楚阳的南栗公司的板栗树苗两次被拔、被砍，一些贫困户甘于贫困，懒惰、麻木……彭玉素的教育事业也在素质教育和应试教育的辩争中摸索前行。然而，一旦贫困的枷锁被打破，乡土的风貌必将焕然一新。乡土或许仍不是净土，但会孕育更多美好的德行，使人们绽放更多舒心的笑容。

主人公周楚阳、彭玉素是有新意的人物形象。这是两个跨越城市与乡村的人物，两人之间传奇而古典的爱情或许仍未脱离传统小说的模式，但两人的身份是时代前行的一个标记和乡土剧变的一个符号。他们是城市也是乡村的企业家，他们的事业、人生在故乡也在城市。小说的结尾，他们一家人准备“从南广出发，带着干净的心情到他们所熟悉的世界去，把他们建设在远方的事业检阅一遍”。对于两人来说，“出走或者回乡，其实最美的部分是在途中”。这种乡村与城市的千丝万缕、彼此同在的联系，这样栖息于乡村也栖息于城市的人物中，的确在一定程度上刷新了人们对乡土小说、乡土文学的认知，也在一定程度上改写了乡土小说、乡土文学的定义。

小说取名《回乡时代》值得商榷。农民工和企业家返乡，即使是一种现象，也很难把时代命名为“回乡时代”，因为城镇化正在进行。目前，我国的城镇常住人口已经超过农村。进城，也还是时代的一个潮流。

这部小说人物的语言生动、幽默、机智，这也是小说好读的一个因素。但主要人物甚至次要人物都是这样的语言风格，未免模糊了人物个性。

2021 年 5 月

《神山》的特色和意义

长篇小说《神山》是杨文升十年磨一剑“磨”出的作品。这部小说的出版，体现了作者对文学创作的锲而不舍的坚韧意志和执着追求。

《神山》的故事时间跨度为民国初年至新中国成立之初，故事的主要发生地是百色地区的挂丽姬苗乡。小说以家族叙事的笔法，叙述挂丽姬苗王尤本一生的经历。虽然小说人物和挂丽姬这个地名是虚构的，但作品具有一种艺术的真实性和历史的连续性，呈现了一种历史叙述的意图和面貌。因此，这部小说可以被视为百色苗族地区近现代历史变迁的文学书写；或者说是以文学的形式，从一个侧面呈现百色苗族地区迈向现代社会的艰难而又不可逆转的步履。

《神山》的故事有一定的传奇性。民族地区、民族风情本来就具有一种天然的、鲜明的特色，而主人公尤本从一个在蛮荒恐怖的深山密林中生长的孤儿，成为当时威震一方的苗王，人物的传奇色彩十分浓烈。《神山》的故事和人物设置是按一种传奇手法构思和安排的，但作者在创作过程中又是克制的。他克制了小说内在的传奇性，抑制了传奇性的发展，没有把这部作品写成一部传奇小说或通俗小说。作者虽然没有较多地探索人物内心，没有较多地进行心理描写，但他注意写人物的情感，注意表现人物情感的丰富性与复杂性。比如，尤本虽然娶了十三房太太，但他并没有利用作为苗王的威权，而是在女人们自愿的前提下跟她们结合的。如果女人对他或者对这种生活腻味了，坦率地向他提出分开，他也愿意放手。他不是一个情种，但在对待女人的问题上，他有善良和细腻的一面。小说倒是写了一个情种，就是尤图这个人物。他十数年日夜不息，风餐露宿，为情人丝丝吹笙，也不惧情敌尤本的赫赫威势。而尤本也能大度地容下他，最终还成全了他和六姨太丝丝的爱情。

这部小说对人物情感的叙写和表现实际上是作品历史意识和历史呈现的一部分。《神山》作者更大的追求，乃意欲表现历史的丰富性和复杂性。尤本曾接受国民政府的任命率领民团抗日，抗战胜利后再次充任国民党军职，解放军来后他先是投诚并受派赴南宁学习培训，但培训归来后又组织新军企图维持苗王权力统治，最终失败自尽。小说没有拔高人物，而是依据作者对历史的认识和理解，从历史出发去塑造人物。尤本的身上体现着苗族历史文化的特质，也有着历史局限性，小说揭示了人物的这种历史局限性。人物的复杂性、历史的复杂性，以及亦实亦幻的手法、亦庄亦谐的语言所营造的意境氛围和作品本身的基调风格，是这部小说的特色。

《神山》也存在不足。比如没有注意交代清楚尤本被新生的红色政权派到南宁学习培训后，又回乡组织新军的原因。另外，人物的语言掺杂一些当代词语，如“解构”“吸睛”等。

主人公尤本在临终前对自己的一生进行了沉痛和深刻的反思：“尤本我一生舞刀枪，老婆孩子输光”“天下汉苗一家，大地共和，人间欢乐，我们用什么怕啊躲啊。”小说体现出中华民族共同体意识，这是来自各族人民的亲身体验和发自内心深处的认同，这是《神山》这部小说最重要的意义所在。

2021 年 10 月

对儿童文学特性的坚持与追求

——关于李梦薇长篇儿童小说《阳光无界》

李梦薇长篇儿童小说《阳光无界》的出版，是拉祜族文学也是少数民族文学创作的一个可喜收获。

《阳光无界》题材具有独特性。小说描写中缅边境的儿童生活，表现中缅儿童的跨国友谊，这在儿童文学创作中很罕见，十分难得。题材的独特性，使《阳光无界》很容易地与其他儿童文学作品区别开来，在题材上这部小说已占了一定的先机。

《阳光无界》创作手法的一个显著特点，是小说内容的传奇性与日常性的融合。这部作品的故事是内地读者不大熟悉甚至可以说是陌生的，这种陌生使作品的故事具有一定的传奇性。毕竟，跨国故事、跨国友谊，对大多数读者来说只能是想象中的存在，是一种远离或有别于日常生活的传奇。但另一方面，对边境地区的读者来说，这种故事、这样的友谊又是一种实实在在的日常生活，是日常生活的一部分。因此，这部小说具有传奇性，又具有日常性。

但作者处理得很出色，作品的传奇性和日常性很自然地融合，让人读来既有新鲜感，又觉得有一种日常生活的亲切感。这是因为作者很细致地捕捉和描写人物的情感世界和喜怒哀乐。书中的人物，无论是成人还是儿童，大都是纯朴和善良的，他们的内心就像热带的阳光一样，炽热和明亮。虽然这是带着理想色彩的描写，但更能让读者产生共鸣。

小说执着地坚持和追求儿童文学的特性。所谓儿童文学的特性，也就是儿童本位的文学创作。作者自觉地从儿童本位观察和描写儿童生活，并将儿童作为读者对象。有些儿童文学作品实际上是写给成人看的，作品内涵复杂、沉重，很难说是出色的儿童文学。优秀的儿童文学作品要能走进儿童的内心，要契合儿童的心理特点，让儿童在心灵的陶冶中得到启迪和成长。

作者对这部小说的主题处理得举重若轻。《阳光无界》的主题是多重的，如果严肃地看待，这些主题又是重大的。它涉及跨国交往、民族团结、生态保护等诸多方面，如果从成人本位来写，这将是一部读来可能很厚重也很沉重的小说。但儿童文学如果产生的阅读效果是沉重的，那就很难说是成功的。儿童文学是培养儿童的，是培养儿童的开朗品格而不是使儿童变得忧郁，让他们心事重重。但儿童文学也不能娱乐至上，让儿童快乐却浅薄。儿童文学要以有意义的生活、有意义的人生引领儿童、启发儿童。真善美就是生活和人生的意义。真善美应该体现在人类生活的方方面面，比如国际交往、民族交往，人与人、人与自然的关系。小说对缅甸的描写，采取的是一种平等的视角和亲和的叙述。小说隐含着这样的重大主题，但它是以儿童乐见的故事情节、人物的真情实感和命运起伏来体现的，有性格鲜明的人物，有生动感人的细节，有传神畅达的语言，是感性的、生活化的和审美的呈现。这种对重大主题的举重若轻的处理，是在对儿童文学创作的深刻认识、理解基础上付诸实践的，体现了作者出色的文学才华和功力。

这部小说也还有提升的空间，主要是语言的准确性仍需要打磨。

2021 年 4 月

文化情怀　诗意叙事

——关于陈廷佑长篇小说《龙脉》

陈廷佑的《龙脉》(河南文艺出版社2018年3月出版)在我的阅读印象里，是第一部以中央机关生活为题材的长篇小说。以此观之，《龙脉》不仅在长篇小说的题材上有拓展，而且在创作精神上展现了探索的勇气。

中央机关是权力中枢，虽然小说主人公陶砚瓦所在的单位并不是掌握国计民生的部门，但终究是一个为高层提供咨询服务的正部级单位，因此也是一个典型的官场。在这个官场里，同样存在着正与邪、善与恶。官场是一个复杂的人性展现场，冠冕堂皇下的利益算计、钩心斗角、徇私枉法、放情纵欲等等是缺少不了的戏码。陶砚瓦所在单位的四位班子成员中，王良利和张双秀人格卑劣，因为贪欲而堕落；一把手尚济民具有较高的理论水平和实际领导能力，但也有被家人牵制和被谗言左右的弱点。单位干部有耿直者如刘世光和主人公陶砚瓦，也有谄上骄下者如屠春健和以色邀宠者如孙香品。这也是一个鱼龙混杂、泥沙俱下的地方，与市井江湖有所不同的，只不过是个中人大都罩着履历、学历等一层层光鲜的外套罢了。

《龙脉》直面这些生活的真实，将上层官场中官德崩坏、人性沉沦的一面揭示出来，撕裂给读者看，却没有滑入揭秘猎奇一路，更没有渲染末世虚无情绪。它写官场却不是一般意义的“官场小说”，它写腐败亦不同常见的“反腐文学”，小说的重心是关于中华文化、中华文明复兴的思索与追求。一种溯古追今、承前启后的文化情怀贯穿其中，成为作品的主旋律。

小说取名“龙脉”，这是中国传统文化中一个很典型的词语。小说中，周敬先与尚济民会谈时说的一段话，可作为对小说书名的解释：“我感觉中华文化也是一条龙脉，这条文化龙脉从有文字记载开始，甚至从更早开始，由历史、文化、思想、观念、艺术、法律等终归形而上的东西构成，几千年来从未中断……这条文化龙脉有时现于大地，有时飞于天上，当然也有时会‘潜于渊’了。总之它从没有中断。”小说围绕着主人公陶砚瓦所在单位要建国学馆这一文化项目展开故事和情节。尚济民提出设想和运筹，陶砚瓦具体负责项目申报，还有梁继、王晓彤等参与其中的年轻人，都是全身心地投入这项工作。他们的心中充满着弘扬中华文化的热情和梦想，他们的身上体现着一种随着国家综合实力的上升而不断增强的民族文化自信。这些人物的言与行、情与思，体现着一种理想，这使这部小说显现出一种文化抱负。

《龙脉》的叙事亦充满诗意。作者赋予主人公陶砚瓦出色的诗词与书法才华，小说中穿插多首诗词，并有多处关于诗词和书法创作的描写和议论。陶砚瓦虽在政治色彩很浓的中央机关工作，但对诗词与书法的痴迷使他的性格具有文人的清高、洒脱和率性，这使他在单位这个官场中不大合群。他的仕途并不顺畅，甚至屡遭排挤和欺压，但这并没有使他颓丧消沉。他始终持守人格，在大是大非面前不放弃原则，最后自动从权力场上撤退，而开辟自己的诗词与书法创作新天地。这其中并无太多的伤感与不舍，这是因为主人公有坚定而充盈的文化理想和追求，同时作者是以诗意的基调叙述故事。在小说的尾声，陶砚瓦在香港举办的诗词和书法展览甚为成功。他躺在宾馆的床上望着天花板，感到“作为公务员的天花板已经不在了，但是人生头上永远有个天花板，总是对每个生命给予看得见的希望，又对生命的空间进行限制”。窗外的曙光像一条巨龙从南海向北方飞来，“陶砚瓦想起中华龙的龙象：元亨利贞，刚健中正。目前尚是潜龙勿用，终将一飞在天”。主人公把个人的命运跟民族文化的命运联系在一起，他的内心诗情汹涌。

《龙脉》将真实性与理想性较好地融合。即使是对主人公陶砚瓦的描写，作者也没有进行拔高。在官场中，因为性格，陶砚瓦的能力实际上并不强，他所处的位置也使他只能是一个具体执行者的角色。但这并不妨碍他成为一个文化理想的追求者和奋斗者，从而散发出另一种人格的和精神的魅力。正是这种魅力，使他深受有同样气质的几位女性的喜爱，小说不讳写这些情事，是为了突显人物的真实性。

如果要指出小说的不足的话，那么作者与小说主人公是否保持充分的外位性可能是一个问题。小说是虚构的叙事，即使人物形象具有充分的现实依据，仍然不能取消小说的虚构性质，否则就会成为非虚构的纪实作品。作者不能等同于小说的主人公，主人公是外位于作者或作者是外位于主人公的，如果距离太近，将会削弱这种外位性，影响作者对主人公更为客观、深刻的审视和把握。这部小说还是存在着外位性不足而导致的缺少一定反思性的局限。

2018 年 3 月

演绎中国历史的英雄时代

——简评冷明权长篇小说《远古大帝》

《远古大帝》是一部难得的小说。之所以说它难得，是因为它所表现的主人公舜和尧、禹等上古时代人物的事迹，在史籍中只有简略的记载，并无详细的叙述。而且由于没有文字的发明或者流传，尧、舜、禹这几个人物只是以传说的形式出现在中国历史上。因此，把舜的事迹敷衍成一部64万字的长篇小说，是很不容易的。这需要作者冷明权做很多功课，除了要爬梳典籍，搜寻关于这几个人物的只言片语，还要走向田野，采集民间的有关传说。

除了素材稀少，难度更大的是，这部小说面对的不仅是一个重大题材，而且是一个人类社会发展的重要节点。作者对尧、舜、禹时代的理解是人类从野蛮时代向文明时代过渡的阶段，也就是西方史学界所说的英雄时代。人类在这个时代，在这个发展的节点，处理和解决了一些关乎人类生存的重大问题，比如伦理问题，包括家庭伦理、婚姻伦理、性伦理，当然，还有政治伦理和政治制度。《远古大帝》以小说的形式，通过小说的人物和情节，表现了人类社会的政治制度、族群关系、家庭关系、婚姻关系、性关系等在这个时代的加速进化，揭示了英雄时代的中国的历史演变。对于作家而言，面对这样的题材，处理这样的内容，创作的艰巨，对知识与才华的挑战不言而喻。可以说，《远古大帝》这部长篇小说的创作是一个重大工程。现在呈现在读者面前的文本，让读者看到了作者出色地完成了创作，他把这一段人类社会发展的历史，把中国历史的英雄时代，演绎得丰满生动、荡气回肠。

《远古大帝》的作者对自己的创作有深刻的理解，对这部小说的内涵和有可能抵达的意义有充分的把握。作者在书的前言中说，这部小说初版于2006年，之后他并没有构思新的创作，而是一直在思考怎样完善这部作品。因为他感到尧、舜、禹时代的写作素材极其丰富，还是要不断地打磨这本书。这样的认识，这样的认真和坚持，必然能拓展思路，深化思考，充实细节，丰富内涵。这部小说扉页上的四句话，“平民成功的榜样，德孝处世的楷模，齐家治国的典范，催人泪下的爱情”，是对主人公舜的概括，也是对这部作品的意义的归结，即这部作品有励志的意义，有齐家治国的意义，还是一部动人的爱情小说。但这只是一种简单的概括，实际上作品还能引发读者对社会发展和人性的许多思考。比如尧、舜、禹成为治国理政的典范，与他们的人格修养有莫大的关系，但更取决于他们所处时代的社会发展水平和生产力发展水平。禅让制之所以能成功，与物质生产的低水平和私有制的不发达有着密切的关联。作品穿插了关于禅让与当代西方民主政治的比较的思考和议论，先不论如此结构是否得当，但这部作品肯定会引发读者关于这方面的思考。又如，关于舜对孝的坚守，对父亲、后母和弟弟象的最终被感化的描写，实际上也表达了作者对人性的一种信念，这就是无限的耐心终能融化冥顽愚昧，终能导致善的结果。这种对人性的信念揭示的是作者对人性的深入思考。人性善与人性恶的争论自古至今不曾消减，而人性恶似乎更是现代社会的共识，因为种种法律就是对人性恶的防范。但作家既应是现实主义者，也应是理想主义者，应对善的胜利始终保持信心。《远古大帝》这部小说体现了这样的信心。

这部小说的出色之处，还在于把舜还原成了一个人。在典籍和民间传说中，尧、舜、禹是圣人，是神话一样的人物。但神化尧、舜、禹无异于否定了他们曾经存在的真实性。文学是人学而不是神学。《远古大帝》中，无论是主人公舜还是尧、禹，都是活生生的人，是有喜怒哀乐、七情六欲的人。当然，他们在精神上、人格上、才能上，又是超群绝伦的人。但他们的卓越，并不是天生的。作品描写主人公舜从一个普通的平民之子，经过多年艰苦学习和磨炼，始终如一忍辱负重，一步步成长为一代贤帝的历程。这样写，还原了一个人的面目，也使作品能够打动人，散发艺术魅力。

作家主体性的强大，也是这部小说令人称许之处。表现舜和尧、禹的事迹，可援引的材料不多，更多的是要依靠作者的想象力。但想象力并非作家主体性的全部。作家的主体性决定着他的想象力的方向、广度和深度。作家对历史和现实深刻的思考、独立的思想，才能赋予他的想象力以质量和分量。《远古大帝》遵循舜和尧、禹在中国历史上的定位，但不为古籍记载所囿，而是展开充分的、大胆的想象，赋予小说生动的细节和故事性，以及人物性格丰满的刻画和可信性。而对故事和人物性格的想象始终贯穿着作家极强的主体性，从而使小说故事和人物性格体现着作者深刻的思考，体现着以仁、和为核心的民族精神，体现着民族文化的浸润和照耀。

不过，夹叙夹议的手法对小说艺术的圆融和完整性会有所损伤。以附录的形式体现作者对某些相关问题的思考，或许效果更佳。

2014 年 10 月 25 日

一方水土　十方世界

——《1979—2019 广西宜州文学作品典藏·小说卷》序

宜州在广西乃至全国都是一个出名的地方，因为它是传说中的“歌仙”刘三姐的故乡。刘三姐的故乡，也可以理解为一个有历史和文化底蕴之所在。比如，它秦时属桂林郡地，汉代时置定周县，历史颇为悠远。又如，北宋与苏轼齐名的大文学家、书法家黄庭坚晚年贬谪地即宜州。黄庭坚在宜州开讲席，兴教化，并有诸多诗文创作，其《虞美人·宜州见梅作》云：“天涯也有江南信，梅破知春近。夜阑风细得香迟，不道晓来开遍向南枝。玉台弄粉花应妒，飘到眉心住。平生个里愿杯深，去国十年老尽少年心。”宜州今有黄庭坚纪念祠。宜州又为著名的彩调之乡，20世纪50年代，宜州的彩调《刘三姐》和《龙女与汉鹏》曾在中南海怀仁堂上演。

当代宜州也是人文兴盛之地，涌现了以聂震宁为代表的文学创作群体，在文坛饶有影响。为献礼新中国成立70周年，广西民族出版社要出版一套“1979—2019广西宜州文学作品典藏”丛书（韦茂明主编），老朋友、原宜州市文联主席谢树强先生约我为丛书小说卷作序，并强调说宜州可是《民族文学》创作基地云云。确实，《民族文学》宜州创作基地已于2019年5月20日挂牌成立，因此，为本书作序，似乎是我义不容辞的责任了。

小说卷收入27篇作品，作者有15位：聂震宁、谢树强、宋安群、李果河、谢少萍、龙京才、温存超、韦淑红、聂震宇、周国勇、侯志锋、蓝明理、韦祖杰、韦望林、韦克友。宜州是多民族聚居地，宜州文学作者群亦为一个多民族团队，小说卷收入的作品，有的就是在《民族文学》发表的。因为有的作者是老朋友，故此书中的一些作品，我以前曾经拜读。此次为了作序重读或首次阅读相关作品，是一个使我进一步了解当代宜州文学，令我更深入地认识宜州这片土地、风俗与人的过程。

书中收入的聂震宁的7篇作品，比较全面地表现了宜州的地域风貌、民族风情与当代历史进程。聂震宁并非少数民族，但7篇小说却有3篇是少数民族题材，这体现了作者对宜州多民族生活与文化的自觉而深刻的观察与体认，以及对少数民族同胞的尊重与诚爱。开篇《绣球里有一棵槟榔》发表于《广西文学》1981年第5期，并被《小说选刊》当年第

7期转载。小说叙写达伦、勒龙、勒古三个壮族年轻人的爱情故事。三人都是同村好友，勒龙、勒古都深爱着达伦，两人的人品都深得达伦姑娘认可。谁能成为自己的爱人，她长时间难以抉择。即使想出了用绣球塞槟榔子让两人抓阄的办法，她仍然情不自禁地在两只绣球里都塞进了槟榔子。但她没想到的是勒龙隐瞒自己拿到的绣球也有槟榔子，而让勒古“胜出”。而“抓中”的勒古却并不欣喜若狂，而是“垂头丧气，怔怔地看着自己绣球里的槟榔子，连连摇头：‘不行，不行……’”小说里的友情、爱情与人的品格，闪耀着纯朴和崇高的光辉。《云里雾里走马帮》中的壮族村子勒马寨，迎来了改革开放包产到户的日子。率先成为新生活弄潮儿重新拉起马帮的却是昔日的山主劳福田，而曾经的勒马寨革命领头人、村贫下中农协会主席哥代和翻身雇农劳伦，又像35年前一样成为劳福田的赶马伙计。然而35年前后的变化毕竟是天翻地覆的，劳福田已被斗掉山主的邪性与臭架子，而哥代则多了一些要学劳福田做生意的本事以带领村里穷乡亲们致富的心思……发表于1985年第3期《当代》杂志的这篇小说中，作者对走共同富裕之路的前瞻性认识与表现令人惊异。《长乐》《从善》《有朋》《男婚》4篇属聂震宁的“长乐系列”小说。小说中的长乐城，或可看作作者故乡宜州城。小说既倾注着作者对故乡的热爱，也贯穿着一种文化反思与批判精神，其犀利、幽默、反讽，颇似鲁迅笔法，但小说中又存着一份温厚，贯穿着一股暖流。“长乐是一座城。但他也像是一个人。”作品中既是拟人化亦可谓拟物化的长乐城，堪称聂震宁创造的一种别致的小说修辞和小说意象。《暗河》所叙主要为壮族村子勒达寨之人与事。女主人公蜜的丈夫打死一只母熊，抱回熊崽儿。在丈夫跌下岩壁死后，蜜与两岁的儿子和已长大的熊相依为命。熊如同一个保镖，替蜜阻挡心怀不轨的男人对她的骚扰，给她带来极大的安全感。但蜜与壮族小伙蓝登相识与相爱后，只好把熊送回森林中。然而，熊并不能理解这样的分离，在红水河对岸急切眺望，最后掉进红水河而死。小说还设置了勒达寨暗河这一神秘的自然景象，以此寓意、衬映壮族民间与大自然的亲密共处和蓬勃的生命力。

谢树强的作品，对宜州乡村生活的描写绘声绘色，惟妙惟肖。在《禾黄米熟》一篇中，鳏夫扁担叔和寡妇喜喜婶本是相爱的一对，但两人的结婚打算在计划经济年代竟被无理阻挠，直到改革开放新时期的到来，两人才如愿以偿终成连理。《嗬嗨叔》里的嗬嗨叔，是乡村彩调剧团的主要演员，18岁时因唱彩调剧《王三打鸟》，与女主角假戏真做结成夫妻。20多年后，40多岁的他与村里年轻姑娘翠玉搭档唱同一出戏，却陷入假戏真做的幻觉，耽误了重病妻子的治疗，造成不可挽回的悲剧。《村俗》里的太平村，本是一个民风淳朴敦厚的地方，似乎人人温和善良，然而人们发现村里的单身汉哑叔与丈夫瘫痪的水莲相好后，却愤怒无比，继而怀疑哑叔以扯痧为名占有过他们的女人，因而有人想毒死哑叔。备感人世凄凉的哑叔最终以酗酒自戕。相比《禾黄米熟》，《嗬嗨叔》和《村俗》突出了对卑劣人性的批判。

宋安群的历史小说《瓦氏夫人》，对明代爱国英雄瓦氏夫人的事迹有独到的研究和见解，刻画了瓦氏夫人智勇双全的形象，别有新意。李果河的《韦老黑翻身》叙写饱受极“左”路线猖獗之害的农民韦老黑在改革开放政策启动之际，即将迎来生活上的翻身的故事。《黑狼谷》描写护林员李黑龙的妻子阿秀面对丈夫的昔日同学、今日的香港毒贩，从受骗沉沦到觉醒直至生死搏斗的故事，读来惊心动魄。龙京才的《水碓吱嘎咚》是一篇知青题材小说，来自柳州、出身不好的知青郭辉被安排到苗山上的牛蹄寨插队，得到村民坎坎大叔和蓓耶父女俩的照顾。郭辉与蓓耶相爱并教她识字读书，想把她带出大山。然而坎坎大叔的妻子当年是被山下来避难的一个男人“拐走”的，坎坎大叔对山外的人有一种警惕和仇视心理，强硬禁止女儿与郭辉相爱。在父亲与情郎之间，女儿选择了低头认命，终生不出大山……小说令人极为唏嘘感慨。温存超的《灯火》，讲述在一个酒家当服务员的姑娘茶子纯真爱情梦想破碎的故事，笔调颇为内敛。侯志锋发表于《民族文学》2018年第8期的《红本本》，立足于亲身经历，展现了主人公跌宕起伏的打工生涯。蓝明理的《乌龟村那点事》，则描绘了当下乡村的各色人物与事件，笔端蕴含着对乡村与农民的深沉关怀。

英国浪漫主义诗人威廉·布莱克有名句：“一粒沙里见世界，一朵花里见天国；手掌里盛住无限，一刹那便是永劫。”由是观本书，大多作品表现的固然是宜州这方水土的民俗风情，是宜州的“地方性格”，也是关于当代中国历史性变迁和人性的描写和表现。聂震宁的“长乐系列”，亦可视为当代中国国民性的呈现。《暗河》中的人与野兽终究不能共处，这一故事的内涵是更深刻的人生哲学的命题。谢树强的《嗬嗨叔》所揭示的“戏如人生”却又“戏非人生”，既要“入戏”也要“出戏”，亦为颠扑不破的为人处世真理。李果河、龙京才的作品所隐含的告别愚昧、走向文明的呼唤，传递的又何止是一方水土的焦虑。温存超的作品，暗喻着走向成长与成熟的代价与忧伤。侯志锋的作品，是改革开放时代生活的生动而复杂的画卷。蓝明理的作品，涉及当下乡村的留守老人、儿童、残障人士和农民工等相关的问题，也都是当下中国发展进程中的困扰与阵痛……本书收入的这些作品，是一方水土的呈现，也是十方世界的映照。

因篇幅所限，无法对本书所收入的作品一一评价，以上论议亦仅是皮毛。统而言之，宜州小说创作底蕴深厚，潜力可掘，有强烈的时代性，期待宜州的小说作者们在新时代深深扎根人民生活，再开新局，另谱华章。

是为序。

2019 年 8 月 10 日

以文学家之眼观史写史

——赵颖长篇历史小说《大辽诗后》序

读完满族作家赵颖的长篇历史小说《大辽诗后》，我陷入长久的沉思。

小说叙述的是辽代宣懿皇后、著名女诗人萧观音的故事。萧观音的一生是传奇的一生，她仪容端丽，聪慧颖秀，工诗词，善书法，亦妙弹筝与琵琶。萧观音的传世诗词作品虽然只有十五首，但她却被公认为中国文学史上契丹诗人第一人。现代曲学大师吴梅高度评价萧观音的诗词作品“词意并茂，有宋人所不及者”。然而诗人只是萧观音的身份之一。另一方面，她既是辽朝皇亲国戚（父亲萧孝忠是辽兴宗母亲萧耨斤的弟弟），出身高贵，又被辽道宗耶律洪基立为皇后。辽朝有帝族与后族共同管治国家即“帝后共治”的习俗，皇后与皇太后是作为后族集团的代表参政的。因此萧观音更重要的一重身份是辽朝的政治家。不幸的是，正如古今中外的历史所揭示的，杰出的文学家与卓越的政治家极为罕见能统一于一人之身。萧观音作为诗人是才华横溢的，作为政治家是正直的，却缺少谋略与手腕，更疏于防范各种政治阴谋，终使朝廷奸佞耶律乙辛和张孝杰之流构陷得逞，被诬和伶官赵惟一私通。萧观音被道宗赐死，冤魂难散。皇太子耶律浚亦被耶律乙辛谋害。萧观音的个人命运固然令人唏嘘，而有辽一朝经昏庸的道宗耶律洪基传至其皇孙耶律延禧即天祚帝手中，国运已大为衰弱。庸碌的天祚帝无力回天，经过内部一系列的分裂叛乱和外部金朝的攻打，天祚帝1125年被金人所俘。至此，经九位帝王、历二百一十多年（包含契丹国时期）的辽朝寿终正寝，曲终人散。更为凄惨的是，史称金灭辽时，将萧观音的尸体从墓中挖出，剥去衣饰任由牛马践踏。

历史或许都是胜利者书写的，故多成王败寇史观，或多“春秋责备贤者”。然而，文学家之眼不同于史学家之眼，文学家对于良善之弱者与失败者从来都是充满了同情与悲悯。赵颖在《大辽诗后》这部小说中对女主人公萧观音倾注了十足的喜爱、欣赏与怜惜，这是文学的天性使然：文学永远是站在正直、善良与被侮辱、被损害者一边的。这也是女性的性情使然：女性对才华秀异的同性有天然的敬仰与自豪感。这还是乡土情怀使然：这是发生在赵颖家乡这片土地上的一直让她魂牵梦萦的千古奇冤的故事。也正是文学、性情、乡愁的强烈冲动，催发了赵颖的创作激情，赋予她一种使命感，驱使她潜心凝神历时多年写出《大辽诗后》这部作品。

关于辽朝尤其是“偷情冤案”的史料并不多，而且同类题材的文艺作品（包括小说）之前已问世，这在一定程度上给《大辽诗后》这部小说带来创作的难度。为了写出自己所理解的萧观音这一人物及其所处的那段历史，赵颖专心研究辽史五年，并多次深入辽朝上京、中京和东京三大遗址及萧观音的出生地辽代懿州（今阜新蒙古族自治县塔营子镇）采风和考察，收集了许多素材。她自2015年起运笔三年，终成此作。《大辽诗后》也呈现了作者的出色才华，以传奇的手法构思，叙事豪放中透着婉约，粗犷中不无细腻。作者对主人公萧观音，在喜爱、欣赏与同情的同时，也揭示了她的性格弱点与政治上的不成熟，并围绕着她的悲剧命运，对辽朝的政治、文化、宗教与风俗等进行了描述与思考。作品情节跌宕起伏，人物众多而性格各异，帝、后、太子、公主、大臣、宫女、儒士、释僧、平民百姓……在作者笔下都获得生动的刻画和精到的描摹。作品状写了一轴辽朝社会的风俗长卷，体现了一种宏阔的视野、高超的境界与对世事人情的洞察练达，也展现了一种以史为镜、以史为训的深刻历史意识，对时代与现实富有启示意义。

赵颖曾出版多部长篇小说和长篇报告文学，并有作品成功改编为电视连续剧。《大辽诗后》这部小说入选2017年中国作家协会少数民族文学重点扶持作品。这无不显示出她是一位创作上有储备、有潜力、有追求和有成就的作家。期待她在文学之路上继续笃实前行，任重致远。

是为序。

2018 年 9 月 13 日

历史记忆与当代视野

——关于《香格里拉之恋》

吴德铭先生的《香格里拉之恋》曾在小说选刊杂志社主办的全国小说笔会征稿和评选中，作为长篇小说获得一等奖。但我觉得，把它视为一部兼具长篇小说与电视剧剧本特点的作品，或许更切合文本实际。体裁是中性的，一部文学作品的高下，与其属于何种体裁并无关系，重要的是，它的思想质地与美学含量是否能够感动和征服读者。

《香格里拉之恋》以倒叙的手法，讲述此吉尼玛和达娃卓玛这对生活在云南香格里拉的藏族父女，在二战时期救治了美国飞行员杰克·威尔逊和日本飞行员伊藤次郎的故事。

卓玛和杰克相亲相爱并生下女儿格玛。战后杰克带格玛回美国探亲，先因家事后因中美两国关系的激变而无法返回中国。而在那个特殊年代里，尼玛、卓玛与格桑（杰克与卓玛的儿子）一家三口因为这一海外关系备受磨难。

50多年后的世纪之交，杰克与卓玛的外孙女艾丽丝作为联合国环境规划署研究人员到云南考察并寻亲，伊藤次郎的孙女伊藤静子也到云南做药材生意。一个替美国跨国公司刺探情报的犯罪团伙在偷窃云南研制的“绿色抗癌粉”技术资料的同时，还冒充“舅舅”诈骗艾丽丝和杰克。艾丽丝回国后给患脑出血后遗症的外公杰克服用卓玛（央金）配制的藏药，被美国医生起诉侵犯名誉权。康慧、农布（格桑之子、杰克与卓玛之孙）等医药研究人员先后赴美打赢了知识产权官司及艾丽丝、杰克被诉侵权官司。犯罪团伙通过绑架伊藤静子勒索伊藤次郎，农布和云南警方一起解救了静子。警方逮捕犯罪团伙。杰克、格玛（贝蒂）和艾丽丝回到香格里拉和卓玛相认。伊藤次郎也从日本到香格里拉参加国际经济贸易旅游洽谈会，并举行爱子伊藤健雄（伊藤静子父亲，中日联合登山队队员，1991年在攀登梅里雪山的最高峰卡瓦格博峰途中遇难）的骨灰撒放仪式，卓玛、杰克一家人，当地有关官员、僧侣都出席了……《香格里拉之恋》以历史与现实的交叉，并以富于戏剧性的生动情节，表现了人类对普遍正义与永久和平的美好愿望。

《香格里拉之恋》首先唤起了读者的历史记忆。作品再现了二战时期“驼峰航线”上的惨烈战斗。1941年12月，太平洋战争爆发后，美国对日宣战。1942年5月，日军切断滇缅公路这条战时中国最后一条陆上交通线后，中美两国在印度东北部的阿萨姆邦和中国云南昆明之间开辟了一条转运战略物资的空中通道。航线飞越喜马拉雅山脉，飞机在似骆驼峰背耸立的群山之间穿行，“驼峰航线”故此得名。5000米左右的海拔，恶劣的气候，再加上日军飞机的狙击，使“驼峰航线”对于盟军飞行员而言，每一次飞越这条航线都是近乎自杀的航程。有资料统计，至1945年9月抗日战争结束，美军共损失飞机1500架以上，牺牲飞行员近3000人。在“驼峰航线”飞行的仅拥有100架运输机的中国航空公司，先后损失48架飞机，牺牲飞行员168人。可以说，“驼峰航线”见证了中美两国军人并肩战斗的历史。在《香格里拉之恋》中，有这样惊心动魄的一幕：在“驼峰航线”上驾驶美军运输机的杰克·威尔逊与驾驶日本战斗机的伊藤次郎在空中激战，杰克的飞机被击中起火后先是尾部拖曳着浓烟下滑，继而又顽强地挣扎着爬升，接着调转机头，朝伊藤次郎的战斗机俯冲扫射，后者的飞机油箱中弹，起火燃烧，轰然爆炸……

作品将大历史具体化为生动可感的细节，不仅历史的记忆被从岁月深处捞起，而且历史的情感亦被激活和释放，世界反法西斯战争的正义凛然与英勇壮烈，冲击和震荡着当代读者的心灵。而此吉尼玛和达娃卓玛救治跳伞受伤的杰克和伊藤次郎，则展现了藏族人民天性的善良和根植于民族文化的对生命的珍惜。杰克与卓玛相亲相爱，伊藤次郎的冥顽被尼玛和卓玛的宽容大度所感化，伊藤次郎的妹妹被征为慰安妇后杳无音信，作品的人物和情节设置隐含着诸多的潜话语。中美两国人民的友谊，以及战争带给中日两国人民的苦难和创伤，在作品中得到了形象的展示。

《香格里拉之恋》还让历史走进现实，让历史成为绘写当今世界面貌的背景。作品境界阔大，中、美、日三国的人物和场景，科学技术、政治、法律知识的研究和涉猎，使得作品具有一种当代国际性的大视野。康慧等人在美国打赢官司后，主动向对手美亚医药总公司伸出橄榄枝；杰克一家人终在香格里拉团聚；伊藤次郎一家三代与香格里拉有着不解之缘……作品既是在勾勒当今全球化、地球村的图景，也是在揭示历史对当代现实的内在影响。作品在告诉读者：历史不会被湮没，历史永远活着；历史在启迪着人类，历史在塑造着和平。

《香格里拉之恋》有着丰富的民族元素和民族色彩。作品别具会心地描写了在香格里拉聚居的藏族、纳西族、汉族等民族的文化传统和习俗，作者醉心于藏医的神奇，更以深情的笔触赞美各族人民在这块美丽大地上相濡以沫、和谐相处。厚重的民族文化、浓郁的地域风情、仙境般的自然景色，共同营造了这部作品的美感和诗意。

作为一部跨国题材的作品，《香格里拉之恋》又以其对中、美、日三国的恩怨情仇的描写，表达了一种对世界和平、对和谐世界与对各国人民之间的友谊的诉求。如今，钓鱼岛危机突现，中、日、美三国又处于一种复杂的关系之中，《香格里拉之恋》这部作品所唤起的历史记忆，所展现的和平追求，其现实意义不言而喻。

原载《文艺报》2012年12月5日

可贵的格调　沉厚的叙事

——关于两篇残疾人小说

《中国作家》在充满艰难坎坷的2020年，推出了展示当代残疾人作家创作成绩的“仁美文学专刊”，体现了刊物对残疾人作家和残疾人群体的关心和关爱。该刊对残疾人文学的重视和扶持，体现了办刊人的人文情怀和人文关怀。

从残疾人文学的内部发展视角来看，“仁美文学专刊”还有一个很重要的意义，即它是通过对残疾人创作的集群式、集束式的展示，通过成规模的检阅，来连接和延续中国残疾人文学的脉络的。中国残疾人文学的脉络悠长，有很辉煌的历史成就。左丘明的《国语》、孙膑的《孙膑兵法》、司马迁的《史记》，是史著或兵书，同时也具有很崇高的文学品质。中国当代残疾人文学也涌现出了张海迪、史铁生等具有广泛影响力的作家，他们的《轮椅上的梦》《我的遥远的清平湾》等作品既拥有大量的读者，也是中国当代文学的重要收获和成就。“仁美文学专刊”的可贵，就在于对中国残疾人文学这条脉络的接续和连通。这种接续和连通，不是静悄悄的，而是有声有色的；不是一两个或三四个的，而是138位作家同时登台亮相。这其中，有已取得较高创作成就的，如小说作家李伶伶、诗人姜庆乙分别获得过《民族文学》年度奖。但专刊更关注到了普通的残疾人作家，显示了对当下残疾人文学的认真检视和对新时代残疾人文学的热忱期待。

的确，一时代有一时代的文学，新时代呼唤着新一代的作家、新一代的文学，这其中也有着对新一代残疾人作家和新一代残疾人文学的呼唤。“仁美文学专刊”也可以说是刊物对新一代残疾人作家的一次热切呼唤，对新时代残疾人文学的一次有力助推。

这期专刊作者众多，作品体裁多样，涵盖小说、散文、诗歌、纪实文学，题材和手法更是丰富。我主要谈对《虚构的记忆》和《一路向前》这两篇小说的读后感。刘爱玲的《虚构的记忆》是一篇散文化的小说，如果不是排在小说栏目里，我会以为它是一篇散文。这篇小说的意义，我觉得主要在于其思想内涵。作品主人公几次到延安做手术，虽然延安的医院和医生包括北京派来扶贫的医疗队因当时的医疗条件没能治好主人公的残疾，但主人公在延安感受到了革命传统，还受到了从延安走出的当代著名作家路遥和史铁生的事迹和作品的激励，最终走上了文学创作的道路。这篇小说充盈着一种对现实和未来的乐观情绪，人物内心充满阳光，这在残疾人文学创作中是很可贵的格调。

吴东正的中篇小说《一路向前》是一篇具有深刻内涵的作品。主人公姚志恒和他的家人、朋友们的生活中有欢喜和温情，但更多的是忧愁、烦恼和苦难。作为残疾人，他们承受着没有性功能因而无法享受爱情、无法生育的痛苦和厄运。这篇小说首先给读者提供了一种生活认识价值。小说真实地呈现了残疾人的日常生活，以及他们生活中的柴米油盐和喜怒哀乐。其次，作品还具有心理学的价值。小说细腻地描写了残疾人的内心世界，以及他们的自尊、自强、自爱和自卑、自怜的心理性格，是健全人读者理解残疾人，和残疾人实现心灵沟通，共创人与人之间的包容、和谐、美好关系的一把钥匙。小说也展现了新时代给残疾人生活和事业带来的机会和希望。

在叙事手法上，这篇小说也很出色。小说注重心理描写，表现了一种极其敏感、纤细和锐利的叙事才华。同时，小说既具有尖锐的批判精神，又内含强烈的反思意识。小说对歧视、欺负残疾人的社会陋习有着发人深省的批判，也对人物自身虚荣、自卑和自欺的弱点进行了深刻的反思。外在的批判和内在的反思赋予小说一种张合有度和绵密沉厚的叙事特质。如果在此基础上使小说洗练一些，删去一些重复的场景和对话，这篇作品会更完美。

2021 年 1 月

第二辑

展现散文的生态向度

——关于叶梅散文集《福道》

叶梅新著散文集《福道》，让我颇为惊喜。她以自己不断求新求变的创作，再次实现自我的超越。

《福道》这本集子之有别于叶梅以往的作品，在于其诸多篇章展现了叶梅散文创作的自然生态向度。虽然集子中的一些作品如《根河之恋》等乃是旧作，但整合进这本集子中，它们的生态意义和价值得以充分发掘，彰显出作品的另一个维度、另一种面向，从而丰富和拓展了读者对这些作品的接受和理解。

散文集《福道》是生态文学或曰生态散文创作的重要收

获。阅读作品，首先让人感动于作者的生态敏感，以及生态意识、生态观念的自觉。这种敏感与自觉，使她热爱大自然、关心生态环境，使她俯仰于天地之间，兴致勃勃地观察万物，与山川草木、鸟兽虫鱼，与一切生物、生命同忧共喜并形诸笔端。她写道：“全世界几乎所有雪山的雪线都在逐年上升，有说因为全球气候变暖，有说因为污染造成的臭氧空洞，有说因为过度开发……还有什么比这更让人担忧的呢？它们比雾霾更为严重，意味着生态底线在受到威胁。三朵，如果将来有一天没有了雪山，河流就会干涸，土地上的庄稼树木就会干枯，人呢？该往何处去？我们如何才能走向未来？”（《三朵及禁忌》）人与自然和谐共生，对作者来说不是空洞的概念，不是高蹈的理论，而是一种实实在在的人的生存需要，也是一种十分具体的创作实践。面对人与自然的关系这一严峻命题，她不是坐而论，而是起而行，以笔干预，以文介入。

对于大自然，《福道》的作者有一双善于发现的眼睛。法国雕塑家罗丹曾有名言：“生活中不是缺少美，而是缺少发现美的眼睛。”对于自然万物，叶梅除了发现自然的美，还发现了更多的东西。她看到自然的美背后的东西，看到自然之所以美的所在，看到物竞天择，看到一切生命都在为生存而战，其中有值得人类沉思和动容的奥秘。如《鱼在高原》这篇作品描写了青海湖的裸鲤为了产卵每年顶着风浪、冒着鹰叼鸥啄的危险洄游上百公里，到达产卵的河道或湿地繁殖后代。这舍生忘死、“不惜牺牲生命地为了生命而去”的悲壮情景，鱼在高原、“生命如戏剧般进行”的惊心一幕，读来令人感慨万千，也令人深深思索生命之来之不易，思索小小的裸鲤为群体的生存和繁衍而前仆后继、奋勇前行对人类的启示。

指引作者创作的，是一种正确的生态观。她不孤立地表现自然，不因为热爱自然而走向另一个极端，不像某些生态文学作品的作者那样走向排斥人、贬低人的误区，而是将自然与人紧紧地联系在一起共情抒写。她尤其注意到，生态的改善，自然的保护，是因为人，离不开人。是人的觉醒、人的觉悟和人的主观能动性使人与自然重新和解，使人与自然和谐共生。《福道》叙写如今的福州市，大河小河有156条。福州有15条被人们称为“福道”的休闲步道，全长约达125公里，如同“绿色血管”穿梭全城，“让市民们享受到了直通家门口的绿色福利”。而福州生态环境的变化，得益于习近平总书记担任福州市委书记期间，科学谋划福州的发展目标，为这座城市绘下一张张美好的蓝图，辟出一条条绿色的“福道”。《鱼在高原》则写到，半个多世纪以来，青海湖实施了6次封湖育鱼行动，2021年实施的第6次封湖育鱼零捕捞政策将延续至2030年。得以修复的生态使青海湖面积持续增大，裸鲤数量比保护初期增长了30多倍。而“环湖地区居住着的汉族、藏族、蒙古族等不同民族，是保护湖水和裸鲤的生态卫士”。

作者关注少数民族生活与文化中的生态意识。在《三朵及禁忌》中，她写道：“少数民族有很多令人尊重的习俗，也有很多禁忌，在今天看来，大多并未过时，尤其关于人与自然如何相处，值得当代人反思和借鉴。”她还写到，纳西族所信奉的东巴教，对于自然的尊崇成为人们生产和生活中遵守的习俗，如禁止污染水源，不准向水源吐痰、大小便、倾倒垃圾，不准在河里洗涤污秽物品，不得砍伐水源林，不准在树木生长期进山砍伐，不准猎杀怀孕的母兽和幼兽。每年1月至7月，不准打鸟、狩猎、捕鱼，“这些禁忌正是当今人们特别要尊崇的”。民族文化与民族生活中浓郁的生态意识，让作者由衷地礼赞：“高原的阳光照晒着一个个纳西人生动的面容，他们朴实，欢快，脸上常带有一种特别的专注和执拗。他们守候着大地，从人与自然的长期磨砺中创造了信仰，包括他们所信奉的禁忌，懂得什么可为，什么不可为，使得他们的民族经年累月地生活在丽江雪山的怀抱里，保持着一份难得的纯粹。”

作者赞美所有为生态环境保护做出贡献的人。如《金沙银沙》描写日本人远山正瑛退休后进行中国沙漠绿化研究，20世纪80年代就来中国种树，一直种到97岁。他还带动了7300名日本志愿者来到内蒙古鄂尔多斯恩格贝沙漠种下300万棵树木，染绿4万亩黄沙，并使千百年来荒无人烟的恩格贝沙漠冒出一个300多人居住的村落。作者赞叹远山正瑛是一位“伟大的治沙者”。

生态向度使叶梅散文的表现手法和修辞也发生了很大的变化。关于自然、关于生态，她在细致地观察，也在丰富地想象；而大量的拟人修辞在刷新着她的散文风格，也在标示着她永不止息地求新求变的艺术青春。

阅读散文集《福道》，耳边犹响起美国环保先驱者奥尔多·利奥波德的一段话：“我们人类对于整个生物界来说还只是很少的一部分，那么能够真真正正看到自然界中的鹅群的机会比在电视上看更重要，有机会发现一只白头翁就像我们有权利说话一样神圣不可侵犯。”《福道》这部作品让我们看到和发现自然界、生物界“更多的部分”，虽然只是以文字的形式展现，但美好的感受、深长的思索已长留心中。

2022 年 4 月 26 日

《山林笔记》的多元性

胡冬林的《山林笔记》是一部蕴含多元意义的作品。洋洋118万字的笔记，堪称中国生态文学的奇书。

我将《山林笔记》视为笔记体散文，而不是未完成的创作。或许它不是一般意义上的“完整”文章，但笔记体并不要求通常的“完整”。笔记体散文也是一种散文形式，散文是最自由的一种文体，而笔记体又是散文里最自由的形式。笔记体一般篇幅短小，但亦可长短不拘；内容可繁可简，可多可少。对于一个不断行走尤其是经常在人迹罕至的山林里穿行的作家来说，笔记体是一种颇为适宜的形式。这也确实是胡冬林十分钟情的形式，否则他不会花如此多的精力写出如此大体量的笔记体作品。有一点需要辨析的是：笔记是随意的记录，不是创作；但笔记体却不是随意的，而是一种创作。胡冬林是有笔记体的文体意识的，他真正把笔记写成了散文。《山林笔记》的开篇，他道出之所以“搬到二十九年前心向往之的地方”（长白山脚下二道白河镇）的目的：“1. 完成《野猪王》；2. 开始写《熊纪元》；3. 开始写寒温带原始森林笔记；4. 积累《原始森林——无处不在的生命》；5. 积累并构思《金角鹿》。”他还宣示决心：“一定能写出好散文、好小说！”显然，他是将笔记写作与其他文体的写作等同视之的。他所谓的笔记，就是笔记体散文。“写出好散文”云云，包括甚或主要指他的笔记体作品。

如同中国文学史上的笔记体作品，《山林笔记》的内涵也是奇异和驳杂的。作者或娓娓讲述，或细腻描摹的神秘的深山密林、千姿万态的动植物、变幻莫测的大自然，赋予作品一种神奇的魅力，营造了一种引人入胜的意境。然而，这是一般笔记体散文和小说皆甚容易达到的艺术效果。我更关注的，是胡冬林笔记中的思想和理念。胡冬林执着于生态文学创作，并非源于某种功利的追求，而是对大自然的审美和热爱。有人曾问他认那么多植物、昆虫、蘑菇和鸟类有什么用，他回答：“热爱，热爱森林中的一切！所有的动植物我都热爱，连它们的名字也很美，像一首首诗，一篇篇散文。”他在2010年12月11日的笔记叙述了对一只针尾沙锥鸟的惦记：“天极冷，早饭后去小浅滩处，兴奋地发现针尾沙锥还在！它失踪了几天，我又看见一堆大鸟的肠肚，当时心下一紧，以为它被黄鼠狼捕食，但同时又纳闷没有鸟羽，猜想鸟羽可能被大风刮跑了，因为那地方正好是风口。今天见它忽地展翅飞起，像见到亲人般喜上心头。”把动植物视作亲人的他悲壮而又不无自负地放言：“在中国，能有几人像我这样深夜在原始林中守望美丽？！”因为热爱，他才把动植物作为笔下的主人公，并激发出进一步的创作思考。他认为生态文学是真实的而非想象的文学，生态文学没有想象，只有真实的细节。他甚而在笔记里写下不那么“理性”的一句话：“那些认为只有写人才是文学的家伙真蠢！”这样的创作理念或许并不能获得所有人的认同和共鸣，但它却催产了胡冬林众多生动有趣的作品，这是值得我们深思的。在提倡人与自然和谐共生和建设美丽中国的新时代，生态文学创作既是中国作家的一种选择，也是一种责任。而生态文学创作如何产生具有高度艺术水准和丰富美学意涵的作品，胡冬林的创作思想和情感，是一种十分有益的启示。一个有志于生态文学创作的作家，必须是一个热爱大自然、热爱动植物的人；同时，他赋予了“文学是人学”这一传统命题新的理解。在生态文学创作中，作家应对大自然（包括动植物）与人类的关系、大自然与文学的关系和文学作品如何表现大自然等进行全新的、深刻的思考。

不再把写人作为文学的唯一目的和手段，亦即将大自然（包括动植物）作为主要表现对象，必然给生态文学的创作带来高难度，《山林笔记》在这方面提供了经验，它揭示了生态文学中细节描写的重要性乃至决定性。一部生态文学作品成功与否，要紧的或许不是它的思想理念，而是它的细节描写是否足够生动和吸引读者。在胡冬林看来，细节描写还与真实性相联系，细节是真实的，所以他说生态文学没有想象，只有真实的细节。在《山林笔记》中，真实而新奇的细节比比皆是，如2012年3月28日："在昔日的林中写字台前坐了一会儿，树梢经风吹日晒，已变得破烂腐朽。褐河乌不知为何也变得好斗起来，突突地扑打翅膀向我身后冲来，然后忽地拔高掠过我的头顶，再下降飞离。另一只也敢在距我很近的岸边起飞和活动，看来占地行为已完成，此时是在固守领地。"又如2012年4月7日："守候一只红胁蓝尾鸲，看它边觅食边忙来忙去守护自己在河边一段二十余米长的领地，如有其他雄鸟飞来窥探，它必发出低沉的'喀喀喀喀'声驱赶。有一次竟冲我飞过来，发出这种驱逐声。它飞翔时有吱吱的轻声，求偶期的情歌还没有具体听到和分辨出来。要注意区别平时的鸣叫与求偶期的鸣叫。有只雌鸟对它有意，在附近飞来飞去，时不时探头朝它看，但这只雄鸟羽色不甚浓艳，雌鸟有些拿不定主意。有些发育成熟的雄鸟呈现极其绚烂的蓝橙相间羽色，鲜明艳丽，甚为惹眼，难怪这只雌鸟犹豫不决。"这些细节显然只有作者身临其境地观察才可能写出。因此，《山林笔记》的细节描写，还涉及一个似乎老生常谈的话题，即作家与生活的关系。但对生态文学创作而言，这个话题稍微有些变异，即并非作家与生活，而是作家与自然的关系。作家必须深入大自然中，这种大自然有时甚至是远离社会生活的，但作家创作大自然文学，创作生态文学，又是从另一侧面、另一维度丰富和发展社会生活。

《山林笔记》也向读者显示，生态文学创作的前提并非只有深入自然的观察和体验，生态文学作家也需要多方学习。除了向大自然学习，即胡冬林所说的“原始森林于我，是一所大学，我的老师是以熊为首席教授的森林动植物”，同时也需要学习知识和理论。生态文学也是需要理论指引的文学，如同胡冬林在《原始森林的呼唤》一文中所说：“生态写作要有世界上最先进的环保理念做指导，有动物行为学、进化理论、环境伦理学、森林动植物的最新研究成果及大量的纪录片、国外的好作品做参考和支撑。”《山林笔记》也多次写到他对涉及生态写作的知识、理论和文学作品的学习。梭罗、约翰·巴勒斯、奥尔多·利奥波德、格雷姆·泰勒、蕾切尔·卡逊、惠特曼、普里什文、玛丽·奥斯汀等外国作家的作品都是他学习和借鉴的对象。他还注意观看美国纪录片《生命的形状》和法国电影艺术家雅克·贝汉制作的《微观世界》《迁徙的鸟》等纪录片。

《山林笔记》还以作者自身的经历证明，在生态破坏触目惊心，生态保护成为全人类关切的议题的当代，生态文学就是行动的文学，生态文学作家的另一重身份是战士。胡冬林在2012年的笔记中翔实叙写了他揭露毒杀保护动物黑熊的盗猎集团的事件。与穷凶极恶的盗猎分子斗争，并将盗猎犯罪行为昭彰于天下，作者所面临的人身危险不言而喻，但他说：“不站出来不行了！我必须坚持正义，为了那些熊，为了给子孙后代留下野生世界珍贵动物的种子，我一定要站出来！”他甚至做了牺牲的准备：“为了保护这些珍稀的野生动物，无论什么最坏的事情发生，我都做好了坦然承担、勇于接受的准备！”

胡冬林的战士品格和担当，让我想起了他喜爱的作家之一梭罗的一段话:“不必给我爱，不必给我钱，不必给我名誉，给我真理吧!”阅读《山林笔记》，的确是一种涤荡内心杂质、探寻人与自然和谐共生之境的激动人心的体验。

原载《绿叶》2020 年第 9 期

朔望阴晴　文坛见证

——读陈德宏散文集《也有风雨也有晴》

人的一生是在经历，也是在见证。而有的人的经历和见证因为与时代有更多的联结，因而也就更触动人心，更值得推重。这是我在拜读陈德宏散文集《也有风雨也有晴》(作家出版社2011年9月出版)之后产生的感想。

《也有风雨也有晴》这本散文集的内容甚为丰富，这从它每一辑的标题中也可以反映出来:“难忘台湾难忘金门”“师长背影”“旧雨新知”“青春记忆”“西部情韵”“异域情丝”“对话与交流”。最引起我的阅读兴趣的，首先是记述新时期文坛人与事的一些篇章。作者所写的这些人与事，都与自己有关，极具真实性。而这些人与事或因在新时期文坛的地位，或因与新时期文学的勾连，又成为时代的一个重要见证。

《我与张光年的忘年交》《忆冯牧三题》《永久的思念》三篇，写的是当代文坛三位重要人物张光年、冯牧和唐达成。张、冯、唐三人，有年龄、性格、遭遇等种种差异，但三人都有一个共同的履历，即都先后担任过中国作家协会主要领导和《文艺报》主编。关于此三人的文章并不少见，但陈德宏有自己的素材，有自己的亲闻亲历，因此写来仍具有独家性和新鲜性。《我与张光年的忘年交》叙述1991年中国作协组织作家访问团沿丝绸之路前往敦煌参观访问，作者作为东道主全程陪同张光年的经过，以及之后十余年两人交往的情谊。在作者的笔下，1991年时年77岁的张光年制止别人称他“张老”，上上下下一律称“光年”或“光年同志”；拒绝接待方的单独安排，坚持与作家们住在一处；顶烈日冒酷暑，从兰州至敦煌，往返2500多公里，历时10多天，一路鞍马劳顿，创作了组诗《丝路短歌》(10首)，且大半为当场泼墨挥毫并题赠；沿途每有题词赠诗，总在落款的“中国作家访问团”之后、“张光年”之前加上“随团”二字。张光年在北京的寓所门上贴有告白：“上午读书写作，恕不会客；下午欢迎来访聊天；晚上需早早休息。”《骈体语译〈文心雕龙〉》一书耗去张光年近40年时光……这些作者亲历的记叙，让张光年的人格、才华与勤奋跃然纸上，熠熠生辉。《忆冯牧三题》写出了一个重友惜才且本身亦多才多艺的冯牧，然我觉得最有价值的，乃文中“难忘的记忆”这一部分。作者当年作为全国第一家省级文艺理论刊物《当代文艺思潮》的编辑，亲身感受了冯牧对刊物的可贵支持。在该刊筹备创刊阶段，冯牧即提出了指导性的意见。在《当代文艺思潮》1983年第1期因刊载徐敬亚《崛起的诗群——评我国诗歌的现代倾向》一文而受到声势浩大的严厉批评之时，冯牧仍然表现了对正常的文艺论争和学术争鸣的呼唤与期待。文中写到，甘肃全省上上下下因《当代文艺思潮》受批评而“都有压力，都很紧张”。编辑部接连在兰州及北京召开名为座谈会、实为批判会的会议。冯牧出席北京的座谈会并发表讲话，强调要在党的十二大精神的指引下，切实贯彻党的“双百”方针，开展平等的、同志式的、科学的自由讨论，坚持原则，明辨是非，弄清楚社会主义文艺发展道路的一些根本性的问题，为开创社会主义文艺发展的新局面共同努力。冯牧的意图很明确，即把《崛起的诗群——评我国诗歌的现代倾向》的讨论引入学术的范围，展开“平等的、同志式的、科学的自由讨论”……明知不可为而为之，足以彰显冯牧对《当代文艺思潮》的支持与呵护，更足以彰显冯牧不跟风、不盲从的知识分子文化人格的独特魅力。

《当代文艺思潮》一刊、《崛起的诗群——评我国诗歌的现代倾向》一文与冯牧其人，俱系新时期文学史醒目的一笔。这篇《忆冯牧三题》，可谓从作者个人的角度，为新时期文学做了一个难得的见证，为新时期文学史添加了一段不应忽略的细节。《永久的思念》一文写唐达成，尤其生动与感人。一方面，它为读者描绘了一个兄长般诚挚、宽厚、热情、友善和平等待人的唐达成：“现代派”风波过后的1984年，肩负为《当代文艺思潮》“国庆三十五周年特大专号”进京组稿任务的作者第一次见到唐达成，“他不仅一口应承写稿，而且当他得知我与要约稿的评论家、作家并不熟悉后，帮我一一进行了电话联系，为我顺利完成任务帮了大忙”。“之后不久，唐达成担任了中国作协的主要领导职务，担子重了，地位变了，工作自然更加繁忙，但诚挚友善、平等待人一点也没变，不论在何种场合见了面，总是主动打招呼，询问刊物的情况，问候文友的安好。”唐达成平时亦不让人称他官职，“上上下下一律直呼他‘达成’”。另一方面，《永久的思念》也为读者展现了一个理解、肯定、鼓励和支持文学探索与创新，不违心、讲真话的唐达成：1986年，唐达成出差路过兰州，分别给作者、谢昌余（时任《当代文艺思潮》主编）和《当代文艺思潮》题赠书法。给作者写的是杜甫的《绝句》“两个黄鹂鸣翠柳……”，给谢昌余写的是陈毅的诗“大雪压青松，青松挺且直；要知松高洁，待到雪化时”，给《当代文艺思潮》写的条幅则是“海阔天空开拓浪，高瞻远瞩改革魂”。唐达成挥毫题赠之举，诚如作者所言：“如在平时，至多只能算作文人之间的酬酢，而放在‘现代派’风波的大背景下，便陡然增加了它的意涵。”而彼时，“以阶级斗争为纲”的思维定式犹存，“唐达成的诚挚率真，很可能授人以柄，伤及自己”。《我与张光年的忘年交》《忆冯牧三题》《永久的思念》三个篇章，以颇具个性的视角，呈现新时期文学的三位领导者的人格风范与性格魅力。而后两篇，作者更使用写人带事的笔法，提供了珍贵的史料，留下了时代的存照。

作者曾先后供职的《当代文艺思潮》和《飞天》杂志，堪称新时期文学的两大名刊，《当代文艺思潮》以其理论的敏感和锐勇在文艺理论界屡掀“开拓浪”，而《飞天》的《大学生诗苑》专栏曾为全国各地大学无数学子所向往。这本散文集流露出作者对自己所供职的这两个刊物的自信与自豪。他所写的人与事，大多都是着眼于其与《当代文艺思潮》和《飞天》的关系。《斯人已逝　风范长存》《苍龙日暮还行雨，老树春深更著花》两篇，分别写的是甘肃文艺界两位领导人吴坚和杨文林，前者给刊物提供组织上的支持，后者则兼主持《飞天》。从作品对吴坚和杨文林风采与事迹的描述中，读者同样听到了在中国新时期文学的辉煌交响中，发自西北甘肃的洪亮音符。

作者在《内容与形式：追求完美——柳萌散文的美学解读》一文中谈到对散文写作的见解，认为在散文大家那里，所有的技巧需要退避三舍，化为无痕。以此论议对照《也有风雨也有晴》诸篇，不妨说此亦为作者自己在散文艺术上的追求。集子中的这些篇章，看似信笔写就，实为精心揣摩之作。记事写人，顺时序的叙述流不时出现回溯，从而使看似平实的文字蕴含起伏跌宕之致。作者不尚华丽辞藻，而求情实意厚、质朴天真。无技巧中之技巧，使《也有风雨也有晴》这本散文集读来有趣有味，让人有所思亦有所得。

原载《文艺报》2011 年 11 月 4 日

思想　体验　对话

——关于丘晓兰散文

从丘晓兰迄今为止的创作来看，她并不算一个多产作家，但一个作家作品的数量与质量也未必成正比，因此数量并不能说明太多的问题。最重要也最值得肯定的是，丘晓兰的大多数散文作品，是一篇篇认认真真地写出来的，或者说是专注地琢磨出来、精心地雕刻出来的，体现着一个作家严格的艺术自律与对读者高度负责的精神。

一个不倦的思想者

丘晓兰自述自己大体上属“被父母抱大”的一代，读书、就业、婚嫁，几乎全由宠爱她的父母一手包办，父母为她安排了足够令人羡慕的生活。但是，出生在这样的家庭，拥有这样的生活，也并不能使她的灵魂安分、知足。在丘晓兰的《一个理想主义者的独白》这篇作品中，她引用了自己引为崇信之箴言的古希腊哲学家苏格拉底的话语，大意是一个人的人生应该也只能由他自己的大脑来支配，未经思考的人生还不如没有的好，而只有靠自己思索得来的知识才是真知，在这方面，任何人也不能代替他。其中“未经思考的人生还不如没有的好”这句话，有的版本也译为“未经审视的人生是不值得过的”。衣食无忧的家境、一帆风顺的成长，并没有能阻止丘晓兰展开对人生的思考和审视，甚而由于这样的优越条件，她不必更多地为形而下的生存奔走而有余暇思索形而上的问题。她的多篇散文是具有思辨性的，是对世界、社会和人生的终极追问和究索。在《杯子·金鱼·人》这篇作品中，她写道：“曾经有人问过我——我怀疑那是一个疯子问的，你吃饭、睡觉和工作的目的是什么？坦白地说我答不上来。那疯子告诉我，有三个答案供你选择：第一，为了活着；第二，为了挣钱；第三，为了完善你自己。坦白地说，我还是答不上来。这三个答案应该都是对的，也都是不完全的。但是当我发表这个意见的时候，我也被别人当成了疯子——还有那么多人连饭都没吃饱！于是我选择了沉默。每天一言不发地吃饭、睡觉和工作。渐渐地，我就成了一个内心孤单、寂寞、古怪的人。”“一个内心孤单、寂寞、古怪的人”，即使这是一个思想者的自我定义，终究也不能阻止他的不倦的思想。《一个理想主义者的独白》《一个废物的独白》和《一个傻子的独白》三篇作品，集中地展现了丘晓兰多思的气质，展现了她对自己的内视和解剖，展现了她思想的广度和深度。在《一个理想主义者的独白》这篇作品中，她对人的本质、价值、道德、尊严、人格、幸福等概念进行了不屈不挠的拷问，进行了身心俱疲的思辨。在《一个废物的独白》里，她把自己形容为废物，“一个徒然占据着宝贵空间的、只会胡思乱想的，甚至连胡思乱想都懒得再想的废物”。她给自己提出了一连串的问题：“我到底应该怎样地活着啊？为物质生存而奋斗的快乐我无权拥有，因媚俗而得到的快乐我又不屑一顾，为崇高的某样东西而投入地献出与抗争……轮得到我吗？我的激情和活力上哪儿去了呢？什么东西才可以让我兴奋起来呢？”在《一个傻子的独白》里，她用反讽的语气说：“我不知怎么搞的，居然有着很深重的社会责任感。我希望天下太平，希望世界美好，希望人与人之间可以和谐相处，要命的是我以为自己可以以此为己任，以为就算不是天下都想这么做，至少也会有人理解和支持吧！……我太孤单，太孤单，有我这样想法的人我只能到书里边去找。……没有人认同我最深层的价值观，我期望能为改善人们的精神世界做贡献，可是我找不到出路，又不能放弃这种期望。我太弱小，太无能，我的懒惰、散漫更多的是因为绝望啊！”丘晓兰思考的这些问题，注定是没有答案的，或者说是没有标准答案的。但一个作家为了思考这些大问题，用作者的话说是“吃饱了撑的问题”，为这些问题而感到绝望，我觉得恰恰是见出了一个作家的内心素质，见出了一个作家的精神风貌，也见出了一个作家在文学前途上的希望。思想是行为的先导，有思想，才会有行动；有认识，才会有实践。丘晓兰在心中树立起一种价值的标准，并以此审视着人生，也审视着世界，这从根本上决定了她散文的康健质地和清正品格。

一个认真的生活体验者

这里所说的“生活”不仅仅是指“生存”，“生存”的含义比“生活”要狭窄。如果用词典里的标准说法，“生存”的释义是“保存生命”，而“生活”的释义是“人或生物为了生存和发展而进行的各种活动”。“生活”有“生存”的意思，但又多了一个“发展”的含义。有的作家把写作看得高于一切，生活是为了写作；而有的作家则是写作为了生活。但读丘晓兰的散文，我看不到这种对生活和写作的二元分类，而是生活和写作具有同样的意义。生活是思想的土壤。对一个作家来说，生活还是创作的源泉。而生活对丘晓兰还有另一层意义：一方面，她在生活中不断地感悟世界、感悟人生；

另一方面，她又在生活中实践自己所领悟的价值观念，也就是说，生活又是她的一种感恩，一种回报，一种修炼。而感恩、回报和修炼也是她写作的动机和内涵，是她对生活的精神上的体验。写作与生活，在丘晓兰看来是一体的，生活是她感悟的来源和价值观的实践，而写作是生活的延伸和另类形式。认真写作，是为了认真生活，反之亦然。所以她给予读者的感觉乃是一个认真的生活体验者。作为一位“70后”作家，且从小到大一直保有舒适的生活，丘晓兰没有经历过她的前辈所经历过的社会动荡，她也清醒地认识到自己的阅历有限。1999年7月，她做出了一般人难以做到的“壮举”——辞去报社的记者、编辑工作，“到乡间、田野里去，去寻找精神的自由与灵魂的飞扬”。有半年的时间，她在中国南方一个极普通的乡村里过着尽量简单的生活，每日闭门读书，面壁思索。“脱不了中国传统几千年的大思路，人生、人性、人生至道是我最关注的话题，并且我迫切地期盼弄清楚自己到底是个什么样的人，怎样地活着于我才是最有意义又是最快乐的事情。”总之，她选择到乡下居住既是要体验一种对自己来说陌生的生活，也是继续寻找那些形而上的、“吃饱了撑的”问题的答案。在“尽量客观地从各个视角对自己进行尽量彻底的剖析”之后，她得出了一个结论：自己是个意志薄弱的人，是个知识浅陋的人，是个浮躁自大的人……她认为一连串令她指尖发凉、额头冒汗的答案是她在乡下半年最重要的收获。这些收获有如一盆雪水冰冷了她的头脑，她开始告诫自己：要正视生活、正视人生。这一段对乡下生活的体验记述在她的《一个理想主义者的独白》这篇作品里。

在《挂在半空的遐思》这篇作品中，丘晓兰叙述了她的一次远足经历。她加入了一个目标是登顶“华南第一峰”猫儿山的徒步团队，背着大包爬高山、淋暴雨，放下大包吃干粮、睡帐篷，这是一次有着“自虐”倾向的旅行。但是在这跋山涉水的、自我的磨炼中，看着微雨轻岚中的山林，浏览如诗如画的风景，呼吸旷远的星夜里的清甜空气，作者在获得新的生活体验的同时，内心也涌现出新的激情。然而，当“兜了一个圈子，又沿着惯性完整地回到办公室里坐着上班”之后，她发现自己“居然留恋那虽然日晒不到、雨淋不着却需要付出被捆绑、被扭曲的代价的安稳”。丘晓兰的多篇散文流露着类似这样的反思和自责，这是一个认真体验生活的作家的可贵情怀。认真地生活，认真地体验，使她既能仰望星空，也能脚踏大地。在《杯子·金鱼·人》这篇作品里，她写道：“作为一个杯子，我的功能和使命很明确——盛装各种可以喝的东西以便人饮用……我很清楚，不要说啤酒饮料，就是我被用来做一只马勺的替代品，我又可以拒绝我的命运吗？答案是不可以，所以我不抱怨。”显然，她所谈论的已不只是一只杯子。从对生活的体验中，丘晓兰领悟到，一个身处和平年代的人，英雄壮举、侠客生涯显然与其无缘，人应该清醒认识并安于接受自己的命运。这并不意味着消极，而是一种对事实的承认。佛家有随缘一说，道家有和光同尘一说，儒家有知天命一说，这些在某种意义上是在说同一个道理：随缘不是随波逐流，和光同尘不是同流合污，知天命不是碌碌无为。在一个对人生已有所审视的人看来，认识和接受自己的命运，在命运中修炼自己，以平常心处世待人，即是一种智慧、一种开悟。在觉悟者的眼里，生活中的一切其实都是对人的供养，都是修炼自己的“缘”。无论是风花雪月，还是草木动物，在丘晓兰的作品中，都让人读到了这种智慧和觉悟。她写道：“我有一个可以给好心情充电、给爱心加油，甚至可以在白日里做梦的地方。那个地方就是花鸟市场。”(《躲在花鸟市场里的爱》) 她写道：“真正知道饭的香，是活到三十以后的事情……在一个连我自己都不经意的瞬间，一阵从电饭锅里飘出来的米饭香气就正中靶心地把我击倒了。”(《饭的香》) 她也能从女人涂指甲中悟出门道，她把美甲称为“手指上的图画”(《手指上的图画》)。她有分别以风、花、雪、月为主题的作品，她有为数不少的以动物为主角的作品。她想跟树说话 (《跟树说话》)，她在狂风大作、雨点翻飞中憬悟“把心倒空”的道理(《把心倒空》)……认真地生活与认真地写作，就是这样在她的作品中契合在一起，统一在一起。

一个真诚的对话者

丘晓兰的散文有一种特别的语气，那是一种低缓、平和的语气，召唤着交流；是一种敞开的语气，是思想的敞开、心灵的敞开。“把心交给读者”，这是巴金的名言。而阅读丘晓兰的散文，会让人感到她在创作上正是践行着这样的理念。她写作的姿态是一种真诚对话的姿态，她的一篇篇散文就像是与读者的一次次对话。她不掩饰自己，她常常在作品中反思和嘲讽自己的种种缺点和不足。她的作品没有盛气凌人、好发豪言壮语，没有孤芳自赏、目空一切，而是娓娓而谈，话语间有着对读者的温情、信任和期待。试举《跟树说话》中的一段："试着去找一棵树或者种一株花，然后坐在它的身边，跟它讲话，并且抚摸它，感觉它，也让它感觉你……渐渐地，你们会产生友谊……当你感到忧伤、不愉快，甚至痛苦的时候，去找你的树，坐在它旁边，向它倾吐，对它倾诉。或者什么也不说，只是静静地坐，你也会感受到很多事情，并慢慢抹去你的忧伤……请相信，你可以让一棵树快乐，那棵树也可以让你快乐。"作者热情地把自己的美好经验与读者分享，这是一种与读者交心的对话，对读者有着极强的感染力。

诚然，作为一位"70后"作家，丘晓兰的写作还有待继续成长，也还有成长的空间。择要言之，一是视野的扩张。丘晓兰也许更看重从当下现实、从身边的生活体验中获取心灵的感悟和生命的活力，这大体上是不错的。但作家也应认识到，一个写作者不仅生活在现实中，也生活在历史中，生活在传统中，因为今天的现实也将成为历史，今人的创造也将构成传统的一部分。另一方面，对知识的学习其实也是我们生活的一个组成部分，也是我们的一种现实体验。我们的激情不仅来自现实，也可能来自历史和知识。所以，历史的视野、知识的视野的扩展，让历史和知识成为创作的一个背景和维度，我以为这对丘晓兰是必要的。二是语言的功课。丘晓兰的散文不尚华丽，言之有物，其语言应该说已经形成了风格特点，但我以为并非没有继续锻炼和提升的必要。比如，炼词炼句方面，即语言的简洁、明晰和力度方面，还应该成为她日后创作的一个继续的功课。

2012 年 5 月 18 日

时代与人的精神的呈现

——徐晓华散文集《优雅的土地》序

尽管徐晓华的散文集《优雅的土地》中的《眺望灯火》《还阳草》《优雅的土地》和《投帖》这四篇发表于《民族文学》的文章，我早已先睹为快，但面对这部新集子，我仍且欣且喜，既因徐晓华散文创作的新收获，也因其散文笔法的更老道。

写散文的徐晓华本职工作是刑警。诚然，散文个个可写，作家人人可当，王侯将相宁有种乎？何况写文章而已。事实上，亦文亦武或亦文亦商、亦文亦官等等，并不少见。中国古代以科举取士，官员（其中亦有任武职者）写得一手好文章者数不胜数。然进入近现代，社会分工益细，术业有专攻，跨界写作而获文坛青眼、读者注目，不易更不多有矣。但徐晓华的散文从文学的视角看去，端的是散文家的散文。他的长篇散文《那条叫清江的河》获全国少数民族文学创作骏马奖，已说明文坛对其作品的认可。我犹不免讶异的是，刑警与散文家两者之间的角色转换，他竟做得如此自然。

《优雅的土地》集子诸篇与《那条叫清江的河》在题材上有连续性，亦是作者对土家族风物与人情的述记，只不过不再囿限于他出生的村子，而是恩施一方水土与百姓生活的缩写。

散文集《优雅的土地》的作者眼尖而心细。他眼中看到和心中想到的，往往是一般人视若无睹或忽略不计的人与事。《渡儿》讲的是关于养鸽人与鸽子的故事。“渡儿”，指父鸽母鸽给初生的鸽子渡乳：“父鸽母鸽把身子绷紧了，用尽全身力气反复蠕动腹腔，从嗉子里把乳呕到嘴里，把磨软了的碎粮吐到嘴里，再努力张开喙，让乳鸽在嘴巴里啄食。”“渡乳，要持续到乳鸽自己会进食。近一个月的操劳，父鸽母鸽虚脱在儿棚里，是常事。”跟着作者知悉了这颇有些触目惊心的鸽子渡乳的过程：“父母被啄得旧伤累新伤的嘴，是儿的饭碗。”“呕心沥血，常用来说哺育的艰辛，看过鸽子渡儿，才晓得人间的艰辛，不及鸽世的万一。”这些有如神来之笔的文字，你会感到是多么熨帖，又是多么深刻。《扫把客》里的主人公“扫把客”少时右腿即残疾，而儿子因高烧变得痴呆，妻子心痛而早逝。父子俩以扎扫把售卖为生。挑百多把竹扫把，从家到恩施城的四十里山路要走一天。恩施师范专科学校（今湖北民族大学）是他的客户。“走进校园，他不看那些高房子，只低着头看路上，看广场。四处干干净净，脸上就泛了光，好像是他的功劳……望着学生们把路上的渣渣叶叶扫干净，望着进出教室、进出校门的路干干净净，他就傻傻地笑了，比儿子笑得还傻。”心怀悲悯的人，懂得感恩的人，以爱心面对世界的人，才会发现这样的人物，才会有这样的情至深处言反浅。

徐晓华笔下的大地与人物，散发着浓浓的时代气息。《投帖》一篇，作者从投帖的婚俗又在家乡村子兴起写起，还写了进城打工的年轻人又回到村里做活路、掌车子、接产业，看到了生活的“反转”，感慨“村庄再不是困苦、贫穷、落后的代名词，而是让人能活得更好的家园”。《优雅的土地》一篇，写的是恩施高山上的瓦屋村当下的生活见闻。作者的微信好友、村民龙娃儿在朋友圈“隔三岔五会发一首诗歌，写耕作体验，写瓦屋桥田园之美，也写故人旧事”。作者来到瓦屋村首先遇到的一位老伯，自家种的樱桃让生客摘了却不肯收钱。瓦屋村田园兴旺，庄稼长得精神，村民不外出打工，是因为大家明白“土地是农民的命根子，有田种，把田种好，守住土地，活得就有尊严”；也因为这土地值得守，“地肥水活，种什么得什么，卖菜喂猪，不比打工收入低”。更重要的是要算长远的、后人的账：“打工去了，丢下老的小的在家里，爷爷奶奶隔代管孙娃，爱多罚少，由着娃儿性子来，书不一定读得好，脾气肯定惯坏了。田种不好误当年，人育不好误几代人的阳春，这个亏吃不起。”这样的见识被这样的事实验证和回报：二十几户人家，博士出了两个，读一流大学的七个。盲人村民廖德兰能砍猪草、喂猪、做饭、洗衣、打扫院子，“切的洋芋丝跟头发丝一样细”。她被市里的义务医疗队检查出长了子宫肌瘤，村干部把她送到医院免费做了手术。一天学没上过的她，感激得写了一首叫作《党在我心中》的歌，并说“我好好地活着就是对社会的感恩，每天跟着广播做保健操，把饮食搞规律，把身体养好，尽量少给政府和乡亲们找麻烦”。

乡村的见闻在刷新着作者的认知，其实也在刷新着读者对新时代农村和农民的认知。诚然，中国幅员辽阔，乡村条件与发展程度各异，实现全面的乡村振兴尚有待时日，尚有长路要走。但徐晓华也让读者看到了那些已经或正在变富变美的乡村、那些优雅的土地和优雅的人……

这部散文集最着力呈现的是人的精神。作者写得最多的是乡村小人物，如《扫把客》里的“扫把客”、《粗陶》里的罗窑匠、《下山草》里的湘爷、《优雅的土地》里的众村民、《空间》里的环卫工人、《向阳坡》里的大哥、《还阳草》里的老赵、《投帖》里的大平子……这些人物位卑而志坚，以坚忍毅力、聪明智慧和辛勤劳动战胜生活的艰难困苦。“做活路的人抱着太阳赶月亮，走哪里都要勤快”(《还阳草》)；“没听到一声抱怨，没看到一丝颓废。勤劳简朴、踏实肯干的本色，瓦屋桥人没有丢，可他们身上，另有一种感染人、振奋人的气韵”(《优雅的土地》)……这些人物个体身上的精气神，正是民族精神的光辉闪耀。

有“我”的散文才生动。但想来徐晓华对散文中的“我”有独到理解，他笔下的“我”不是离群索居、郁郁寡欢的存在，而是与现实生活紧密联结，与家乡的父老乡亲同喜乐共忧愁的。《眺望灯火》一篇，更流露着一种勇毅无畏和赤诚奉献的家国情怀。《眺望灯火》2020年2月首发于民族文学微信公众号，继而刊于《民族文学》2020年第5期。作品的写作时间，正是新冠疫情肆虐武汉的时期，全国上下紧急动员支援湖北抗疫的特殊时刻。作为一名警察，作者每天夜间值守恩施北临检站，《眺望灯火》记录的是元宵节夜晚值守的感触与心声。作品颇为感人地抒发了战疫正酣时刻，战斗在一线的人们勠力同心、冲锋陷阵、立誓“把属于人类的春天夺回来”的慷慨悲壮之情。阅读这篇作品，让人不由得想起一句流行语：“哪有什么岁月静好？不过是有人在为你负重前行。”

徐晓华的散文风格有一种自觉的体认和追求。其散文的个性，明显地体现在语言上。对汉语的娴熟掌握，对土家族现实生活语言的吸纳、提炼和加工，形成了徐晓华散文的语言表达特色。“老伴不吃他那一套，说，瞎，尽想些古怪事，世事一眼看透了多没意思，留着一天天慢慢咂摸才晓得滋味，一壶茶还有三泡呢。”（《渡儿》）“村庄里，不怕丢东丢西，丢不起的是一张脸。手头窄时，脸挡得住一拨债主子；差粮食吃，脸是一篓子苞谷洋芋；农忙时节，脸又是一坡转工的乡亲。”（《投帖》）这些沾带烟火气和泥土味的语言，体现了徐晓华散文的语言特色。他不片面理解所谓的“文采”，不追求语言的华丽，而是下功夫于语言的精确和生动、语言的活态与活力。徐晓华散文创作的快速进步，很大程度上来自他对语言的格外注重和孜孜探索。

土家族是勤劳和有智慧的民族。天道酬勤，对民族如此，对个体如此。祝愿徐晓华在散文创作的道路上勤勉笃行，力作频出。

是为序。

2021 年 10 月 31 日

踏实的行走

——关于帕蒂古丽散文集《蕴情的土地》

散文集《蕴情的土地》(宁波出版社2021年6月出版)所展现的作者帕蒂古丽，是一个行走者的形象。她行走在浙江、湖南、山东、甘肃、宁夏和广东，感受着新时代的生气蓬勃，体会着各民族共同生活的祖国大地凝结的深沉历史、厚重人文，也品味着其中蕴含的炽热的仁与爱、情和义……

作为移居浙江的维吾尔族女子，帕蒂古丽的这些散文篇章大多延续着她对民族交往交流交融引发的文化惊奇和文化碰撞的一贯关注。她执着地追踪、见证和思考维吾尔族同胞从新疆来到内地后的生活，以文字为这些离开遥远的家乡，到内地开拓崭新人生的同胞画像立传。这些以美文书写的作品无疑首先具有一种认识价值，继而是一种文化意义。《打开被折叠的生活》一篇，描写在绍兴市柯桥区做布匹、轻纺生意和餐馆生意的维吾尔族同胞群像。在她的笔下，繁华、富庶、开放的柯桥，给维吾尔族同胞提供了致富的希望和现实，也给他们打开了崭新的文化视野。在柯桥做了二十年布匹生意的玛合木提江“每天一大早在坯布市场的干菜泡饭、竹凉席和布料气味中穿行。他向留大胡子的伊朗人、穿长袍的巴基斯坦人致意，时不时地与头上裹着缠布的印度人擦肩而过，一不小心就跟满市场转悠的南非人撞个满怀。他不断地跟市场里的当地商贩打招呼，热情地向他们伸出毛茸茸的大手，握手，再握手，满市场转着握紧江南人一只只瘦小精干的手”。在柯桥开了十年贸易公司的阿布拉江，“把柯桥的轻纺产品卖到迪拜、阿联酋，新近又在伊犁开了服装公司和布匹店。他在柯桥给阿富汗人、印度人、巴基斯坦人当翻译，跟吉尔吉斯斯坦人、乌兹别克斯坦人、塔吉克斯坦人打交道，阿布拉江也能够听懂他们的语言。他把各国客户介绍到杭州、上海、苏州和义乌等地的丝绸工厂，当翻译和中间人的酬劳相当可观”。这些不动声色的叙述，流露出作者的惊叹和民族自豪感。

对于这种文化的相遇，帕蒂古丽有自己的思考。在她的笔下，在柯桥的商场上打拼了十三年的玉素甫的家庭里，“传统和母语几乎被封存，打开的机会越来越少”。但帕蒂古丽认为：“折叠是一种谦让的姿态，比起不合时宜、虚张声势的展开，折叠的生活更张弛有度。”在她的观察中，信任、诚实、交流、合作，让玉素甫快乐。玉素甫相信，这也同样能给大家带来快乐。而且，“这种交往以生意为纽带，合作日久，感情交流就会自然而然地生发和展开”。这篇散文所呈现的文化相遇，既有汉族与维吾尔族、其他省区与新疆，也有中国与他国。因此，作者的文化思考也就具有一种超越性，获得一种普遍性。

诚然，帕蒂古丽的散文民族色彩鲜明，民族气息浓厚。她的父母分别是维吾尔族和回族，这使她对维吾尔族和回族生活、历史、文化怀有一种寻根探究的炽热之情。《在聚居的空气中》一篇，是作者寻访湖南桃源县之行的深情记叙。桃源是一片神奇的土地。维吾尔族翦姓始祖哈勒·八十，被明太祖朱元璋晋封为镇南定国将军，加太子太保衔，并赐姓翦，驻兵桃源枫树翦家岗。自此，原住新疆的一个哈姓氏族变成湖南翦氏。翦氏族人历代忠勇，现代中国土地革命战争、抗日战争、解放战争和抗美援朝战争，都有一批批翦氏子弟投身其中，成为烈士。这片土地还孕育了著名历史学家翦伯赞。在作者的记叙里，而今翦氏后人与新疆的同胞谈论生意，他们的话题常常是“翦旗营”和哈勒·八十，是“枫林花海”夜市的烤羊肉生意，是湖南与新疆两地情感的维系。她动情地写道：“几百年来，翦姓维吾尔族与当地人融为一体，因为只有团结才能保证生存。现在他们已经弄不清楚，哪些是他们原本的生活，哪些是借取的。”“过着流汗也流蜜的生活”，是她对聚居在桃源的当今翦氏后人的写照。集子里的诸篇作品尤其是这篇《在聚居的空气中》，读后令人真切地感受到铸牢中华民族共同体意识的必然性、具体性乃至日常性。

帕蒂古丽行走的脚步是踏实的，她不是凌空蹈虚，腾云驾雾，她扎扎实实地行迈在祖国大地上，挚爱着这片“蕴情的土地”。她行走的思绪与历史、现实、民族、家族息息相关。

在散文写作艺术上，帕蒂古丽出色的语言感觉令人惊异。她的散文语言，已不能以“少数民族作者对汉语的娴熟掌握”来评价，她的散文语言成就虽然离不开对汉语的刻苦学习，但我觉得她还有一种语言天赋。

帕蒂古丽的散文还有发展空间。从目前来看，她的作品题材相对固定。维吾尔族人的异地他乡生活和家族亲情描写，占据着她创作的注意力中心。题材的相对固定容易造成写作风格的固化，不断地重复已体验或可能有的生活，也不应是一个有才华的作家对自我的期许。这是帕蒂古丽今后的创作需要规避和突破的。

2022 年 3 月 31 日

慧识甘泉写春秋

——又见散文集《大地之眼》序

与又见相识是从文字交道起缘。他通过微信先是给我传来三篇短篇小说，半个月后又传来六首诗，我于是知道他写小说也写诗。二十多天后他又传来六首诗。那是2020年2月，新冠疫情汹涌袭来，又见这次传的六首诗都是抗疫题材。当时我正应广西民族出版社之邀主编《人间有大爱——抗击新冠肺炎疫情诗选》一书，选入该书的必须是已公开发表之作，遂从《文艺报》选了又见的一首诗，这首诗题为《我们和你肩并着肩》，诗句自然流畅，起伏有致，而其中有大情怀、大悲悯存焉。一个月后，又见再传来一篇散文稿件，即后来发表于《民族文学》(汉文版)2020年第6期的《四泉记》。在《大地之眼》这本书里，又见将《四泉记》分成了独立的四篇:《兰阳泉涌》《董泉记》《状元泉记》和《乳泉佛心》。

阅读《大地之眼》，我首先感受到的是又见不凡的才华。就党政机关的本职工作而言，文学创作于他只能是业余中的业余，但他的这些散文作品却达到了相当高的造诣。作者对事物的描写，不急不躁，不慌不忙，白描、比喻、想象、抒情、渲染等手法交错穿插，络绎而来，其繁富，其气概，令人惊叹。信手拈来一段:“小心翼翼地登上石坝，细看江水旋流，海菜花则坚守根基所在，不落入俗套，不随波逐流，不妄自菲薄。只见那泛白的花瓣，围拢着鹅黄色的花蕊，多像一个紧密团结的整体。无论水上还是水下，海菜花总是那么光泽透亮，张力十足，保持着优雅的姿态。花叶则长短不一，在水下温柔地舞动着优美的身姿。从河底淤泥里长出的花茎连着漂浮水面的花蕾，随着水流飘逸起伏，好像翡翠处处透着珠光宝气。往上游望去，海菜花铺满了河面，绵延约2公里，像天上的繁星，在幽蓝幽蓝的河水中忽闪忽闪着眼睛，尽情彰显着顽强而不可阻挡的气势。”(《河流奔腾不息》)对于写作，又见气定神闲，下笔从容，认认真真，像一个辛勤的手艺人，不偷懒，不偷工减料，把活计做得扎实又工巧。散文技巧上的这些功夫，不只关乎作者的写作姿态，更是一种才华的显现。

《大地之眼》是热爱大自然的结晶。“诗人者，不失其赤子之心者也。”(袁枚《答定宇第二书》)“词人者，不失其赤子之心者也。”(王国维《人间词话》)清代诗人袁枚和近现代学者王国维分别化用孟子的“大人者，不失其赤子之心者也”语录论诗谈词，其实，写散文尤其是写关于大自然的散文，何尝不需赤子之心？有一颗遨游天地、与山川同廓、与万物共情的赤子之心，方可写出《大地之眼》诸篇佳章。“那水中的虾啊，或静默，或嬉戏，或随着水的流动到处游弋着，那么孤独，它们哪里知道，水中形形色色的螃蟹正在各个角落里蛰伏着。可这么细弱的水，还没等流到大江大湖就干枯在半道上了。看着这些比豆芽还要轻巧的虾子，那么透明无瑕，像玻璃一样的冰线，真怕它们一不小心就被螃蟹掳走，消失在时光的阴影里。那些诸如鲤鱼的水中名秀已经去跳龙门了吗，只留下这么些小虾踟蹰流浪着，可又有谁知道它们内心深处的志向与追求呢？”（《解陋泉旧事》）“它是九寨沟最小的海子，像一颗玛瑙，玲珑剔透，散发着幽蓝幽蓝的光；像一颗翡翠，流光溢彩，呈现着碧蓝、橙红、天蓝、橄榄绿的色彩；像一滴丰盈的水，池底万物静静滋长，争奇斗艳，阳光下光影斑驳；像内心深处无以名状的幸福与悲伤，比如惊喜的浅黄、豁达的天蓝、悲情的暗红、无瑕的白、神秘的紫，亮出了生活多姿多彩的底片，都是人生最美的风景；又像个孩子，在大地的掌上，携梦入眠，我甚至可以听见他跳动的脉搏、平缓的气息，他梦幻般的童话世界，都是幸福最真的模样。”（《九寨沟的眼》）《大地之眼》中的这类文字，比比皆是，不胜枚举。品味这些优美而深情的文字，读者当能体会作者那对大自然的赤心挚爱。智者乐水，仁者乐山，其实水绕山，山傍水，山水相依是大自然的常态。热爱大自然的人，是智者也是仁者，既乐水也乐山。《大地之眼》是又见以自我之眼看天空大地、看山水田园而生出的欣悦与沉思。在这城镇化日益推进的时代，又见的这些亲近自然的美文令人心醉，令人勾起心底的丝丝乡愁。

这又是一部钟情于水，尤其专注于泉的书。在又见看来，泉水滋润着一方水土，是一方水土的吉祥，是“大地之眼”。又见对泉有罕见的痴迷。有泉不看，他甚至会有如此感受：“我心向往许久，每年都有十数次机会路过，也知道它（指武鸣灵水潭）就在那里，却未能有机会停留片刻。人生最大的憾事莫过如此——明明看得到听得见，却视而不见，不问长短，不管冷暖，与所谓的冷暴力和暴殄天物有何异？”（《灵水记》）如果又见笃信“读万卷书，行万里路”之古训，那么他“行万里路”的一个目的定是找泉看泉。他对泉水不仅看，还要“取”：“觉得这清澈透亮的泉水似乎飘忽着某种神秘的气息。想起这一带地方可能是舜与叔均巡行的地方，于是掬起一捧泉水慢慢品尝，感觉清凉甘冽，沁腑醒神，心旷神怡。又腾空所有矿泉水瓶，再盛满泉水带回旅馆中，用来煮梧州最负盛名的六堡茶，才使这次旅行圆满，不至于虚此一行。”（《恩义如泉》）。《大地之眼》中的大多篇章是关于泉的寻觅和游赏的描写。读完全书，让人不禁思忖，广西的名泉几乎被作者写完了吧？从这些作品中，读者首先是大大地长了关于广西名泉的知识。又见还搜寻史籍曾载而今已无痕之泉，《寻访重泉》一篇所写就是对已经消失的重泉的寻找：“听说古城宜州有一眼奇特的泉，叫重泉。其名缘于同等体积的重泉水比他处的泉水重。一打听，便被告知重泉隐藏在古城这片历经千年沧桑的土地中，早已难觅踪迹。沧海桑田，历史留给我们后人许多遗憾。这种遗憾里深藏着诱惑，这也成为我多次寻找和探看这处泉眼的动力。”……又见爱泉，所以对泉多有研究；因有研究，他写的泉，抓住了一眼眼泉与历史、与人文的关联，已超越唯美的景物描绘。他注重泉的生态美学，也注重泉的历史蕴含与人文意义。南宁青秀山北麓的董泉，本是一眼普通山泉，因明代董传策而得名。明嘉靖三十七年（1558年），刑部主事董传策因上疏弹劾奸相严嵩，被贬谪南宁。某日与友人游青秀山，发现此泉，遂赋诗咏之。《董泉记》一篇，书写董泉的前世今生，亦呈现一幅沉重的历史画卷。《兰阳泉涌》一篇，描叙东兰县兰阳村的兰阳泉、巴盘泉、江中泉、友好泉等清泉流过沧桑岁月，让群山围护中的兰阳村活得自在而温润。兰阳村曾是500多年前东兰韦氏土司州署所在地，因此又见由泉而生发伸延至历史上的人与事，想起广西俍兵在抵御外侮的战斗中曾屡建奇功，有“中国第一雄军”之称。在近现代的革命斗争中，广西兵也有十分光彩的表现。东兰和兰阳泉所在之地，有幸成为勇士出征的起点。东兰这片英雄之地是广西农民运动的发祥地、右江革命根据地的腹地，也是邓小平、张云逸、韦拔群领导右江革命斗争和举行百色起义的策源地。从这里走出了韦国清、韦杰、覃健、韦祖珍、覃士冕等5位共和国第一代将军。而今天的兰阳清泉，“让人从纷繁俗世中解脱而出，活在泉水里，活在每一个崭新而伟大而丰盈的日子里”。

《大地之眼》诸多篇章，又见由泉及史、及事、及人，起承转合颇为恰切，提炼升华十分自然。字里行间，既充分彰显各地贯彻“两山”理念的丰富实践，又让读者强烈感受到生态文化之光。

大地流甘泉，然甘泉不是深藏大山，就是常被熟视无睹。别具慧眼，方识甘泉；而识甘泉，写春秋，能合二而一者，又见之外不多见矣。

是为序。

2023 年 8 月 7 日

从故乡出发

——关于廖献红散文集《鹿城图谱》

廖献红第一部作品集以《鹿城图谱》为书名，颇有用意。在我看来，它宣示着作者的写作原点：从故乡出发。

“鹿城”，我理解它的所指不仅仅是鹿寨县城，而且是整个鹿寨县域。廖献红力图以自己的文字，呈现一幅幅鹿寨这片土地、这方山水的斑斓画卷。

这一幅幅画卷，是山水画，也是风俗画，更是人物画。这部散文集分为“地理”“风物”“人物”三部分，实际上是一个统一体，如“地理”部分同样有“风物”和“人物”，三个部分是相互交织融合的。廖献红散文的核心，其实是人物与人文。作者即使以“地理”和“风物”来概括部分散文篇章，她也并不是在描写鹿寨的自然地理，而是在探索鹿寨的人文地理；她没有孤立地呈现鹿寨的风物，而是将风物与人物紧密勾连。集子里很少看到游离于人物与人文之外的风光和景物叙写。

廖献红写人物，侧重表现的是人物的命运。“人物”诸篇描写的表哥、父亲、石祥姑姑、廖铁匠、老罗、秀才伯爷等人物的命运，折射着时代嬗变的轨迹，也浸染着人生的沧桑悲欢。这些人物命运的演绎能使读者更深入解读作者的创作底色：这不是一些没心没肺、虚浮轻浅的文字，而是一个经历过人生的痛苦和哀愁的人发自心灵深处的低吟和领悟。

廖献红笔下的人物，大都命运坎坷、时乖运蹇，但作者也写出了人物与命运抗争的倔强，这种抗争不是大喊大叫的高调，而是隐忍地、默默地扛住生活的悲和苦、人生的失意和失落。像父亲、石祥姑姑就是这样的人物，他们在与命运的倔强抗争中，展现了一种人性的尊严。同样可贵的是，作者还刻画了另一种人物，像《和居中渡》里的陈洪波，选择了以传承陈家干切粉为终生事业。这是一种人物自觉选择的生活。他曾无数次地在内心进行自我对话：“一辈子在镇子里做米粉，是我要的人生吗？……一门古老的手艺一旦无人传承，一种珍贵的精神也将永远绝迹了……找个好工作，养活自己，其实很容易，但我为什么不去做更有意义的事呢？”陈洪波本来是在广东打工，女朋友也要求他回广州。面对外面世界的精彩和爱情的召唤，陈洪波却选择了“意义”，这个“意义”就是传承陈家干切粉。他的选择是十分了不起的，这是一个小人物要自己选择、自己把握自己的命运。他不是在命运的拨弄中随波逐流、随水浮沉，而是要自己掌控自己的命运。这是一个已经具有高度主体性的小人物、大人格，是在改革开放时代才可能涌现的新人。

廖献红散文写作时间不长，但字里行间已很见功力。她很认真地在写，而且讲究手法和修辞，如《鹿寨，生生之城》关于县城南郊六峰山也叫“六角头”的描写：“六角头，依然坚挺在桂中平原上，不管人世间的喜怒哀乐。从我居住的角度凝视它，感觉它更像一只巨大的绿枕头。每天夜里，它轻轻拍着城北耳语一声，睡吧，城北。城北就睡了。每天早上，它对着城南说，醒来吧，城南。城南就醒了。”这是拟人化和童话手法，但在文中显得颇为自然熨帖。

鹿寨县域是廖献红眼里和心中的整个故乡。诚然，故乡在很多作家的写作中都是一个很重要的背景，但并非所有的作家都以故乡为写作的出发点。廖献红如此的起手式，来自她对故乡的逐渐深刻的发现和认识。她在《后记》中说：“我原以为，对于这个生身故乡，已然熟知如手上的掌纹。然而，它却一次又一次地在我眼前罩上神秘的浓雾。随着寻访的深入，越发为自己的浅见而羞惭。我像一个被流放的孩子，踏上了一块不甚熟悉而又充满诱惑的土地。这可怕的陌生感，逼着我不得不受历史文化的牵引，硬着头皮迎上前去。也许，正是这无数的未知包围着我，才使我有了进发的乐趣。”廖献红的这种创作选择，或许也受到了前人的影响，影响的根源应来自福克纳。福克纳的大多数作品，是以故乡美国密西西比州的奥克斯为背景而展开创作的。福克纳曾说：“打从写《沙多里斯》开始，我发现我家乡那块邮票般大小的故土倒也值得一写，恐怕我一辈子也写不完……这地方如同一座宝藏，展示着各式各样的人物，我便是由此开辟了一块自己的天地。”廖献红上述话语表达的是相似的理念，甚至，散文集开篇《和居中渡》有句子云：“中渡古镇像一枚小小的邮票，贴在广西柳州市鹿寨县的西北部。”“邮票”比喻的来源，亦当为福克纳。

写故乡，也可以写出别处、写出远方的宏景和大义。但要达到这样的高度，就要发现凝铸在故乡这块大地上的精神，发现和表现真正的鹿寨精神。廖献红的散文是触探到了这种鹿寨精神的，期待她今后的创作着力更为自觉。此外，廖献红的散文在细节和文字的精准方面，也还有提高的空间。

原载《广西文学》2021 年第 3 期

袖里乾坤　亦小亦大

——关于水月散文

作家出版社2014年8月推出“澳门文学”丛书第一批作品，让我有幸读到水月的散文集《挥手之后还会再见吗》。

水月这本集子，大都是其担任《澳门日报》副刊《美丽街》专栏作家期间的作品选萃。首先，在形式上，它是“小”的，报纸专栏要求惜墨如金，故每篇均为千字文。其次，在题材上，它也是“小”的，家庭琐事、父母孩子、同窗友人、时尚八卦、情爱婚姻，乃至游思梦想……日常生活、饮食男女，为其谈说的主要对象。“小”不等于易。王国维说散文易写而难工，然而，短小的散文未必都比洋洋洒洒的长篇大论更易写。如果将长文比作散文的加法，那么短文就是散文的减法。减法未必就比加法好做。文学史早已证明，长篇可能大而无当，空泛乏味；短章或许隽永深长，出奇制胜。水月的短散文，大抵如此，故以“袖里乾坤，亦小亦大”八字概括，庶几切近。

日常生活是每个人都身在其中的生活，是人最主要的生活，也是人最真实的生活。日常生活经验是很多作家更愿意面对和写作的对象。但日常生活的琐碎和凡庸、感性和形而下，又是作家写作的陷阱。日常生活的细流易让作品格局狭小，其汪洋又易让作家茫然迷途，多少作者的写作因此而失败。与那些庄严的、仪式化的生活一样，日常生活亦考验着作家的才情，挑战着作家的教养。水月的散文让我欣喜地看到，她是一位热爱着生活、踏实地生活而又突出了生活的重围的作家。她的作品首先是极其感性的，有着丰富和细腻的情感，有着对当下生活的真切体验和感受。另一方面，她的作品又对生活进行积极的思考，她是以思想引领读者突出日常生活的重围，并以此定位自己的作品，确立自己写作的意义的。不是说她攀登了怎样的思想高度，而是读者可以感觉到她抵达了一定的人生真相。日常人事情景，在她看似平实、随意的叙述之中却有着出人意料的掘进，展现出别开生面的理性观照与异质思维。譬如，她认为人生不应该是一场独角戏：“虽然在独角戏中你是唯一的主角、配角、闲角，没人可以抢去你的风头，这个人生剧场，由你一人发挥。一个人演一个故事，一个人撑一个场面，未免使人困顿。即使上帝坐在观众席上，也只有打哈欠的份儿。因而你的人生剧场中该有许多不同角色，才能演得津津有味。”（《别让上帝打哈欠》）她如此看待爱情：“在爱情中跌跌碰碰，即使再痛，也痛不过亲人的诀别；爱得再深，也深不过血脉相连。”（《十年》）关于爱情与父母亲情的比较，她这样写道：“现实好像对父母残忍了点，然而我们不得不承认，爱情在长大了的男人女人心目中比父母亲的分量重，且不说爱情是否能天长地久，但我们就是需要它，追随它……有天，当子女突然惦记起父母来，觉得他们跟爱情一样重要的时候，他们要么已经有了孩子，要么，也老了。”（《变心得太早》）她意识到，孩子的出生让人喜悦的同时，也让人心忧。“那忧心的种子在你十月怀胎之时，也一起茁壮成长。今后，你不再是天不怕地不怕的人：从此，你为孩子担惊受怕，丁点小事，就够你惶惶不可终日。”（《百岁光阴似水流》）作为一个善于思考的作家，水月对世事有着敏感的触须与锐利的目光，譬如，她为亲情淡薄或单亲家庭的孩子被学校布置写“我的父亲”之类主题的作文而鸣不平：“这个在老师心目中非常容易的作文题目，在现实世界里对一些学生来说是难题。”“老师不知道的是，这个题目伤了一个十一岁孩子的心。”（《写不出我的父亲》）她评论一起错发遗体事件：“亲人的遗体误被他人火化，的确痛心疾首。然而，不知道苦主一家本来是否也准备火化遗体？假如遗体的结局最终殊途同归，那么，他们是否可以冷静下来，想一想，对这个错误的人为因素加以理解和宽恕？”（《存在或不存在》）她颠覆“母爱是女人的天性”这一流行观念：“其实女人与生俱来便有的，是可以孕育孩子的子宫，而不是对小孩的爱心。之所以把孩子生了下来，就不假思索地爱护他，照料他，我想，是怀胎十月时血脉相连而培养的情感。”“爱心，可以是天生的个性，男人、女人都有，但不是有爱心就有爱孩子的心。”(《女人爱孩子》)

独特的视角，在常人思维中止之处继续前行的苦想冥思，或者一针见血，或者掷地有声，水月散文不少篇章给人以意外之内心震荡与灵魂感动。结合着丰富感性经验的理性思考，使水月的短散文别具大意蕴，从而升华为一种人生哲学。

水月同时也是讲究写作艺术和散文技巧的作家，这些千字文里，常常有精心的谋篇布局和巧妙的叙述手段。如以之作为书名的《挥手之后还会再见吗》一篇，叙写的是母亲远在异国阔别数十载的昔日姐妹，给已长眠地下的母亲发来聚会邀请，引发作者的唏嘘感慨。但文章是从对母亲的姐妹雯姨写邀请信时的神情与思想的想象切入，有如从故事的中间开头，构思之诡异奇巧，剪辑之独出心裁，读后令人惊叹。

2014 年 8 月

知识底蕴　时代面影

——关于穆欣欣散文集《寸心千里》

穆欣欣将其收入“澳门文学”丛书（作家出版社2014年9月出版）的散文集取名为《寸心千里》，我读后颇感书名与内容确乃相得益彰。

澳门为弹丸之地，地域的因素或许制约着一些澳门作家的创作题材，但《寸心千里》这部集子却有着开阔的视野和纵横的意绪。作者之心灵既萦系着澳门，更驰骋于祖国内地的千里沃野、万里山川，流连于中华民族悠久的历史传统和璀璨的文化遗存。祖国观与历史感结实地熔铸于其散文篇章中。

《寸心千里》的题材有的关联着一些重大事件。作者生于东北长于澳门，在她的笔下，澳门与内地的血脉相通、亲情勾连亦得到鲜明的体现和强调。在《十年》一篇中，作者对澳门回归十年如此感慨：“面对历史，十年只是瞬间，个人就更见渺小，但对于个人，生命中又能有多少个十年呢？过去了的十年，是澳门转折的一页；个人虽然渺小，却不可避免地与历史发生关系。每一个澳门人，生命中的这个十年，谁又能翻过‘回归’这一页呢？”《此时与那时》《十年一刻》两篇，分别叙述作者于1999年澳门回归和2009年澳门回归十年时，参与中央电视台直播报道工作的经历。《此时与那时》记叙因为获邀参与央视关于澳门回归的直播报道，作者不期然地收获了爱情的幸福。作品生动地表现了作者心中交融在一起的家国情感。《北京澳门看》叙写作者在北京的中国美术馆看到澳门艺术博物馆馆藏作品时的欣喜愉悦之情：“这一天，北京艳阳高照，馆内暖意融融。史密罗夫作品中穿透斑驳树影的阳光几乎触手可及，澳门失去的风景、久违了的情怀，重现在多幅作品画面。一个历久恒新的问题，今天的澳门，不变的是什么？也许只有穿透斑驳树影的阳光。”在《北京这座城》一篇中，作者将北京和澳门对照来写，调侃和揶揄之中也透露着对这两座城市的热爱：“北京这座城市大而闹闹嚷嚷，可每天还有无数人从四面八方怀着对祖国首都的渴望涌来这里……一个场合，听到一首写澳门的歌，歌名叫《这一座城市很温暖》。虽然只听清了两句歌词，‘不是冬天不想来，这一座城市很温暖’，但心里还是有暖暖的感觉。”澳门回归祖国是一个举世瞩目的重大事件，能够厕身于这样的历史性时刻，的确值得倾情书写。澳门与祖国内地的历史与现实的联系，也是一个极具分量的话题。在作品中，作者将宏大叙事与个人视角相融合，自微小处着眼，以对个人亲身经历的描写，以沛然饱满的感情，勾勒出历史与时代的面影。

集子中的《到不了的都叫远方》一辑诸篇，写了作者的乡愁和在内地游历的见闻感受。鞍山、南京、青岛、苏州、绍兴、杭州、上海、秦皇岛、昆明、大理、香格里拉、武汉、成都、重庆……中国的天南地北，在作者的笔端或许不尽是十全十美之净土，但皆散发着各自的魅力，含蓄着地域的风情。作者每每将揄扬与批评冶于一炉，这些篇章让人读到一个真实的中国。

尤其值得指出的是，《寸心千里》的作者是南京大学戏剧戏曲学博士，其丰厚的知识底蕴也决定着其散文的走向和面貌。在书中，无论是众多的游记，还是同样众多的观剧心得或点评，大都反映着作者的专业背景与知识根底，而扎实的知识又成就了一种独到的眼光和批评的底气。作品每多议论风生："戏曲服装宽袍大袖，看似无分寸感可言，实则藏的是人间沧桑、渔樵闲话。旦角的玲珑身段，也是在宽袍大袖的舞动间显山露水的。反倒是青春版《牡丹亭》杜丽娘那一袭改良戏服，腰身尽显，却失了味道。"(《宽袍大袖下的玲珑》)"程腔里有一股锋芒逼人的东西存在，都说这和程砚秋耿直、刚烈的性格不无关系，但细心听来，程腔里还有一股隐而不发、欲言又止，想来和大师日常生活难对人言的苦闷有关。喜欢听程腔的人，一定是把人生五味咂摸出火候来了。”(《大师日记》)借由戏曲或书本，作者延伸出对当代和历史人物的论评，如《到底是才女》一篇，对东汉蔡文姬身世之议颇为精辟：“到底是才女，在‘回归故土’和‘骨肉团聚’上，蔡文姬选择了前者。不然，‘骨肉团聚’的蔡文姬，在大漠风沙中终老一生，她和她的盖世才华，将在胡地风霜中烟消云散。”东汉蔡文姬的故事，历代文人多有演绎，其间不乏民族歧视的表述。郭沫若20世纪50年代末创作的话剧《蔡文姬》，对左贤王的形象有所反拨。《到底是才女》一文对个中分寸亦拿捏得宜。作者认为蔡文姬之所以甘愿忍受撕心裂肺的骨肉分离之痛，主因乃文化背景的差异而非其他，如此之见地可谓卓尔不群。

《寸心千里》中有的作品还是对自我的反思。如《谷雨的漂流本》一篇，“我”回忆起小学时代曾将漂亮的毛衣借给一位要给外宾献花的女同学穿，有人说“我”的衣服漂亮，就应该“我”去献花。听了以后，“我”心中也有些不快。“一个孩子的心里，能装下那么多嫉妒吗？老实说，心里真的没什么想法，当时。可这件事在我心中为什么如此记忆犹新呢？这么说，我还是在意的吧？”

穆欣欣的这些散文虽然题材各有不同，但其中醒目地贯穿着一种文化的思考，张扬着一种文化的价值，甚或回荡着一种灵魂的追问。它们从不同的角度呈现着历史，呈现着时代，也呈现着人性，呈现着心灵。它们以不同的面向打动着读者，也启发着读者。

2014年8月

第三辑

穿越岁月的光芒

——王久辛长诗《狂雪》再版序

在中国人民抗日战争暨世界反法西斯战争胜利70周年之际，诗人王久辛的长诗《狂雪》由光明日报出版社再版，意义颇不寻常。

1990年7月，《狂雪》于《人民文学》杂志发表，引起诗坛瞩目。1998年，作品获得首届鲁迅文学奖。面世25年来，《狂雪》犹如千重浪万丈波，反响悠远绵长。1995年，甘肃书法家刘恩军将其用汉简体书写，铸成21米长、2.2米高、正反两面的紫铜诗碑，并捐赠给侵华日军南京大屠杀遇难同胞纪念馆。2003年12月，纪念馆重建一条长达39米的花岗岩诗墙，将铜版《狂雪》镶嵌在该墙上，每日入馆参观的万千观众为之屏息驻足，或口诵，或默读。2008年1月，波兰埃德玛萨雷克出版社出版王久辛波兰文版诗集《自由的诗》，第一首就是《狂雪》。2015年1月，《狂雪》由河南美术出版社推出书法版，由文学名家莫言题写书名，孙皓晖题写跋语，书法名家龙开胜作序并书写全诗。2015年6月，《狂雪》阿拉伯文版由阿尔及利亚胡马出版社出版。作为纪念中国人民抗日战争暨世界反法西斯战争胜利70周年的策划选题之一，《民族文学》蒙古文版、藏文版、维吾尔文版、哈萨克文版和朝鲜文版亦分别以此五种少数民族文字译载了《狂雪》。其间，中央电视台拍摄制作了由朗诵艺术名家方明朗诵的《狂雪》电视节目，在该台的黄金时段数次播出，江苏与甘肃的电视台更是将其作为保留节目，在每年的中国人民抗日战争胜利纪念日与南京大屠杀死难者国家公祭日郑重播出……享誉之隆，已经远远超越了一首诗歌所能得到的推崇与敬重。

在诗歌文体已不再拥有历史上的头牌地位的今天，《狂雪》何以有如此的影响力与生命力，何以有这样的传播效应和接受反应？再三思索，憬悟如下因由。

首先，是因为它的题材。《狂雪》的副标题是“为被日寇屠杀的30多万南京军民招魂”。在国内，以南京大屠杀这一震惊世界、惨绝人寰的重大历史事件为题材的文艺作品，在《狂雪》之前虽已出现，但像《狂雪》这样影响深远的作品，却是绝无仅有。从这一意义上说，《狂雪》是空前的。南京大屠杀如此重大的历史事件，不仅史乘应大书特书，各门类和体裁的文艺作品，亦不可缺席。铭记历史，是为了把握今天和未来；将罪恶钉在历史的耻辱柱上，是为了人类文明走出黑暗，迈向朗朗乾坤。或许《狂雪》早应问世，然而，直至南京大屠杀惨案发生半个多世纪之后的1990年，它才呱呱坠地。等待，因为漫长而引人注目；作品，因为杰出才备觉可贵。

其次，是因为它的内涵。《狂雪》以诗的方式再现了侵略者无比凶残的疯狂杀戮，再现了30万条生命遭受野蛮屠裂的惊天骇地、人神共愤的惨景："铅弹　像大雨一样／从天而降　大开杀的城门／杀得痛快得　像抒情一般／那种感觉／那种感觉　国人无人知晓／是那样的　像砍甘蔗一样／一梭子射出去／就有一排倒下　扑哧／扑哧　那种扑扑哧哧的声音／在鬼子的心里／被撞击得狂野无羁／趴在机关枪上／与强奸犯的贪婪毫无异样。""街衢四通八达／刺刀　实现了真正的自由／比如　看见一位老人／刺刀并不说话／只是毫不犹豫地往他胸窝一捅／然后拔出来　根本／用不着看一看刺刀／就又往另外一位／有七个月身孕的／少妇的肚子上　一捅／血刺向一步之遥的脸／根本不抹　就又向／一位　十四岁少女的阴部捅去。""这不是西瓜／是桃状的人心／是中国南京人的人心／是山田和龟田的下酒菜……他们像行家一样　仔细品味／哟西哟西地 让嘴唇／做出非常满意的曲线"……但《狂雪》对南京大屠杀惨案并非仅仅停留于对历史场面的还原，对侵略者的声讨，对死难同胞的哀鸣，同时它还展开了关于人性与兽性，关于战争与和平，关于国耻与民族精神，关于军人与责任等的郑重思考。侵略战争是人类世界中的极恶大罪，战争屠戮千百万的生命，更消灭侵略者自身的人性，释放并扩张侵略者的兽性。《狂雪》对战争使侵略者人性泯灭、变成野兽有着触目惊心的描绘，除了如前所引，作品里还有着这样的句段："野兽　四处冲锋八面横扫／像雾一样　到处弥漫／……那血腥的味道／就是此刻／半个世纪之后的今天晚上／我都能真切地闻到。""他们　那些鬼子／有着全世界最独特的欣赏习惯／鬼子／鬼子对传统观念的反叛／可以达到儿子奸淫母亲／父亲奸淫女儿的地步／只是这种追求　他们／强迫中国人　进行……"在信奉强权就是真理的侵略者眼里，弱者的生命不过是战场上的祭品，道德伦理更是一钱不值。对人向非人的蜕变和人性向兽性的异化的表现，使得《狂雪》一诗在异常尖锐的同时，更获得一种内在的深刻。而首都被屠城，30万同胞被虐杀，又是一种民族的奇耻大辱，这种耻辱让国民直至今天都无法释怀，更让中国军人寝食难安。《狂雪》真实地表达了这样的民族情感与心理："希特勒死了／墨索里尼和东条英机也早被绞死／但是　那种耻辱／却像雨后的春笋／在我的心中疯狂地生长／几乎要抚摸月亮了／几乎要轻摇星光了／那种耻辱／那种奇耻大辱／在我辽阔的大地一样的心灵中／如狂雪缤纷／袒露着 我无尽的思绪。"给民族带来莫大耻辱的大屠杀，激发出诗人的誓言，然而，《狂雪》又不是一部宣泄狭隘民族主义情绪的作品，它真实地再现历史，真实地呈现民族与诗人自我的情感，但始终是在正义的观照之下，在人类基本价值的指引之下，因而作品具有一种大义凛然、胸怀宽广的气度："虽然　我不会去复仇／对那些狗日的　日本鬼子／沾满中国人鲜血的日本鬼子　但我／不能不想起硝烟和血光交织的岁月 / 以及这岁月之上飘扬的不屈的旗帜。”惨烈的大屠杀，刻骨铭心的苦难记忆，或许使民族有太多的理由去仇恨，去复仇；然而，复仇并不等于正义，人类历史早已证明，仇恨只能孕育仇恨，只有爱才能泯灭恨，只有和平才是爱的土壤；而民族要有坚毅的精神，军人要有强烈的责任意识和勇猛无畏的气概，才能抗击任何侵略者，才能保有真正的和平……滔滔的民族仇恨和愤怒的洪流在作品中并未溢出理性的堤坝，而是化作辩证的思辨，使得作品的思想具有一种超越性和普世性：“整个人类的兄弟姐妹 / 让我们坐下来 / 坐下来 / 静静地坐下来 / 欣赏欣赏今夜的星空 / 那宁静的又各自存在的 / 放射着不同强弱的星光和月辉的夜空啊。”《狂雪》的内涵是丰富和复杂的，很值得读者反复吟味。

最后，是因为它的现实意义。中国人民抗日战争和世界反法西斯战争胜利已经70周年，然而，军国主义的幽灵仍然在那个东洋岛国徘徊，日本右翼分子否认侵略中国，否认南京大屠杀……历史不容被肆意篡改和颠覆，反法西斯战争的胜利成果不容受到挑衅，中国和俄罗斯等国发起一系列活动隆重纪念抗日战争和世界反法西斯战争胜利70周年。《狂雪》又一次显示出它超越时光的时代性和现实性。

《狂雪》的成功，更来自它所抵达的诗艺高度。它的体裁是长诗，实际上全诗只有500行，并不很长，以它所表现的题材来衡量，甚至可以说是很短的。在这并不太长的篇幅中，容纳了重大的历史事件、作者的宏富思考与复杂情感。诗人对南京大屠杀这样的重大历史事件的叙说与思索，充满了个性化的色彩，历史与公义因诗人强烈的自我情感的袒露而显得更为鲜明和清晰。叙事与抒情、描写与论议、形象与思辨的交织，使诗作大开大合而又沉郁低回，淋漓酣畅而又千回百转，史实的白描刺痛读者神经，思绪的缤纷提启读者境界，语言的奇妙扣动读者心弦。

《狂雪》讲述的是一段耻辱的历史，一次悲惨的被屠杀，然而它抒发的是民族的奋发之情、图强之志，追求的是人类的爱与和平。它是警世之钟，是醒心铸魂之作，闪烁着理想的光芒。25年过去，已经可以证明这是一束可以穿越岁月的光芒。

是为再版序。

2015年6月14日

中华民族美好家园的诗意呈现

——《壮美家园——“邕莱诗会”作品选析》序

《壮美家园——“邕莱诗会”作品选析》(以下简称《壮美家园》)一书是《广西民族报》的《邕莱》副刊专栏《邕莱诗会》的作品选析。90余首(组)诗作，是全国多民族诗人和作家的心语与歌吟，风格各别、手法多样，异彩纷呈、斑斓满目，然而大多篇章都凝结着一个中心意象——中华民族的美好家园。多民族诗人和作家们的倾情抒写，正是中华民族美好家园的诗意呈现。

民族的家园就是祖国，中华民族的家园就是中国。爱国主义的情感在《壮美家园》书中弥漫、燃烧。中国是统一的多民族国家，是各民族祖先和世代的居住地。祖国是具象的，祖国也是精神的。在杨克的《我的中国》中，祖国是山川地理，祖国也是天空海洋，是语言、文字、神话、传说和诗篇，是中餐佳肴、图腾生肖、文房四宝、二十四节气和五行八卦，是熊猫和丝绸、《茉莉花》和《梁祝》……今天的祖国，北上广深矗立着簇新的高楼大厦，然而，诗人的心中还有疼痛的柔软和不熄的梦想：“航天潜海，我依旧怀抱颓败的小小村落 / 银杏树缓慢生长，让人痛苦揪心 / 两鬓染霜，身体里流动青春五四的热血 / 念兹在兹我永远梦想的少年中国。”吉狄马加《兹兹普乌》一诗歌咏：“火焰改变肉身的形态超过其他方式 / 它将存在之物送至形而上的国度。”“解脱的灵魂，穿越了星座的门扉 / 音乐从群山的白昼宣称楼梯的曙色。”位于云南昭通高原腹地的兹兹普乌，是彝族人灵魂回归的圣地，是彝族人灵魂的家园，也是祖国大地的一隅，是中华历史文化多样性的一处见证。在艾克拜尔·米吉提的《红艳艳的石榴花》中，祖国是五十六个民族，是五十六个民族像秋天满园的石榴，“鲜红的石榴籽 / 紧紧地 / 抱在一起 / 透着那石榴花的芬芳”。祖国是想象的共同体，祖国又是具体的现实，约九百六十万平方千米的每一处都是祖国。“岜莱”一词是壮语，意即花山。2016年，广西宁明县的花山岩画文化景观被列入《世界遗产名录》。在田湘的《岜莱，或者花山》中，花山岩画是“千年岁月留下这盛大场面 / 那是一个民族无声而强大的气场……我的祖国就在这里：花香遍野 / 胜过所有的梦境”。祖国是空间，祖国也是时间。在宋安群的《“七一”颂歌》中，祖国正逢中国共产党领导各族人民奋进的新时代，“开辟新时代，迎接新挑战 / 强国强军富民，强壮自己”。祖国是人生的意义，祖国也是祖国的儿女心头和肩头上的责任，“种一粒种 / 用心 / 让真诚守护 / 浇灌成长 / 温暖祖国胸怀”（农秀红《团结花盛开》）。在唐成茂的《每一块石头都承载着国家的使命》中，石头象征宠辱不惊，象征坚贞和坚持、清醒和清白，“每一块石头 / 都承载着一个国家的使命 / 就是粉身碎骨　身首异处 / 对天下人之爱　也 / 坚如磐石　有时还 / 血脉偾张”。祖国是家园、故乡，家园和故乡也是祖国，“看，我们的家园 / 花团锦簇，勤劳的乡民 / 长着如此朴实的面孔 / 我们走在大街上 / 我们走在祖国的土地上 / 迎着风，目不斜视 / 我们心怀远大的理想 / 战天战地战贫困……啊，这是祖国的土地 / 啊，想起祖国 / 我就想起我的桂西北 / 那里草木葱茏，人心向上 / 人间处处有庄园 / 啊，想起祖国 / 我就想起我的故乡”（费城《我的桂西北》）。祖国是民族的依托，是幸福的保障，也是生死荣辱所系，“今天，黄泥鼓不再是悲情的符号 / 它向世界传递一个民族的欢喜 / 你听！幸福的鼓声响彻大瑶山 / 那是对祖国最深情的祝福”（王秋娟《黄泥鼓，舞出瑶乡幸福生活》）；“在春夜喜雨里 / 一个哑巴居然喊出来——/ 谁能看见祖国山川内心的美 / 谁才有资格去死！”（刘频《在燕山上》）。祖国，意味着爱，也意味着被爱，“这个中国，舍得用这么白的银子 / 把光堆在我身上 / 我的母语和它有着臂膀的关联 / 它在天幕中写字，叫‘月亮’/ 笼罩有长江长黄河黄的地方，叫‘月光’/ 所以，我爱你，中国”（陈一默《北部湾的月亮》）；“大哥还说，他的唢呐声 / 是祖国山川喂养的，是山 / 丰盈了唢呐的音色”（许伟《大哥的唢呐声是山川喂养的》）。爱国主义是一个民族的灵魂，中华民族的爱国主义凝聚着中华大地上各民族的团结统一，召唤着中华儿女的民族自豪感和为祖国的繁荣富强而拼搏奋斗的精神意志。爱国主义也是《壮美家园》一书最重要的价值与意义。

中华民族的家园辽阔而多彩，神奇而美丽，在本书的诸多篇章中有着丰富的表现。在石才夫的眼里，“云散霞飞 / 家园明媚”“岜莱花山　花山岜莱 / 木棉花开着风吹着百鸟在飞”（《时光是你额上深深的凝眉》）。在牙韩彰的笔下，家园则是红色的故事，“每当踏进这个坳口 / 总是久久流连 / 那一次战斗你英勇倒下 / 留下的故事动人心弦”（《红军坳》）。在黄佩华的《梦回句町》中，家园曾经是云贵高原与大海之间、红水河与驮娘江流域的句町古国，先人们播撒五谷，刀耕火种，繁衍生息，而“马帮的哨声已然远去 / 今天的高地沐浴在和煦的阳光之下 / 南昆高铁早已穿境而过，田西高速即将于虎年通车……回望句町，明天的天空更蔚蓝”。在娜仁琪琪格的《远山装着巨大的神秘》中，家园是内蒙古扎鲁特草原的绮丽景象，“草原之上是墨绿的丛林 而后就是连绵的山峦……静默着坐下来 便触摸到了柔软的绒毛 / 漫卷的云遮住烈日 将天空压低 / 此时 我是离天庭最近的人此时凡尘远离了我 / 纷扰远离了我 我只管静默着望向天际 / 瞬息万变的瑰丽 屏住了我的呼吸”。在安海茵的诗中，家园是新疆阿克苏的塔里木河和多浪河，两条河犹如无缰的野马，“浪花与蹄印所经之处 / 生灵全都擎举着得福的杯盏 / 每一处居所都有庇佑的灯光 / 每一盏灯光都有丰盈的遇见”（《阿克苏的水，都是饱含热泪的名字》)。在黄鹏的诗里，家园是壮美的花山，“许多历史的色彩已经苍白平淡 / 多少曾经的喧闹已经不再有声响 / 而花山岩画依然鲜艳闪耀 / 河流涌动幸福快乐的向往……家乡泥泞的山路变成了硬化大道 / 村里的危旧瓦屋变成了崭新楼房 / 高铁动车拉动壮乡巨变的喜悦来来往往”(《壮美花山》)。在荣斌的心中，家园与黄姚古镇有内在的牵连，因为“人在黄姚，可以遇见自己 / 遇见半城清秀，半城芳华 / 所有景象都是被放大的记忆 / 所有的人 / 都在这里误以为回到了故乡”(《遇见黄姚》)。在石朝雄的《左江 · 斜塔》中，兀立左江江心的归龙塔，千百年来默默地坚守着这片血色土地上的家园，“我的祖先在这里生活过 / 笑过，哭过，醉过 / 还一定爱过，甚至恨过 / 斜塔曾见证数百年风月 / 忽远忽近的硝烟和帆影 / 祖先繁衍生息的土地 / 珍藏左江源远流长的传奇”。又见则从一碗螺蛳粉里看见各民族的家园并闻到其散发的气息，“我看见它向我走来 / 从稻作民族的厨房 / 从各家各户的门廊 / 从壮乡瑶寨的房前屋后 / 从侗族人家的坛坛罐罐里 / 还散发着苗族人的气息 / 走向四面八方”，然而，却又“分不清天南和地北 / 酸来自哪里 / 辣是谁家院 / 那汤水又是哪条河的味道”(《仰望一碗螺蛳粉》)。在杨辉的诗中，秋天的江南家园令人陶醉，“我在江南的望安亭下 / 在一声声横笛里遇见秋天 / 那时节啊，白月光与笛声 / 倾泻下来，从四面八方 / 覆盖了我，也覆盖了 / 亭前波光粼粼的湖面”(《秋天的新娘》)。在钟纪新的《广西红》中，被红色岁月洗礼的家园“一颗颗红绣球划出了爱的彩虹 / 一把把红豆豆情深义重 / 一条条红背带正托起新生的希望 / 一岭岭红山茶正展现时代的新容”。

在陈雅北的诗中，家园的面貌正在刷新脑子里的记忆，“一个全新的小镇 / 在旧林地的后面 / 正在改变它以往的旧模样 / 田园阡陌 情满四季”(《情满里高》)。三个 A 从家园的变迁感受到五十六个民族的命运联结，“危房改造 / 房子变漂亮了 / 扶贫政策 / 日子有盼头了 / 城市与小乡村 / 连着一条路 / 闪电穿过云层 / 连着天与地 / 五十六个民族 / 你连我 / 我连着她”(《命运相连》)。

家园之所以美好，是因为人，因为人的进取、人的奋斗、人的风貌。许多篇章抒写了在中华大地上栖居的各族人民相濡以沫，守望相依，以信仰信念、聪明智慧、勇毅坚忍和创造美的天赋，开辟和建设中华民族的共同家园。在藏寨的“藏靴作坊里，老人在干活，孩子秉灯……灯芯燃烧产生了一点儿烟，这并不阻挡老人凝视孩子的眼神 / 即使灯火熄灭，他们也不会淹没于黑暗 / 因为，正是这个孩子，给老人带来了全世界的光”(扎西才让《藏靴作坊里的护灯者》)。内蒙古草原上，“人们用长调侍奉春天，越悠扬 / 草原越辽阔 / 蒙古马背上的上苍越仁厚”(龚学敏《蒙古马》)。新疆尉犁乡间的夜色，因为美丽的姑娘而迷人，“美人啊，你是一轮皓明皎洁的昆仑月 / 照亮我戈壁一样辽阔、一样荒凉的人生 / 你是塔里木的骆驼泉，滋润我焦渴的心田 / 你是绿洲上的桧柏，安妥灵魂的故土家园”(彭惊宇《听吐尔地 · 尼亚孜弹唱〈红玫瑰〉》)。广西万龙大山村屯的元宵夜，各民族兄弟姐妹幸福欢乐地团聚，“壮家扛来最干爽的竹子柴炭 / 汉人运来不逊都市迪吧的音响设备 / 苗家抱来一袋袋香甜的糯米粉 / 瑶人拉来亮闪闪的打糍粑工具 / 仫佬族老弟们抱来一坛坛香酒/侗家带来手拉手的芦笙多耶舞/布依族姐妹的山歌情意缠绕/像风铃串串飘过云端”(陈宁《同心糍粑大又圆》)。而北部湾的沿海城市，除了“这里的绿色，会说话，有喜怒，能自己走路……这里的风儿温暖，阳光温柔，沙滩洁白”，更有着“来自东西南北的人……这些浪漫主义者，这些理想主义的信徒/以大海的名义，举诗为号，相邀向南/丝绸路上看世界，心胸坦荡，山青水碧”(庞白《向南的海》)。信仰是人的精神脊梁，是人的灵魂。人有信仰，理想可期；人有信仰，家园可兴，“他们心怀信仰/他们坚定革命/他们不断壮大/成为有力的战斗队伍”(桐雨《花开巴暮山》)；“从大山要来挺拔/从大地要来辽阔/从江海要来浩荡/从人民要来磅礴/信仰是首不变的歌”(何述强《不变的色彩》)。改天换地的奋斗，带来天翻地覆的巨变。今日的家园，风光秀丽，人心欢悦，“女人们在讨论一双新袜子/玻璃丝袜崭新、紧实又透气……从没有穿过丝袜的这一群女人/从墙上的光束里走进去/在婴孩小嘴翕动的涟漪里/鹅颈鹤步的女孩越上群山，摸到了/自己想要的月亮”(蓝敏妮《小月亮》)。秋天的甘蔗林里，人们在谈论“甜的构想”，更懂得“甜的意义”，“从林中穿过的拿刀子的农妇/暗暗地和蔗叶的锋芒对抗/回忆里充满了甜的风/搬运甘蔗的老汉/他们扛着梦想/走在小康的大道上”(安乔子《秋天的甘蔗林》)。家不再是石山区的房子，人不再是“在屯内养牛，每天将它们放出去吃草/趁日落再赶回来，无数重复的日子”，新的时代，人生再度出发，命运掀开新的一页，“即使四十岁年纪还在县城找工作/打零工，开店铺，摘茶油/她布满厚茧的

双手 / 在七月，更多了一缕杧果清香 / 那些山，掩盖她明亮的轮廓 / 而她仿佛正在燃烧，让自己释放 / 再也不用羡慕山外的人间”（李道芝《移民搬迁户》）。周统宽的《梦回大良石门》，畅写已生活在成为4A级风景区的故乡乡亲们焕然一新的生活，“年逾古稀的小学老师 / 教乡亲们讲外国话 / 也教游客讲土语 / 讲芋头粥和红薯窑 / 也讲走出大山的狗娃”。徐仁海的《把诗写在海水里的民族》（节选），讴颂人口较少民族——京族自信满满地面向大海与世界，“逐梦的飞翔不再敛翼 / 热忱锤炼的渔声几乎覆盖了潮声 / 海水葱茏的梦绽放乡村振兴的繁花 / 在捕捞船上海水养殖场里火红 / 在一幢幢别墅在一张张笑脸上火红 / 京族人依然把致富的诗写在海水里”。卢颖莹的《织壮锦》，更展现了广西多民族的文化创造与成就，“刘三姐的山歌，黑衣壮的天琴 / 桂北的彩调剧，西江的水上民谣 / 层层叠叠的梯田，日出日落的沙滩 / 编织又一个春天的故事”。白来勤的《在八桂，品味新乡村》，挚情咏赞社会主义新农村里广西各族人民的襟怀与精神，“八桂乡村的眼睛很小很窄 / 窄得容不下半颗沙粒乃至尘埃 / 八桂乡村的眼界很大很宽 / 宽得能容下山川河海狂风巨浪……八桂乡村的爱河很窄很浅 / 仅容纳仁义礼智信真美善 / 八桂乡村的爱海很深很宽 / 能熔冶温良敦厚诚让恭谦 / 幸福的鸟儿在蓝天下自由飞翔 / 理想的种子在红土地茁壮成长”。

中国是诗的国度，诗教传统博厚悠远。这部诗集的大多数作品承载着中国诗歌传统的教化功能和现实主义品格。然而，对于诗歌作品来说，文学的审美价值也内在地规约着它们的创作走向。不少篇章显现出诗人在诗歌创作艺术上的不凡才华与新意，其中除了有的已在上文列举，还有不少尚未论及。如琬琦的《漓江》，“当一只飞鸟爱上一条漓江鱼/也许只能怪水过于清澈/让我们瞬间确认了彼此的眼神”。一般而言，水上的鸟与鱼是吃与被吃的敌对关系，而两者竟产生了爱情，因为两者“瞬间确认了彼此的眼神”。而“瞬间确认眼神”何以能发生？因为“水过于清澈”。此诗的绝妙，不在于拟人修辞，也不在于作者展开想象时的完美逻辑，而在于如此生动的修辞、如此高超的想象，所不动声色地烘托出的漓江的美。漓江是今天的漓江，漓江的美是自然的美，然而亦不尽如斯，因为其中有人的治理、人的呵护，默默的江流里有时代的声音，闪现着时代的精神。其实这是一首主旋律题材的诗歌，而它的写作艺术与经验，岂不能为主旋律题材创作带来一些启示？

广西民族出版社和广西民族报社于2022年1月共建铸牢中华民族共同体意识实践联合体，编辑出版这部诗集亦为联合体的一个阶段性成果。祈愿本书的出版，能为铸牢中华民族共同体意识、构建中华民族共有精神家园，起到添砖加瓦的作用。

是为序。

2022年5月

行走在追逐美与梦的路上

——七位中国少数民族女诗人的诗意

中国少数民族女诗人的诗歌，是中国少数民族文学的重要构成部分。这不仅在于少数民族女诗人及其作品的数量占比，更在于少数民族女诗人作品的艺术成色。广西师范大学出版社出版的《疾风中的虹霓——中墨少数民族女诗人诗歌互译集》这本诗集收入的七位中国少数民族女诗人的作品，具有代表性的意义。

蒙古族女诗人萨仁图娅早年就享誉中国诗坛。蒙古族是中国北方古老的游牧民族，内蒙古大草原是他们活跃的历史舞台。蒙古族不仅物质生活具有独特的民族风格，而且一向有“音乐民族”“诗歌民族”之称。萨仁图娅的诗歌特征，首先是其深沉浓郁的民族历史文化内蕴与色彩。她的诗歌使她成为一位民族的歌者。《沿着额尔古纳河的走向》这首诗抒发了作者对民族历史与先人的景仰和自豪感。额尔古纳河对蒙古族的意义非同寻常。额尔古纳河是黑龙江的南源，是鄂温克语 honkirnaur 的音译，意思为鄂温克江。中国古代史籍《旧唐书》称之为望建河，《蒙古秘史》称之为额尔古涅河，《元史》称之为也里古纳河，清代始称额尔古纳河。额尔古纳河位于中国内蒙古自治区东北部呼伦贝尔地区，曾为中国的内陆河，自清朝至今是中国与俄罗斯的界河。额尔古纳河右岸是13世纪建立了蒙古汗国的杰出政治家、军事家成吉思汗的故乡。额尔古纳河这条“像飘逸的哈达一样圣洁”的“母亲的河流”，唤起萨仁图娅穿越时空的民族历史记忆：无敌天下的金戈铁马、英勇无畏的一代天骄、那颗千年不息的无比强大的心……千年往事，沿着额尔古纳河的走向而来，史诗一样磅礴雄壮，让作为后人的萨仁图娅遗憾、崇拜与敬仰。深情回望民族历史，凡人之躯的“我”柔弱的心灵在升华、在闪亮，“美与心灵积蓄了向前行的力量”。诗作有力而又富于美感地表达了她对民族历史的追寻和对民族精神的守望。萨仁图娅的民族情，又常常与故乡情交融在一起。作为蒙古族人的萨仁图娅，并不是出生在内蒙古草原，而是在辽宁省朝阳市农村，“草原博大让我长风浩荡 / 黄土地厚重令我朴素善良”，《草原风　黄土情》这首诗表现了作者对草原原乡与农村故乡的无限情意。萨仁图娅善于在抒情中寓含哲理，“对大地深情 / 就置身于天堂”，仿佛信手拈来的诗句，其实是深刻思考的结晶。“远方以远把我召唤 / 我总是一走再走 / 路上的每一棵小草 / 高举绿色的旗帜为我加油”(《总是一走再走》)，节奏与音韵之美，也是萨仁图娅诗歌创作的鲜明印记。而《总是一走再走》这首诗的结尾句“我是行动的朝圣者啊 / 不停歇地把美把梦追逐”，更是让我深深感动。我想，这既是作者个性的追求与心声，亦达到了一种更为广阔和普遍的精神境界。

藏族诗人白玛央金的诗歌并不特意强调民族性，如果民族文化符号在其诗中出现，那并非一种装饰或调剂的元素，而是一种抒情或叙事的自然。藏族最早聚居于西藏雅鲁藏布江中游两岸。在考古发掘聂拉木、那曲、林芝、昌都等地区的过程中，新、旧石器时代的文化遗存被发现。藏族主要分布在中国西藏、青海、甘肃、四川、云南等省区。西藏雅砻是白玛央金的故乡。故乡养育了她的生命，也哺育了她的诗歌。对故乡的咏唱，是白玛央金诗歌的一个重要内容。“月光刚落地 / 一些细节陡然被点亮 / 此时　雨翩跹而过 / 昙花盛开　飞翔的鸟儿 / 像另一朵花开在晴空 / 两种美好谁也停不下来　/ 唯有我 / 深陷在故乡的土地上 / 像春天的花蕾 / 紧紧攥着内心的芬芳 / 担心一绽放　故乡就会凋谢了”，《深陷故乡》这首诗颇能代表白玛央金的诗歌风格——聪慧、含蓄、内敛，注重意境营造，遣词精当、比喻绝妙。

吾衣古尔尼沙·肉孜沙依提是以本民族母语维吾尔文写作的诗人。“维吾尔”是民族自称，有“团结”“联合”之意。维吾尔族主要聚居在新疆维吾尔自治区。现代维吾尔语是维吾尔民族的共同语言，属阿尔泰语系突厥语族。维吾尔族使用文字的历史十分悠久，在不同的历史时期和地区采用不同的字母系统书写自己的语言，文字名称也不相同。现行的维吾尔文，是在晚期察合台文的基础上改进而成的。20世纪80年代后期出生于新疆和田市的吾衣古尔尼沙·肉孜沙依提，在改革开放的时代氛围中成长，感受着现实生活日新月异的变迁，她的创作呈现出与本民族前辈诗人不同的面貌。她的诗歌专注于生机勃勃的现实，专注于亲情与爱情的吟唱。春天对爱的向往（《思念春天》），午夜对爱的期待（《午夜私语》），对无望的爱的执守（《深沉的爱》），对如大海般深阔的爱的坚信（《无题》），对给予自己“阳光”和“取之不竭的尊严”的父爱的感激（《父亲与诗歌》）……在作者的眼里，她所置身的是一个充满爱的世界，因为心中“有满满的爱”，手中的笔才会写出爱的颂歌。吾衣古尔尼沙·肉孜沙依提执着地探索诗歌的艺术，“一首诗好比脱缰的马/我无法驯服它/在心中驰骋”，《远去的诗歌》一诗表现了她对诗歌理想境界的苦心求索。

阿依努尔·毛吾力提是哈萨克族女诗人中的佼佼者。哈萨克族源比较复杂，一般认为，主要是古代的乌孙、康居、阿兰（奄蔡）人和原本居住在中亚草原的塞种人、大月氏，以及之后进入这个地区的匈奴、鲜卑、柔然、突厥、铁勒、契丹、蒙古等各族人交往交流交融而形成的。哈萨克族历史上是以游牧为主的民族，主要生活在新疆维吾尔自治区，河流两岸、山麓地带、湖泊山泉周围是发展哈萨克草原畜牧业和种植业的广阔场所。阿依努尔·毛吾力提的诗歌，十分生动地展现了哈萨克族的生活与风情画卷，“毡房顶上炊烟袅袅/

那匹老马闭着眼呼吸松枝的清香 / 女人们忙碌的背影 / 不因这迟到的春华有丝毫的倦怠”(《迟到的春天》);“马 / 先于图腾 / 植根于哈萨克人的记忆 / 于是 / 歌与马 / 载着哈萨克人 / 飞翔”(《马》)。然而，阿依努尔·毛吾力提又是一位沉思生活的诗人，她的诗歌更多的是对人生与爱情的思索，“青春、记忆、爱和恨，终将远离 / 你和我，也会相跟着离开这个世界 / 那时，我愿意变成那些候鸟 / 和你一起飞越整个宇宙 / 来吧，我已经藏好悲伤 / 如果夜太黑，我还可以点亮自己。”(《生日》);“如果爱，请深爱 / 太阳就要升起 / 露珠会在瞬间陨落 / 像每次转身后挂在腮边的泪滴”(《如果爱》)。这些诗歌显示着洞察人生真相的企图，格调凝重沉郁，笼罩着一层淡淡的感伤。

全春梅是一位能用朝鲜文与汉文写作的朝鲜族双语诗人。朝鲜族是由朝鲜半岛陆续迁入、定居于中国东北地区而逐渐形成的中国跨境民族之一，主要分布在吉林、黑龙江、辽宁三省，集中居住于图们江、鸭绿江、牡丹江、松花江及辽河、浑河等流域。朝鲜族最大的聚居区是吉林省延边朝鲜族自治州，该州的龙井市是全春梅的故乡。全春梅的诗歌，动人地书写民族日常生活与风俗(如《新娘》)，深情地歌咏故乡(如《父亲的山》)。她更富有悲天悯人的情怀。改革开放后，随着中国经济的迅速发展，越来越多的朝鲜族人由传统居住地东北三省向京津地区、黄河下游、长江下游、珠江下游地区等沿海经济开放区转移，他们在那里或是定居，或是工作。关注离开故土的朝鲜族同胞的生活与命运，是全春梅诗歌创作的一个重要焦点，如“总是背负 / 岁月的旋涡 / 朝着幸福的终点站/排在长长队列末端/忍耐没有签约的时间”和“在都市新的族谱里依旧记载/朴素的泥土传说有播种就会有收获”(《农民工》)，又如“大大小小的包袱里/孤独与悲伤/和打转儿的日常/满满的像在示众/难得准许的/一张空闲握在手中/乘上‘春节号’列车的小确幸/冬天的那头/故乡母亲的呼唤声/早已化作春潮在心头涌动”(《归乡》)。作者叹息生活的不易，但诗风并不忧郁，因为作者对人生有豁达的认识和领悟，如“以成熟的名义走进的时间/不是结满果实的寻常瞬间/而是达观的虚怀/可以把一切奉献/树木在褪去本色的忍耐里/散发出美如天色的幽香”(《秋天》)。在苦涩的时间中品察万物的芳香，显示了诗人与诗艺的成熟。

彝族诗人鲁娟的目光更多地落在本民族女性的身上。彝族主要分布在云南、四川、贵州和广西。凉山彝族自治州是全国最大的彝族聚居区。中华人民共和国成立前，由于彝族居住分散，社会发展极不平衡，彝族各聚居地区存在不同的社会组织与政治制度。20世纪上半叶，滇、黔、桂广大彝族地区及四川的部分彝族地区渐渐进入了以封建地主制经济形态为主导的社会。凉山彝族地区则还处在等级森严的奴隶制社会。中华人民共和国成立后，经过土地改革和民主改革，封建土地所有制和奴隶制度被废除，社会主义制度建立，彝族地区经济社会面貌发生了巨大变化。特别是20世纪70年代末中国改革开放以来，彝族地区政治、经济、文化等各项事业取得光辉的成就。鲁娟笔下的彝族女性形象，已经抖落历史的尘埃，显现出现代风貌。老态龙钟的祖母，给她这样的教诲："谁也不能替你在这条路上 / 必须自己去走……每一寸光阴正等着你爱 / 而你总落在后面或跑得太快……你在哪里，哪里就是中心 / 不必苦于外求……这些历经痛苦和艰辛浮出来的 / 是黄连是苦楝是甘露是蜜汁 / 是由黑暗转向光亮的全部！"(《拉布俄卓及女人群画像 · 礼物》) 她如此描绘故乡西昌的女同胞，"她们被阳光喂养 / 体内藏有金黄的老虎 / 总是因为热烈、狂野，不容分说 / 在人群中被一眼认出"(《拉布俄卓及女人群画像 · 素描一》)；"足够的光 / 足够的时间 / 足够的世事和人 / 之后才会那么美"(《拉布俄卓及女人群画像 · 素描二》)。鲁娟或许并不是女性主义诗人，但她如此认识自我，"我是五月清晨无名的蓝色小花 / 我是二月夜晚奇异的果实 / 我是金沙江边炙热的石块 / 我是钢筋水泥间冰冷的铁 / 我是山冈自由野性的风 / 我是界限分明的围栏 / 我是惊世骇俗的独立 / 我是千年如一日的牺牲 / 我是快马加鞭的急迫 / 我是流水绵长的缓慢 / 我是土地的歌者 / 我是大海的水手 / 我是男人中的女人 / 女人中的男人 / 我是完美无瑕的理想 / 我是漏洞百出的生活 / 我是所有矛盾的综合体 / 我是所有综合中的矛盾"(《拉布俄卓及女人群画像 · 自画像》)。这是一个内心和性格充满矛盾，却又独立和自由的女性形象。

壮族诗人黄芳居住于喀斯特地貌造就的有"山水甲天下"之美誉的广西桂林。壮族是中国55个少数民族中人口最多的民族，主要聚居在中国的南方，广西壮族自治区是壮族的主要聚居区。壮族是历史悠久的民族。中国先秦和秦汉时期汉族史籍所记载的居住在岭南地区的西瓯、骆越等，是壮族的先民。壮族人民能歌喜舞，民间文化艺术多姿多彩。但黄芳的作品，民族文化色彩较淡；风景瑰丽的桂林孕育的这些诗歌，也淡于抒情，而浓于哲理，她追求发现和揭示生活表象下的本质。或许这是深厚的民族历史文化背景产生的另一种从容选择，即超越表面的民族性，而走向普遍人性的表达。作者不看重标志性的文化符号，更注意能表现生活真理的恰当语词的淘索。黄芳的诗，以多种形式、从多种视角演绎了满怀诗意的人或曰理想主义者在现实中的困境与突围，“你要画一个人 / 她的眉毛不是我的，眼睛不是我的 / 她的嘴巴、脸庞 / 都不是我的 / 但她是我 / 你要画的那个人 / 是我 / 她行走，脚下不是路 / 不是人间”(《画一个人》)；“有那么一瞬间 / 哲学不过是场偏头痛 / 并不比一头驴，或者一只偏执的老黑猫 / 更接近本质 / 谢谢你释放了笼中的灵魂 / 任它在森林中奔跑 / 原谅我手执死神的花枝 / 步履急促 / 去追赶那场大雪 / 去隐掉全部身后事”(《将来的事》)。黄芳感性的诗句，绘出的是哲学的画像。

上述七位少数民族女诗人的作品，个性与风格各异。她们的写作，体现了当下中国少数民族女性诗歌的多样性。然而，她们的写作也具有一种共性：她们都行走在追逐美与梦的路上。诗人们常言，民族的，也是世界的。面对此七位女诗人的诗歌，我还想补充道：性别的，也是人类的。

2021 年 10 月

《诗藏》

——一位诗人的诚恳与敬意

我跟牛放先生是2005年认识的，那时我还在《文艺报》工作，参加中国作协组织的重访长征路活动，去到阿坝，见到了当时在阿坝工作的牛放。生活在那片土地上，使他对藏族人民和藏族文化有着深深的认同——这在《诗藏》这本诗集中也得到了充分的印证。

牛放不是少数民族诗人，但他热情、自觉和执着地把诗歌创作的笔触对准少数民族的生活。在内心里，他对藏族地区、藏族人民和藏族文化满怀诚恳与敬意。在这部诗集的代序中，他说，世界上雪山很多，但没有一座能够与藏族地区的神圣相比。藏族地区雪山、宗教与格桑花，令我们嘈杂的内心充满了敬意。藏族地区是一部线装百科全书，我能取其一隅而咀嚼之，已是上天赋予我才华与福祉的垂爱了。藏族地区的人们，或多或少、有意无意地给了我们关于生命意义的某种重要开示。

《诗藏》正是作者内心的诚恳与敬意的表达。这些抒情的诗作讴歌藏族地区为“最后的净土”，藏族为“最后的民族”，佛教为“最后的皈依”。开篇《阿里有多远》这首诗，描写花了七百年精心雕刻的王城最终不免无声无息地坍塌，朝代倒下，“然而雪山却静静地矗立在那里 / 已经很久很久”。《礼拜雅鲁藏布》一诗，咏叹雅鲁藏布江是雪山将一万年的寒冰，进化为一片透明的蓝天，这是山歌无法抵达的高度，却依然追求最低的流向。“最高的冰 / 最低的水 / 雅鲁藏布 / 你的流淌 / 难道是对世界最后的超度”，作者对藏地的礼赞，通过矗立万年的巍峨雪山、像蓝天般透明而又谦卑地低流的雅鲁藏布江这些意象来呈现。在《鹅口村的黄河》中，作者描述“一个村一条河 / 相依为命 / 一首歌一匹马 / 就是一生世俗凡心 / 在落日孤烟里多么宁静”。苍天之下，藏族这种宁静的生活具有一种善和美，但这又是一种远离现代化的艰苦的生活，正如《背在背上的河流》一诗所写，“清晨的第一缕阳光 / 我们都看见了 / 姑娘回家的小路 / 袅袅炊烟对水的期待 / 透过含蓄的窗口 / 一家人的日子都在你的背上”。背水姑娘“把一条河背在背上”，因为一家人的日子都在她的背上。但作者在诗集中不仅仅展现过去藏族人民生活的原始与艰难，也表现了现代性对藏族地区与时俱进的影响，表现了藏族人民生活的变迁和新貌，如《最后的驼队》写道，“走进去走出来 / 人生都埋没在遥远的路上了 / 错乱嘈杂的脚步 / 早已吵醒了高原的宁静 / 而越来越宽的道路 / 修改了茶马古道的坐标 / 让那些遗落在路上的拐子窝 / 成为古道上最后的废墟”。作者对藏族的宗教信仰有生动的描绘和深切的理解，“将虔诚打包就可以上路了 / 为了朝拜高高的雪山 / 所有的日子都装进了行囊……这是一个为路而生的民族 / 六字真言是毕生的语录 / 这是一个为信仰而活的民族 / 莲花灯照耀 / 心中没有黑暗”(《喜马拉雅雪峰》)；“恭敬地飞翔是高贵的孤独 / 敷衍的慈悲是卑鄙的虚伪 / 风雨普度了鹰的意志 / 鹰的飞翔就是天空的梵音 / 阅读鹰的飞翔 / 正如阅读天空的神话 / 只有放低自己 / 才可能举头仰望”(《鹰飞翔》)。

这本诗集也表现了作者在藏族地区生活和游历中的一些思考，蕴含着辩证的哲理。如《山脉》一诗，“群山巍峨 / 这是一种高度 / 望一望白云 / 我的心匍匐在大山脚下 / 可是，仅仅转过身去 / 山就矮下去了 / 也许是我的眼神站在了云头 / 然而山峦是不可轻视的 / 这是站起来的泥土 / 内藏生机”。诗意一再转折，然而每一层转折都具有合理性，都别开生面，直击人心。这是一种诗法，也是一种思想的机锋。

当代诗歌已经呈现出多元化的生态，无论是创作还是鉴赏，都已无一定之规。然而，我坚持认为，内心的诚恳与敬意，对一个诗人至关重要。这也正是王国维所说的“词人者，不失其赤子之心也”。内心缺乏诚恳与敬意的人的诗作，必然流于油腔滑调与文字游戏，于世道人心并无裨益。诚恳与敬意赋予牛放的诗歌创作以精神的价值和品格。他的诗歌不追求时髦，远离油滑、轻佻，他认真、虔敬和宽厚地对待生活，在诗坛低调而又坚定地发出自己的声音。

对牛放的诗歌创作，我还有几点期待：在思想上要有更深刻的开掘，对诗歌的形式应给予更多的关注，应有创造性地运用语言。

原载《草地》2018年第1期

诗心的开阔　诗体的解放

——帕男诗歌印象

解读帕男的诗歌，不是一件容易的事情。帕男的诗呈现的难度，不是因为数量（虽然作者三十多年的创作垒成了数量的可观），而是因为作者创作这些诗歌较多运用的陌生化手法对读者的理解和接受造成的困难。

尽管数量对一个诗人的成就并不起决定性作用，但作为一个多产的诗人，帕男并不只是让作品的数量具有统计学的意义，而是让数量也同时包含诗学的分量。一言以蔽之，帕男繁多的诗作首先对读者袒露了他开阔的诗心。仅仅是浏览他的诗集目录的标题，都能让人惊讶于作者对世界、对人生、对物质、对精神的关注和思索之宽之广:《落花　正是一个旧时代的禅让》《以天为天以地为地以我们为我们》《人生都是路过——马坝镇上的一个小人物龚明权》《空洞是一部需要一生完善的传奇》《这是窗牖的必备课程》《到处都是盛装的陶瓷和成群结队的金鲤》《寂静更加超越锋利的矛盾》《灵魂都在肉体之外流浪》……也有一些“负面清单”式的标题，如《留下婚姻踟蹰而行》《我这点罪孽又算得了什么》《我实在说不出什么真理的东西》《那种病态实在难以描摹》《人活着一直都在拼凑》《我好像是加重语气的病句》《活着就已经具有历史意义了》……甚至诗歌创作本身，也成为作者反观的对象，如《用诗篇重构近在心灵的家园》《更诗歌》《当我做到诗赋是刀剑的时候》《大部分诗人都要连死几遍》等。清代袁枚《随园诗话》云:“诗人者，不失其赤子之心者也。”其实，赤子之心、用情精深出诗人，心胸宽大、生气勃勃亦出诗人。帕男的诗题材广泛、内涵闳富，既有宏大主题，如《你的家国　你的家》《历史为历史做证》《致利比亚平民——有感于在凌晨法英美动武》《汶川，汶川——大地震周年祭》，也有细微的日常生活感受和自我体验，如《不做一片叶》《两片叶子》《鱼缸里的一条鱼死了》《一个蛀牙》，表现了诗人对自然天地、烟火人间的丰沛情感与活跃思考，诗心之开阔，境界之幽深，令人惊叹。

理解的难度使帕男的诗成为充满歧义的阐释对象，成为易于生产话题的复杂文本。面对这些诗歌，读者可以从多个角度、多个面向进行解读，而我想很多的解读可能都是片面的、有限的，因为这些作品的能指与所指的关系并不明晰。即使是比较“易懂”的作品如《汶川，汶川——大地震周年祭》，“那是汶川的身影　色彩的逼真的还原　你会更加振作 / 是有可能　曾经的一记耳光　还会在各大报纸的缩印本上回响 / 你就展开笑脸以对　不再去寻找消隐的病历 / 让记忆生养　是灾难　是悲哀　而不是你一个独守的倦意 / 尝试给汶川一个正面的镜头　传达你带着水墨技法致意”，最后一句中的“带着水墨技法致意”，就颇让人费神。而更多的作品，更是考验读者的理解能力，如《冷静地看待碗的高度》一诗，“像碗　打开一个豁口 / 就多了许多拒由 / 猥陋的蟑螂沿着豁口奔来 / 这不仅仅是警讯 / 在人眼底的 / 是个灵魂的决口 / 泪水会漫过碗的高度 / 流向疮痕 / 纵使碗底　满目的风景树 / 或者一味营造着春江花月的意境 / 却碗 / 依然工具般的笑容 / 保持到最后 / 冷落是有度的 / 那些不屑今天的青花瓷 / 最终面市 / 而朗朗上口的 / 往往是讨价还价的声音 / 或是窃喜 / 碗　若真落了个豁口 / 就要安分守己 / 不管是怎样的拒由 / 首先　当护住的是灵魂 / 其次　冷静地看待自己的高度”。

帕男的诗貌似现实主义，但我认为其实是现代主义和后现代主义的文本。他忠实于生活，也忠实于自我的感受，他选择以内心的棱镜折射生活而不是反映和临摹生活。他的诗将叙事诗、抒情诗和哲理诗熔铸一体。他的诗歌，大量使用象征和隐喻的修辞手法（其中不乏精辟和绝妙，如诗句“落花　正是一个旧时代的禅让”），充满跳跃性和碎片化的意象。因此，与其去试图阐释这些诗句的含义，我更想讨论帕男的诗歌形式。帕男的诗歌，在形式上展现了充分的自由，是诗体的解放。在结构上，他的诗很多是散文化的，一个句子最多的甚至包含五个词组和从句，如“相对于门　职责分工较为明晰 / 却对于碗　有时盛水　盛饭　盛酒 还有可能盛满毒药”（《姑且以埋葬的方式》），“保持谦谦风度　不是绝食　也不是什么苦肉计 / 我在这个窗口　向你揣度　案底唯一剩下挥霍　不需辩解”（《话老了就成了真理》）；但也有三言、两言甚至一言的句式，如“我看见阳光了　但不想兴奋了 / 拘于血压 / 偏高 / 按捺着　其实按捺着兴奋 / 并不好 / 比如 / 那些 / 被烧红的 / 铁”和“门外　招之而来的 / 各种响动　也包括了　冬天 / 娶的 / 第一任妻子 / 雪”（《一个王朝，于我都是次要的》）。

新诗的散文化或许出自创新的冲动。但是，当代诗歌的散文化已经不是创新。新文化运动时期白话新诗的诞生，也包含了散文化的探索和尝试，如沈尹默发表于《新青年》杂志的诗歌《三弦》，“中午时候，火一样的太阳 / 没法去遮拦，让他直晒着长街上 / 静悄悄少人行路；只有悠悠风来 / 吹动路旁杨树 / 谁家破大门里 / 半兜子绿茸茸细草 / 都浮若闪闪的金光 / 旁边有一段低低土墙 / 挡住了个弹三弦的人 / 却不能隔断那三弦鼓荡的声浪 / 门外坐着一个穿破衣裳的老年人 / 双手抱着头，他不声不响”。关于诗句和音节的长短，中国古代诗歌就已经有了丰富的样本，如中国诗歌的源头《诗经》，为后世诗歌形式的发展做了示范。

帕男诗歌形式的新意，我认为主要表现在他对诗歌语言进行了陌生化处理，这种陌生化不是体现于包括诗的句式的能指，而是体现于诗的语言的所指。他的诗歌或者通过标题，或者通过上下文规定了情境，但诗的语言往往是出人意料的，它阻断了读者的阅读惯性和日常经验，通过另类的语言使表现的对象变得陌生，增加读者感觉的难度和感受时间的长度。如《根须》一诗，“给你一个和悦的脸色　给你一连串 / 涂改过的　根须 / 冬的至深　和 / 爱的至深　殊路同归 / 结果的日子　还早呢　你可以绕过花开　绕过闲言碎语 / 绕过水的至深 / 根须　也需要提醒 / 以雷或以火 / 在一场　虚拟的春祭之后　给根须一次机会 / 首先牙祭 / 春的至深 / 然后欢呼 / 再然后　大张旗鼓 / 别让根须的今生 / 被贱卖 / 涂改未必就是荒唐的　春祭后　就可以 / 恢复了 / 根须的本来 / 你说　和悦的脸色 / 堪比一场 / 垂死的革命　我说　这是否意味着 / 再一次被人涂改”。

读帕男的诗，始终使人强烈地感觉到他对诗歌形式探索的执着。尤其在诗歌语言上，他一直在与习惯化、自动化和机械化进行较量，与随俗、媚俗进行斗争，通过语言的陌生化抵达意义的深度，也循此路径扩展诗歌审美的容量。

虽然帕男的诗歌风格鲜明而独特，但我也很期待帕男的诗歌在形式的探索和读者的接受之间寻求一种平衡，成为更广义的时代的声音。

2022 年 2 月

一曲仁爱之颂歌

——姚瑶长诗《烛照苗乡》序

姚瑶长诗《烛照苗乡》是一部内涵丰富、令人动情之作。

这部长诗的主人公陈立群是一位传奇般的人物。2016年从全国闻名的杭州学军中学的校长岗位上退休后，他从繁华锦绣之地的浙江千里迢迢西进相对落后的贵州，到国家级贫困县台江县支教，担任该县唯一的高中——台江民族中学的校长。巍巍的高原、崇峻的苗岭，没有让他知难而退，他坚守至今。数年时间，他跑遍整个台江，家访100多个贫困家庭，把这些家庭的孩子从辍学的边缘拉回来。陈立群先后获得“贵州省脱贫攻坚先进个人”“贵州省脱贫攻坚优秀共产党员”“全国脱贫攻坚奖奉献奖”“2018年十大教育人物”和“时代楷模”等荣誉称号。陈立群扎根民族地区教育扶贫的事迹，还感召了更多的教师同行，台江民族中学现在就有一支来自贵阳和杭州的支教队伍。《烛照苗乡》首先是一部向决战决胜脱贫攻坚、全面建成小康社会献礼的颂诗。打赢脱贫攻坚战，我国将有1亿左右贫困人口实现脱贫，我国将全面进入小康社会。奋战在脱贫攻坚一线的扶贫干部和扶贫工作者，为这一中华民族也是人类的历史伟业，做出了可歌可泣的奉献。扶贫更需扶志和扶智，贫困人群需要物质充裕，更需要精神富有。陈立群花甲之年自觉出征，慨然投身教育扶贫，着眼于少数民族贫困地区的“精神成长”，是一线扶贫队伍中的佼佼者，立下扶贫事业的卓越功勋，自应有文述之，有诗颂之，乃至有史记之。诗人姚瑶以感奋之情写就的这部《烛照苗乡》，虽云体裁为诗，然其意义又与史何异？

这又是一部励志之作。诗中展现的主人公的经历，即是十分励志的奋斗人生。陈立群出生于浙江贫困农村，曾因家境贫寒一度辍学，放过牛，种过田，当过生产队会计。1977年恢复高考后，时为代课教师的他考上浙江师范大学。他毕业两年即担任桐庐毕浦中学副校长，一年之后任桐庐窄溪中学校长。他辗转多所学校，担任校长职务超过30年。30年立德树人，诚如他所谓“一生只做一件事”。他任杭州市长河高级中学校长时，为家境困难的学生创建“宏志班”，激励学生树立志气、志向、志趣。首批“宏志班”参加高考，51人中45人上了一本线，第一名被清华大学录取。陈立群一共带了12届“宏志班”，951名学生全部考上大学。在浙江任教，他即获得“浙江省第十八届‘春蚕奖’”“杭州市劳动模范”“杭州市第二届杰出人才奖”“首届全国教育改革创新杰出校长奖”“感动杭城十佳教师”“全国百强特色学校十佳创新校长奖”等荣誉，可谓成功人士。然而，过往的荣耀，与云贵高原苗岭大山深处的台江并无相干。到台江支教，是主人公又一艰难的事业。台江县总人口约17万，有苗、侗、土家、布依等10多个少数民族，其中苗族人口占98%以上，有“天下苗族第一县”之称。因为历史、地域等因素，我国民族地区的文化教育事业与经济发展一样，大多呈滞后和不平衡状况，台江县即是如此。陈立群到任之前的台江民族中学，“高考成绩在全州垫底，师资和学生素质都让人头疼”。面对观念差、管理差和硬件差的台江民族中学，陈立群施展霹雳手段，整顿食堂、整顿校舍、整顿教师队伍，制定规章制度，启动“安静学习月”，每天进行检查评比……师生被他铁腕治校的魄力“惊到”，“50多间教室，在两个月时间内/一下变得井然有序”。他还组织学生游学团，让一群没坐过高铁的孩子去北京，见识山外的世界；组织教师外出培训、听课，学习、借鉴先进的教育理念和方法……苍天不负有心人。2018年，台江民族中学901名学生参加高考，其中450人考取本科，高考增量从整个黔东南苗族侗族自治州垫底冲到第一；2019年，全校885名学生参加高考，561人考取本科，一本线第一次超过100人，打赢了高考翻身仗。“一生诚做基，不装不作不混，励志笃行出大山；万代勤为本，用力用脑用心，真才实学报家国”，台江民族中学教学楼上陈立群撰写的这副红色对联，是他对莘莘学子的殷切瞩望，又何尝不是自己一生行止的内心写照？长诗《烛照苗乡》从各个方面抒写和呈现主人公陈立群以自己的教育理念、才能和实践成果树起的标准，产生了一种激荡人心的阅读效果。

《烛照苗乡》还是一曲仁爱之颂歌。主人公陈立群赴台江支教，是在拒绝了一所民办高中200多万元年薪的聘请之后。而就任台江民族中学校长，他“开出的唯一条件 / 解决吃住，分文不取”。他还把自己所获的国务院政府特殊津贴和杭州市杰出人才奖的奖金20多万元拿出来，设立台江县民族中学陈立群奖教金，奖励优秀教师，并自己出钱资助多名贫困学子……这是何样的情怀、何等的精神！作者在诗中诠释：是爱心和责任感，使主人公陈立群“赋予人类道德基点新的高度”。其实，作为杭州市民，陈立群对遥遥千里之外的台江并无多大的责任与义务；应聘台江民族中学校长之后，固然有了责任，但也有获得报酬的权利。赴台江支教而不取分文报酬，且为师生慷慨解囊，只能说这是一颗大仁大爱之心灵的驱动。仁爱说易行难，大仁大爱尤其难。诗中也写出了其中之难：“然而，你是孤独的理想主义者 / 背上行囊，你做出远方寻梦 / 让人们难以理解的决策……怀疑嘲讽，调侃揶揄 / 多种议论在持续……”这种主动“结了一门穷亲戚”的大仁大爱，是高尚的人性，也是一种理想和世界观，诗作对此有颇为精准的把握，“以你一个人的力量，在苗乡 / 踏出了艰难的第一步 / 这一步，让祖国偏远的地方 / 同样可以实现教育公平……在这个世界上，你认为 / 生命的成就感 / 从来就不只是拥有更多的金钱 / 有一种比金钱更重要

的东西 / 那就是去帮助更需要帮助的人 / 这样，会提升人生的幸福感……你的爱，洪流一般 / 迸发不可思议的力量 / 摧毁千万重阻碍 / 再偏远的苗乡 / 都是祖国丰腴的大地。”拥有仁爱之心，践行大仁大爱，乃一种人生的修行，既是导师的修行，也是学子的修行，如同诗中所歌咏，“你带着孩子们穿过迷雾 / 走在光明的大道上 / 把亮光留给他们 / 留给了后来者”。

《烛照苗乡》在创作上有其特点。作者没有把它写成一部纯粹的叙事诗，而是将叙事与抒情融为一体，既清晰地记叙了主人公的事迹，也酣畅淋漓地抒发了诗人主观的情感。作者在诗中以燃烧的蜡烛喻示主人公的精神，并以此为中心意象进行抒情。蜡烛的意象在文学作品中固然常见，但在此与主人公的精神十分贴切，因而围绕这一意象的抒情仍能强烈地感染读者，“我常常面对一支蜡烛 / 心怀敬畏、虔诚 / 活着，就认下了燃烧的命 / 烛泪横流，如此从容……我迷恋烛光摇曳 / 迷恋那永不熄灭的韧性 / 烛光温暖，驱走了我的孤独 / 烛光在我眼前开成一朵鲜花 / 烛光在我心里化成千军万马”。

的确，在烛光里，人不再沉陷于寂寂黑夜，而是如同置身于千军万马，不再孤独。

是为序。

2020 年 10 月 6 日

《追梦》：独具特色的政治抒情诗

我更愿意将蔡远方的诗歌《追梦》称作政治抒情诗。所谓政治抒情诗，即歌咏重大政治题材的抒情诗，鲜明的政治色彩和高昂的格调，政治理性和主体的情感，统一于诗歌的文本。以这样的定义来观照《追梦》这部作品，读者会发现它具备政治抒情诗的要素和特征。

政治是对社会的治理。在现代文明社会，政治不仅仅属于职业政治家，也是所有公民生活的一个重要内容。政治与文学的关系尤其紧密，这已被古今中外的文学史证明。当然，不是每一部文学作品与政治的关系都可以等量齐观的。中国文学文以载道的传统，《诗经》、楚辞、汉赋、唐诗、宋词、元曲的家国情怀，是中国现当代政治抒情诗的源头。一个诗歌创作者，只有胸怀寰宇、心忧天下，才有可能成为一个政治抒情诗人。《追梦》这部作品表现了作者蔡远方广阔的胸襟和宏大的精神境界。

有学者认为，当代政治抒情诗可以溯源到20世纪30年代的普罗诗歌、抗战时期的鼓动性诗歌和抗战胜利后国统区的政治讽刺诗。最早站在无产阶级立场写作的现代作家蒋光慈于1925年出版的诗集《新梦》开创了中国无产阶级诗歌的先河。很巧的是，《追梦》这部诗作的标题与蒋光慈的《新梦》只有一字之差，而意义又是可以相衔接的。无论是30年代的普罗诗歌，还是50—60年代的政治抒情诗，面对和抒写的国情、党情和形势、任务是不一样的，和中国特色社会主义新时代的今天更是有巨大的差别。即使是在诗歌的审美方面，也存在很大的差异。因此，相对于此前的政治抒情诗，蔡远方《追梦》的时代特征和个人风格都是十分明显的。

饱满的信心、澎湃的激情与对信仰的自豪，是政治抒情诗人及其作品的特质。而蔡远方和前人的不同，是他站在了新的历史起点上，站在了新时代的高度上。他的信心、激情与自豪，具有新时代的新内涵。全面建成小康社会、成为全球第二大经济体，中国前所未有地接近世界舞台的中心，站立于“两个一百年”奋斗目标的历史交汇点，回顾中国的历史、中华民族的历史、中国共产党的历史，展望中华民族伟大复兴的光明前景，《追梦》的作者有理由、有底气，事实上也表现出了比前辈政治抒情诗作者更充分的信心、更火热的激情与更强烈的自豪感。

在诗歌美学上，《追梦》这部作品也独具特色。它采取七言的形式，这在政治抒情诗的长廊里可能是独一无二的存在。而且全诗4000多行，全部押“痕韵”和“庚东韵”，令人惊叹。选择这样的诗体，除了跟作者的文化背景和文学审美趣味相关，我想也是他为这部作品的立意和内容寻找合适的形式而深思熟虑的结果。政治抒情诗虽然要抒情，要求诗人有强烈、丰沛的情感，但它也是一种说理的诗，是政治理性的艺术表现，哲理是它的内核。哲理于人，往往言有尽而意无穷。因此，七言短句是有可能对此有出色的表现的。如“吏不畏严而畏廉，民不服能而服公；廉则使吏不敢慢，公则使民不欺卿”“清则百毒不侵体，清则凛然气充盈，清则心境趣高雅，清则万众一心同”(《为政廉政篇》)和“不谋万事不一时，不谋全局不一城；有容固先振其纲，徐徐措节目之清；登泰山而小天下，功成无我天下胸；洞幽烛微了于心，见微知著腹藏兵；闭目塞听封固步，只见树木不见森；战略思维握大事，踏遍青山郁葱葱”(《战略思维篇》)。《追梦》的文本证明了作者对形式的选择是适宜的。文学包括诗歌是情感的表达而不是情感的宣泄和泛滥，臻于情感的节制有度、抒情与说理的有机统一,七言短句确实是形式上的一个便利。我不认为诗体有优劣之分，而是主张诗人要选择与作品内容相适应的形式，以使思想与形式相得益彰。七言是古典诗歌的形式，但在蔡远方的笔下，这一古典形式实现了现代转换，它的语言是当代的、平易的，但它也继承了古典诗歌的内在传统，除了诗句的整敕和音韵之美，作品还有大量的用典。如“西门治邺察民生，全功成名布义通……千磨万击坚意志，百炼成钢万户崇。不听虚言不浮术，为民务实清廉风；术必有典言有用，不兴伪事不华名；不学南朝谈虚务，不学赵括纸上兵；牡丹花好空入目，名必有实事必功；崇实充实先贤赐，枣花虽小结实成；空谈误国实兴邦，荀悦申鉴警钟鸣”(《敬民笃行篇》)和“学不思罔终迷惑，思不学殆徒劳神；仲尼学琴重参悟，怡然高望神色凝；文王操曲如灵现，襄子欣欣赞儒生；善读史书勤思辨，人云亦云亦无云”(《育人任贤篇》)。这部长诗表面上易读，实际上需要读者具备很高的历史文化修养才能完全读懂和领会。

2021 年 7 月

丝路文学的新收获

——关于王金铃《丝绸之路赋》

王金铃先生在文学创作和翻译方面都卓有建树。五十多部专著的成就令人惊叹，更为让人钦佩的是，他是一位学者型作家，精通翻译，同时具有深厚的国学根基和造诣。他学贯中西，学富五车，但不迂阔古板，而是思接千载、虑通古今，能在学问中自由出入，化腐朽为神奇。十年来，他推出的一系列赋体作品可谓化腐朽为神奇之作。赋作为一种盛行于汉魏六朝的文体，至近代已趋没落。所谓盛世写赋，当下，虽然赋体文有复兴之势，但有影响力的赋体文可谓寥寥。而王金铃先生的《奥运赋》《廉政赋》《辛亥赋》《丝绸之路赋》

等作品，却能产生较大的反响，引发很多读者的兴趣和共鸣。这些作品的题材、内涵因为紧贴时代、反映时代的重大事件而吸引读者，而又因为吸引读者，赋这一文体重新回到了文学的聚光灯下，重新焕发出蓬勃的生命力。

王金铃先生赋体文的时代性或者说当代性，除了在于它们的题材紧贴时代，也在于它们的艺术特色的拓展和创新。对赋这一文体的体裁规定性，王金铃先生大体上是遵守的，但又注入了新的亦即时代的色彩、内涵和意义。在他的笔下，赋这一古老的文体不只是古意古象、古言古语，而是多有当代意象和词汇。如《丝绸之路赋》，"党建南湖，义举八一""大计民族复兴""图绘'两个一百'"等时代话语响亮其中，给予作品人间烟火，以及鲜明的时代气息和鲜活的生命力。

《丝绸之路赋》以短短两千两百字，记录并赞颂了中华桑丝文明、航海历史、陆上丝路和海上丝路之开创及形成的历史沿革、重大历史事件和代表人物及其影响。全赋涉及古丝路上的地域邦国七十多个、重大历史事件近百项、有关代表人物五十余个。它以短小的篇幅创造出恢宏的气势。我觉得，《丝绸之路赋》虽然仅两千两百字，但还应该包括它的注释，它的正文和注释应该被看作一个整体来读。这些注释和正文一起呈现了王金铃先生贯通中西的渊博的知识、深厚的学问和对历史、政治、文化等问题的独到理解。这部作品，可以说不仅是一部浓缩的丝绸之路史，还是一部浓缩的中国历史、中国文明史和中外文化交流史。

这部《丝绸之路赋》亦可谓丝路文学的又一实绩，是丝路文学可喜的新收获。关于丝路文学的定义，目前文学界是有争议的。我觉得王金铃先生的《丝绸之路赋》对什么是丝路文学已经做出了很好的回答。我曾经写过关于丝路文学的讨论文章，我将丝路文学定义为“题材涉及丝绸之路的文学”，这跟有的论者把丝绸之路地域的文学都界定为丝路文学拉开了距离。我在那篇文章中还谈到，丝路文学的新创造，是在中国经过了几十年的改革开放，成为一个综合国力极大提升、民族伟大复兴正在逐步成为现实的强大国家的背景下进行的。尤其是“一带一路”倡议的提出和实施，对丝路文学的新创造有着直接的召唤和推动作用。丝绸之路是一条开放之路，在此时代背景下行进的新丝路文学，必然既绍续着远古丝路的汉唐气象，亦呈现着二十一世纪的中国气派和民族风格。丝路文学，在整体上应该是内涵丰厚、有强烈人民性的文学，是朝气蓬勃、元气充沛的文学，是骨硬筋强、血旺体壮的文学。它应一扫无病呻吟、疲软困顿的颓靡之风，以深刻的思考、恢宏的气度和健康的审美成为中国当代文学的重要构成部分。我很高兴地看到，王金铃先生的《丝绸之路赋》，正是我所期待的丝路文学作品。我相信，随着“一带一路”倡议的深入落实，丝路文学作品还将会源源不断地涌现。而王金铃先生的《丝绸之路赋》在丝路文学长廊中将占据令人瞩目的一席。

2019 年 8 月

颂歌与情歌　豪放共婉约

——房千歌词创作简析

在歌词界，房千或许是一个传奇。他涉足歌词创作，满打满算也就十来年。然而，起步甚晚的房千却收获巨丰，迄今已推出7张个人作品专辑。他所作之歌多由名家谱曲，大腕演唱。这些歌曲或登上央视春晚、文化部（今文化和旅游部）春晚等重大文艺晚会，或荣获多项国家级音乐大奖。

作品在亿万受众瞩目的舞台荧屏唱响，在祖国的大江南北流传，这是每一个歌词作家的梦想。房千如此迅速地梦想成真，歌词创作开出绚丽的花朵，结出繁硕的果实，其中或不无机遇的因缘，然而，受众的认可与欣赏永远是一个歌词作家成功的真正原因所在。因此，房千的功成名就实非偶然。

房千歌词的魅力，首先在于其诗性。房千是诗人，先后出版过两本诗集——《送春天上路》和《生命的冲动》。诗人是以诗性的思维来把握世界与人生的。诗性思维被哲学家认为是早期人类的审美创造性思维。随着人类社会的演进，特别是工业社会所催生的现代性的降临，人类的思维与情感愈趋复杂，天真日泯，诗意渐消。这便是许多当代歌词失去美感、旋律不再悠扬动听的缘故。众多当代文学和艺术，也已把审丑视为新的发现，因此，一首歌曲是否具有诗性，是否具有诗性美，已不再是其能否流行的唯一尺度。然而，诗性是真正根植于人类心灵深处的，即使当代听众审美趣味趋向多元，但诗性美依然是一种有力的感召，依然召唤、吸引和征服着向往美、热爱美的听众。诗性与赤子之心紧密相连，唯赤子之心可以生发诗性。而“词人者，不失其赤子之心者也”（王国维《人间词话》），诗人是诗性的完美保存者。房千以诗人之眼观察生活，以赤子之心体验人生。在创作上，无论对何种题材，他都加以诗化的处理。房千的歌词因此充盈着诗的意蕴、诗的境界、诗的情调。诗性美是其歌词创作的内在追求。

房千的歌词风格多样。他善铜琶铁板大江东去，亦长檀板金樽晓风明月。他写《中国，我为你歌唱》《今天中国》《中国吉祥》《母亲祖国》《自豪是中国人》《献给你》《南国花儿艳》《盼团圆》《信仰》等题材重大、主题重大的主旋律之歌，也写《月光光》《打鱼郎》《三月桃花红》《桃花魂》

《太阳花》《唐古拉，唐古拉》《梦中的小河》《飞翔吧，鸽子》等纯粹的爱情歌和抒情歌。在他的作品中，我们能听到这样的鼓舞欢欣，“谁不赞美这好时光／谁不深情地把歌唱／今天的中国／小康的脚步已把春天的旋律奏响／谁不赞美咱国运昌／谁不祈盼咱民族强／今天的中国／小康的美景已把百姓的心儿照亮”(《小康天堂》)。我们能听到这样的铿锵豪迈，“五十六个兄弟民族相亲相爱／中华大地龙腾虎跃／今天的中国是那强盛的中国／今天的中国是那繁荣的中国／大江南北都有动人的旋律／高山大海都是悠扬的歌”(《今天中国》)。我们也能听到这样的家长里短，“饭菜香不香／衣衫凉不凉／一年到头，儿女都在爹娘的心头上／功课累不累／行路莫慌张／出门在外，爹娘都为儿女挂肚牵肠／盼只盼儿女长大都成才／天下哪有不疼孩子的爹娘／唠叨只因铁不成钢／叮咛总是语重心长”(《天下爹娘》)。我们能听到这样的情语绵绵，“海月光，海月光，海月光……／你可曾看见妹的郎／你可曾听见橹摇响／郎在远方撒网／妹在岸上守望”(《海月光》)。我们能听到这样的励志图强，“月光光，月光光／照在女儿心上／女儿呀心里话要对亲娘讲／如今新时代呀／女儿要自强”(《月光光》)。房千的歌多歌唱时代，歌唱祖国，歌唱人民的生活，就这一意义而言，他的歌多为颂歌；他的歌又洋溢着浓浓的情感，抒发着炽热的情怀，因此又是一种情歌。崇高与优美，在其歌词中是那样相得益彰，相辅相成。豪放与婉约并存的风格，几乎贯穿在房千全部作品中。即使在同一首歌中，亦时见崇高与优美的交替起伏乃至合而为一，如“每一次想起你／我的世界温暖安详／每一次梦见你／我的爱会长出翅膀／爱你爱你，每一寸土壤／爱你爱你，每一道阳光／每一缕芬芳／中国，中国，中国，我为你歌唱／赞美你的天宽地广／中国，中国，中国，我为你歌唱／我以我心化作音符／深深沉醉你壮丽的交响”(《中国，我为你歌唱》)。这首歌是颂歌体，从主题来说属于宏大叙事，然而，歌词既有飞瀑直下、滔滔长流的雄伟磅礴，又有凤鸣月夜、花香袭人的沉静和美。“悄悄地你离开亲娘／舞蹈在银色月光／与晚风握握手／留下淡淡忧伤／你何须叹息短暂辉煌／你用生命为大地歌唱／你的脚步已将春天丈量……／啊！一生只作嫁衣裳／啊！春华消尽终无悔／终无悔，梦犹香”(《落叶的歌唱》)，这首小题材的作品，小到为一片落叶驻足凝视，并触发淡淡的忧伤；然而，它又小中见大，从落叶看到大地，从它的春华消尽看到它对大地与春天的以生命作为代价的奉献。阴柔与阳刚，温婉与豪迈，在歌词中竟如此巧妙地嵌合。

房千的歌词，既是对现实的反映，也体现着一种理想的取向。如《南国花儿艳》通过描写桃花、李花、红棉、海棠、茉莉、水仙、百合、芙蓉和秋菊等鲜花盛开的热闹景象，映衬出老百姓“心儿比蜜甜”的生活，继而欢歌“南国花儿艳，南国花儿艳／花儿开，蝶舞蜂飞，人团圆／南国花儿艳，南国花儿艳／花儿开出盛世／盛世中国桃花源”(《打工者之歌》)，抒发的是一种令人热血沸腾的凌云壮志，“有阳光我就长成大树／有雨露我就结果开花／我是城市的脚手架／有了我才有摩天大厦／春天里汗水浇灌希望／月圆时梦系海角天涯／奋斗人生有了目标／东西南北哪里我都潇洒”。应该说，如此美好的生活在今天的中国尤其是作者所居住的深圳并非神话，如此自强不息的打工者也是大有人在。然而，今天崛起中的中国又是多面的，成就辉煌，也矛盾重重；民族复兴，仍需攻坚克难。一个歌词作家，如何面对真实的中国形象，又如何理解与处理自己与祖国、与人民、与现实生活的关系？对此问题的思考，诗人房千秉持的是诗性的思维，展现的是诗性的智慧。歌曲作为一种思想与情感的诉求，更作为一种修养与美感的陶冶，应该对听众起一种振奋精神、澡雪情操的作用，而不是一味吟咏消沉绝望的悲声哀叹。房千在创作中始终力求发现和捕捉生活中美的声音、美的色彩和美的画面并加以升华，加以理想化，引领听众趋向真善美的情志，趋向激情奋发、意气昂扬的时代精神。

或因理想亦为梦想，故房千爱写梦。他写美丽的梦，“家乡有条弯弯的小河／小河从村前蹦蹦走过／河边是绿绿的森林／林中鸟儿在唱着歌／多少次睡梦中走进了小河”（《梦中的小河》）。他写爱的梦，“所有的祝福为梦飞翔／飞吧，飞吧，梦的翅膀／天空多么辽阔，多么晴朗／飞吧，飞吧，梦的翅膀／那是春的憧憬，爱的奔放”（《梦的翅膀》）。他写甜蜜的梦，“山歌甜甜，梦也甜甜/客家妹子有个梦哟/人勤春早花更艳”（《客家妹子》）。他写温馨的梦，“奔小康/昨天的梦已张开了翅膀/城里房宽车靓/乡村果甜酒香/火红的日子/在传颂古老民族的如意吉祥”（《让梦飞翔》）。他写有力量的梦，“有一种力量/让你走出困惑，走出迷茫/有一种力量/让你摆脱软弱，挺起脊梁/那就是梦，最美的

梦 / 它让你仰望晴空，展翅飞翔 / 让你迎风扬帆，劈波斩浪 / 让你燃烧激情，追赶太阳”(《梦就是方向》)。房千所写的梦，既有个体的梦，也有时代的梦和中国的梦。对梦的抒写强化了房千歌词的理想主义色彩，亦可视为其对美的一种追求，一种表现手法。

房千的歌词善于使用拟人化修辞。这从上述列举之《中国，我为你歌唱》《落叶的歌唱》和《梦中的小河》等作品中已略见端倪。但这些歌中的“你”，作者已点明。而房千另一些作品中的拟人化则又是别开生面的，如《最美是你》这首歌的歌词，“迎风扬帆的是你 / 踏歌起舞的是你……有多少喜讯，有多少创举……最美是你，是你，最美是你……你轻盈的舞姿你飘扬的旗帜 / 你如画的山川，你丰收的四季……敞开心怀的是你 / 傲立群芳的是你 / 谈笑五千年，漫步风和雨 / 铿锵的脚步踏响了最美旋律 / 看大江滔滔滚滚向前 / 复兴之路呐喊摇旗 / 有多少豪情，有多少壮志 / 让中华儿女携手同奔崭新世纪……最美是你，最美是你”。整首歌的歌词从开头至结尾未说明“你”是谁，然而，听众心领神会这是一首献给祖国的歌。

比喻和象征是房千歌词的又一显著手法。如“山是歌，水也是歌 / 都唱今天的美好生活”(《山是歌，水也是歌》)，“民心就是一杆秤 / 它称出了政通人和桃花源 / 它称出了国泰民安好风景”(《民心是杆秤》)，“大江滔滔你是一朵浪花 / 万卷浪花织出了满天彩霞 / 别说你只是涓涓细流 / 百川汇集才有那碧波一泻天涯”(《家国天下》)。有时甚至整首歌都是象征。如《莲花红莲花白》，“你满含笑意，从天边飘来，像一朵云彩，飘进我心怀。莲花红，莲花白，冰清玉洁芳心在，你出淤泥不染尘埃，把馨香送来。你一片清纯，从天边飘来，如一朵云彩，牵动我真爱。莲花红，莲花白，傲立群芳花不败，你舞清风吹拂大地，把欢乐传开”。这首歌表面咏唱莲花，实则蕴含着深刻的隐喻。莲花在中国文化史上具有丰富的内涵。在中国的宗教、政治或者民族民间文化中，莲花多被当作一种象征。它象征觉悟，象征高洁的人格，象征美好的世界。《莲花红莲花白》阐发了一种奋斗、奉献的精神价值，一种廉洁、自爱的道德追求。激情与柔情，优美与崇高，在这首歌中再次得到统一。

房千歌词的句式亦不拘一格，或短或长，灵活生动。其遣词重意象，亦重音调。如“盼，盼，盼团圆，盼得月儿圆又圆/盼，盼，盼团圆，盼得月儿圆/你我本是同根生哟/怎能天涯各一边嘞”(《盼团圆》)，尚未谱曲，音声已然动听。“海月光，海月光，海月光…… / 你可曾看见妹的郎 / 你可曾听见橹摇响 / 郎在远方撒网 / 妹在岸上守望”(《海月光》)，“月光光，月光光 / 照在门前河塘 / 河塘呀，一张凳，坐着我的娘 / 亲娘泪汪汪呀 / 哭我走他乡”(《月光光》)，此两首歌系民歌体，不无对客家传统民歌的吸收与借鉴，但作者进行了再创造，通过词语的音韵，营造了意境与乐感。

诗性亦是创造性，亦是个性，亦是感情。诗人房千的歌词体现着中国音乐传统的继承与滋养，也体现着很强的原创性与鲜明的个性。他带着感情生活，也带着感情创作。他是有情之人，他的歌皆是有情之歌。他的歌有我又无我。他的歌高扬时代的强音，也回旋生活的低吟。我手写我口，我口写我心。他以自己的歌词创作表达对时代、祖国与人民的深深的爱。颂歌与情歌，豪放共婉约，我以为这是对房千歌词创作的最佳概括。

2013 年 10 月

歌咏小河，心向大海

——关于悟义的歌词

读了悟义《感悟》这本集子后，我不得不承认，内心里有一种实实在在的感动。这种感动更多地来自悟义的歌词。

歌词文体，看似易为，实则大难。有人以为歌词就是诗歌，把诗写好了就是一首好歌词。这种想法在古代大体是不错的，如《诗经》里的诗都是配乐的歌词，现当代的古体诗亦多如此。但在新诗中，虽亦有如胡适的《也是微云》《希望》《梦与诗》《小诗》《上山》，刘半农的《教我如何不想她》，徐志摩的《再别康桥》，戴望舒的《有赠》等被谱成歌曲并广为传唱，成为脍炙人口的大众流行歌曲，然而，大多数的新诗，包括胡适、刘半农、徐志摩和戴望舒的大多数作品，是难以谱曲传唱的。即使是已谱成歌曲的作品，也大都进行了改动，以适应歌曲的接受美学要求。如胡适的《希望》谱曲时已进行了改编，歌名亦改为《兰花草》。戴望舒的《有赠》亦为同样情形。戴望舒作词的电影主题歌《初恋女》由著名演员王人美演唱，20世纪30年代风靡一时，但歌词是戴望舒将其诗作《有赠》作了较大的改动之后写成的。现当代歌词除了要有诗的基础，同时还要贴近大众的语言和趣味，典雅与通俗之间，是让作者颇费思量的。一首歌词的成功，取决于雅与俗的准确拿捏。

悟义这本《感悟》收入的歌词，大都是谱了曲并被演唱了的。或许有人会认为凭着作者的经济实力，这并不难做到。但歌词的写作水平与其他文体一样，与身份、金钱等外在条件并无关系，只与心灵、才华等内在因素紧密相连。悟义的歌词之所以令我感动，首先是因为它们具有一种思想的高度，这种思想高度能够把握时代精神和捕捉时代主旋律。他的一些作品展现了炽热的家国情怀和爱国主义精神，如《节日的歌》，“天上花开花落 / 地上霓虹闪烁 / 人人喜上眉梢 / 神州一片欢乐 / 天上花儿朵朵 / 地上曼舞轻歌 / 生活有滋有味 / 天地一派祥和 / 节日的歌 / 欢乐的歌 / 歌唱幸福的生活 / 幸福的生活 / 节日的歌 / 欢乐的歌 / 歌唱我的祖国 祖国 / 一派祥和”。这首歌所咏唱的，既有个体的情感，也有集体的情感；既有个人小家的生活，也有祖国大家的生活。个体与集体、家与国在作品中水乳交融，活泼欢快的抒情之中寓含着庄重严肃的主题。又如由著名歌唱家阎维文演唱的

《祖国让我告诉你》，“你的大海那样浩瀚 / 我是一艘航船 / 朝着你指引的方向 / 鼓满远征的风帆 / 你的田野希望无限 / 我是山花浪漫 / 感恩你的阳光雨露 / 回报生机一片 / 祖国啊祖国 / 让我告诉你 / 告诉你家乡的巨变 / 五谷丰登风光无限 / 祖国啊 祖国 / 让我告诉你 / 告诉你喜事连连 / 万象更新祥和平安 / 你的天空那样蔚蓝 / 我是一只雄鹰 / 透过迷雾穿越风雨 / 去追赶时间 / 祖国啊 祖国 / 让我告诉你 / 告诉你生活的温馨 / 家家户户幸福美满 / 祖国啊 祖国 / 让我告诉你 / 告诉你心底的秘密 / 你的儿女把你爱恋”。这首歌在现实主义的基础上，洋溢着乐观主义和浪漫主义的情绪，抒情主体视野宽广，胸怀开阔，气势磅礴浩荡，情感恢宏深沉，有力地表现了作为当代中国核心价值观的爱国主义精神。

悟义歌词的思想高度，还在于其对中国乃统一的多民族国家、中华文化乃多元一体文化的国情的深刻体认。悟义不是少数民族，但他的歌词创作却自觉地开辟少数民族题材，对少数民族文化表达由衷的赞叹，对民族和谐进步发出热切的呼喊，如《我爱唱蒙古歌》，“说不清是旋律优美还是声音奇特 / 从小我就喜欢草原牧歌 / 有个画面魂牵梦绕 / 有个声音在心中流淌成河 / 我爱唱蒙古歌　蒙古歌 / 歌中有我的草原　草原传说 / 我爱唱蒙古歌　蒙古歌 / 歌中有我的辽阔　梦中的辽阔 / 我爱唱蒙古歌　蒙古歌 / 歌中有我的奶酒　爱喝的奶酒 / 我爱唱蒙古歌　蒙古歌 / 歌中有我的爱情　爱情的花朵 / 说不清是姑娘美丽还是嗓音清澈 / 至今仍温暖着我的心窝 / 牧羊的身影终生难忘 / 牧歌让我忧伤也让我欢乐 / 我爱唱蒙古歌　蒙古歌 / 歌中有我的奶酒　爱

喝的奶酒 / 我爱唱蒙古歌　蒙古歌 / 歌中有我的爱情　爱情的花朵 / 我爱唱蒙古歌　蒙古歌 / 歌中有我的奶酒　爱喝的奶酒 / 我爱唱蒙古歌　蒙古歌 / 歌中有我的爱情　爱情的花朵”。整首歌共六段，却出现八句“我爱唱蒙古歌”，这种反复手法固然是修辞的需要，但修辞立诚，歌为心声，因此更见出作者心灵深处的情感。又如《藏家儿女的心》，“茫茫云海 / 情系群山 / 起伏的喜马拉雅 / 伸向天边 / 雅鲁藏布江呦 / 奔向大海 / 肥壮的牛羊 / 恋着草原 / 呀啦嗦　嗦呀啦 / 藏家儿女的心呦 / 与祖国母亲 / 紧紧相连 / 冰川雪莲 / 相依为伴 / 雄鹰展翅 / 遨游蓝天 / 青青碧波 / 连着远方 / 奔驰的骏马 / 志在四方 / 呀啦嗦　嗦呀啦 / 藏家儿女的心呦 / 与祖国母亲 / 紧紧相连”。抒情主体放眼雪域高原的蓝天大地，以比兴和借喻的修辞手法，形象而生动地描绘出藏族儿女对祖国的忠诚。只有怀着对少数民族人民的深情厚谊和对少数民族文化的真诚热爱，才有可能写出这样的辞章，才有可能唱出这样的颂歌。《我爱唱蒙古歌》和《藏家儿女的心》等词作，充分体现了悟义作为一个现代公民对各民族平等和民族国家命运共同体的清醒和自觉的意识。

悟义更多的歌词，是对爱情、亲情、乡情和对自然美景的诉说与吟咏。比如他感叹各种各样的爱情：坚贞不渝的爱、已成追忆的爱、未能实现的爱、脚踏实地的爱、浪漫幻想的爱……这些作品并无宏大的主题，而是对生活、人性与性灵的温情守望。然而，在如河流般奔涌或如微风般吹拂的抒情之中，也仍可见理性的潜行、理想的闪烁。他以一种人生的睿智和对人性的宽容，以对生活的独到理解与坚定信心，凝视着他的歌吟对象。“没有大海的波澜壮阔 / 没有大江的气势磅礴 / 只有岁月激起的浪花朵朵 / 我是草原上的一条小河 / 绕过高山 穿越大漠 / 征途上还有无尽的跋涉 / 不要说道路坎坎坷坷 / 酸甜苦辣都是歌 / 没有湖泊的平静清澈 / 没有山泉的亮丽景色 / 只有春风荡起的浪花朵朵 / 我是草原上的一条小河 / 山川给我跳动的脉搏 / 阳光给我青春的光泽 / 我的生命奔流不息 / 远方的大海呼唤着我”，如果将宏大叙事比作大海，小叙事比作小河的话，悟义的《我是一条小河》这首作品或许可以反映出其歌词创作的整体风格：歌咏小河，心向大海。

原载《文艺报》2014 年 12 月 19 日

第四辑

报告文学的诗性开掘

——关于何建明长篇报告文学《诗在远方——“闽宁经验”纪事》

当代重大题材是何建明报告文学创作的一个鲜明特征。综观其报告文学创作成就，十分显而易见的是，作家始终关注和勠力表现关系重要国计民生和国家形象的“国之大者”，他的报告文学作品大多堪称“时代的报告”。长篇报告文学《诗在远方——“闽宁经验”纪事》，是又一新的印证。

《诗在远方——“闽宁经验”纪事》，叙写宁夏贫困地区在福建省的长期对口帮扶下，最终脱贫、实现小康的故事。1996年开始的闽宁对口扶贫协作的不同寻常之处，是时任中共福建省委副书记的习近平担任福建省对口帮扶宁夏领导小组组长。习近平一直关心闽宁对口扶贫协作，“由习近平亲自创造的‘闽宁经验’，如今展现在我们面前的就是一条社会主义现代化发展事业的康庄大道，就是破解世界级难题、摆脱贫困、走向富裕的康庄大道，就是中国共产党人又一次为人类文明史贡献智慧和精神的康庄大道……”

“闽宁经验”展现了一条怎样的“康庄大道”？作品序章“我心震荡……”为读者呈示了昔日“苦瘠甲天下”的宁夏西海固今天的惊人巨变。作者在吴忠市同心县、盐池县、红寺堡新城，西海固的原州、西吉、海原等区县行走，目睹了当地的街道、楼群、市民广场、图书馆、学校和公园后，“便彻底无语，唯有心头再度强烈震荡：这里并不比我故乡苏南的那几个处于全国百强县（市）前列的城市外貌差多少啊”。在固原市原州区乡下，作者发现，“这里的百姓非常讲究卫生，房间内所有的家什都摆得整整齐齐，桌子、柜子及窗玻璃，无不透亮洁净。再就是房前宅后，都是挂满果、飘着香的果树，加上院子内外都还各有一块宽敞的场地，四周又是掩阳透风的绿树……”西吉县涵江村，2018年以前的名字叫“烂泥滩村”，每家农户的墙壁用泥土垒成，盖屋顶的有的是瓦，有的是塑料和草秆的合成物；房间通常一半在山体的洞穴内，一半露在山壁之外。村民平时用水靠牛和驴翻山越岭到5公里外的地方驮，水还是污浊的黄泥水。因为穷，2016年以前，全村330户中有192户从村里迁出，投亲靠友打工求生。凭着闽宁对口扶贫协作机制，福建省莆田市涵江区对口支援该村，修建通向村里村外的路，给每家每户接入自来水，帮助贫困户无息贷款养牛和建特色大棚，在村里开设扶贫车间安置贫困户中不能独立创业的劳动力，等等。加上当地政府贯彻落实中央扶贫政策，每家每户进行旧房改造与重建，办理养老保险，补贴孩子读书，两年多时间，使村子彻底变样。村里有了便民小超市、政策咨询和便民服务办公室、西吉农村商业银行专柜；有了宽阔的村民广场，广场上有各种体育设施，包括可供孩子和老人游乐和运动的设施。村子的扶贫车间使村里的妇女能在家门口上班拿工资，还能兼顾孩子和家务。曾经的贫困户苏孝平家有两幢住房，主屋近百平方米，宅基地如足球场一般大，四周环境优美、空气清新……西海固地区曾被联合国世界粮食计划署确定为“最不适宜人类生存的地区”之一。而如今，涵江村“这个过去几乎是全国最贫困的小山村，如今百姓竟然能享受与大都市人一样的现代化生活方式”。更大的一个奇迹，是闽宁镇（隶属银川市永宁县）的诞生。1997年，时任福建省委副书记、福建省对口帮扶宁夏领导小组组长的习近平带队来到宁夏考察，于是出现了“闽宁村”，之后发展为闽宁镇，接纳来自西海固的贫困移民。今天，闽宁镇已经成为一座拥有10多万移民、人均年收入超过1.4万元、率先用上了许多城市都还没用上的5G（第五代移动通信技术）这样最先进的通信技术的现代化城镇，成为“闽宁经验”的样板和我国贫困地区通过对口扶贫协作走向全面小康的成功典范。

阅读这部作品，让人与作者一样心灵震荡，久久难平。这部作品对读者的冲击力，首先来自作者对宁夏西海固脱贫进小康这一新时代伟大事件的深刻认识与把握。报告文学是对事实的报告，也是对现实的报告；而从时间的长河来看，报告文学还是对历史的记录。作者对报告文学的本质和报告文学家的使命具有透彻的理解，他从宁夏西海固脱贫想到更多、看到更远，他想到和看到反贫困这一世界级难题在中国共产党人手中得到化解；想到和看到中国共产党人又一次为人类文明史贡献智慧和精神的历史性意义；想到和看到犹如山与海之恋的闽宁扶贫协作，体现的是中国脱贫奔小康的壮丽历史进程与浩荡时代洪流，是当代中国共产党人“全面建成小康社会，一个也不能少；共同富裕路上，一个也不能掉队”的承诺。思想决定思路，眼界决定境界，精神指引叙事。作者高屋建瓴的思想高度与认识深度，使作品具有一种宏大和雍容的气度，如高天行云牵曳郁勃文思，如阔水深流涵养沛然神韵。

在作者的笔下，“闽宁经验”化为脱贫攻坚一线的闽宁扶贫工作者坚忍奋斗的形象，林月婵、马国林、黄水源、英子、李丹、杨明等为代表的福建扶贫干部和支教教师，林小辉、严国圣、林水英、陈德启、黄添进等为代表的闽宁企业家，20多年来以不懈的努力、艰苦的奋战、无私的奉献，有的甚至以生命的牺牲，夺得宁夏反贫困斗争的胜利。“闽宁经验”也是宁夏贫困群众在中国共产党扶贫更扶志与扶智的政策激励和扶贫干部的帮助下，改天换地建设美好家园的顽强拼搏。作品写到扶贫车间的出现、“在家门口当工人”使宁夏贫困乡村妇女经济地位直线上升，精神面貌焕然一新，有的憧憬着在城里买房子，有的在家庭户口簿上的名字被写在了户主一栏——“因为买新房子的钱是我在工厂做工赚回的，所以娃他爸一定让我当户主”。西吉县一位40来岁的“异常漂亮标致”的乡村女性“麦香”，尤其令读者印象深刻。“麦香”是车间主任，领导着同村五六十个女工，她们生产的产品一律出口到阿拉伯国家。面对作者“如果早点看到你，一定要介绍你到北京的哪个民族歌舞艺术团之类的地方去当明星……”这些半开玩笑的话，她开心地笑说：“我们（她和丈夫）不会去的。现在我的家乡很好，我们在自己的家门口工作，这就是我一生最大的愿望。这个愿望现在实现了，我会一辈子珍惜的，也会带着大家把这个厂子办好，把家乡建设得更加幸福美好！”曾几何时，西海固乃至中国所有贫困地区的乡村妇女，能有如此“在自己的家门口工作”的机会，能有如此不愿去大城市，只愿把家乡建设得更美好的人生自信……

作者将这部作品命名为《诗在远方》，是因为“闽宁经验”创造了脱贫攻坚的壮美史诗。作品由衷感叹，“闽宁经验”，闽宁山海之恋，2000多名扶贫干部、教师和10万闽商的接力奉献，“这就是诗，是我们这个时代最美的诗篇”。“闽宁经验”使作者发现了别有意味的历史内容，发现了时代的诗性。但我认为，诗性也是这部作品的文体追求。关于报告文学的文学性，何建明曾如此论说：“报告文学或纪实文学等写实体作品的高贵之处和精神实质，就在于它忠实于客观存在的现实和内容的全部真实性，同时又注重艺术表现力。”他认为：“一些题材内容很不错的写实体作品由于没有文学语言，不注重文体结构和情节的艺术处理，直白乏味的叙述方法，影响了作品的传播和阅读，基本上只能算是粗浅的史料或新闻素材……文学艺术性是写实体作品存在的全部意义所在。”（何建明《写实体作品的问题与前景》）这部作品的文学性，主要体现于其诗性风格。作品除了大量运用诗的语言，还穿插了多首古典与现代诗歌，以及宁夏山歌和“花儿”。有些报告文学的文学性，表现在对小说和散文手法的使用，是报告文学的小说化和散文化。报告文学小说化虽然在一定程度上增强了故事性和可读性，但也颠覆了真实性这一报告文学的质的规定性，从而失去了读者的信任；报告文学散文化固然也是对文学性的一种寻求，但失之适度，喧宾夺主，弱化了报告文学的新闻性。而报告文学的诗性开掘和探索，则有可能既强化报告文学的文学性，同时又坚持报告文学文体的新闻性和非虚构性。如同诗歌是诗人的内心独白，诗性的语言也是一种直接的现实性与真实性的呈现，凝练的语言风格也更能体现新闻性与文学性的统一。

“呵，是的，西海固，你昔日那贫困、破旧、落后甚至愚昧的景致早已消失在历史的尘埃之中，一个新的、美丽的、现代而时尚的新西海固已经在我们面前崛起，不仅有一大批令人心动的‘麦香’和她们的孩子、丈夫，还有雄健的马儿、高高的山梁、蓝蓝的天空、青青的草原和宽阔的公路，更有无垠秀美的山川与原野……”这样的诗化语言在作品里随处可见，它们是对客观现实的记录，是作者主观情感的抒发，也是报告文学艺术本体的丰富性实践。

原载《文艺报》2022 年 4 月 27 日

一个中国奇迹的豪情书写

——读肖亦农长篇报告文学《寻找毛乌素——绿色乌审启示录》

肖亦农长篇报告文学《寻找毛乌素——绿色乌审启示录》（作家出版社2011年11月出版），向读者报告的是举世闻名的毛乌素沙漠，经过内蒙古鄂尔多斯人民尤其是乌审旗各族儿女长期艰苦卓绝的奋斗，在进入21世纪的第10年终于从地球上消失的重大事件。

20世纪下半叶以来，越来越严重的荒漠化现象已经超越国界、洲际，挑战人类生存的底线，已经成为人类共同的敌人。根据《寻找毛乌素——绿色乌审启示录》（以下简称《寻找毛乌素》）引用的20世纪90年代的统计资料，全球荒漠化土地面积已达到3600万平方公里，占地球陆地面积的四分之一，几乎相当于俄罗斯、加拿大、中国和美国这四个领土大国的国土面积的总和。全世界受荒漠化影响的国家有100多个，约9亿人。联合国早在1975年即以决议的形式提出“与荒漠化进行斗争”的口号。1994年，112个国家的代表在巴黎共同签订《联合国防治荒漠化公约》；同年12月，联合国大会决议确定每年的6月17日为“世界防治荒漠化和干旱日”。然而，人类对沙漠的治理却屡遭挫折，全球荒漠化似有锐不可当之势，荒漠化以每年将近7万平方公里的速度扩大，全球现已损失三分之一可耕地。荒漠化所预示的严峻的生态前景令不少科学家气丧色沮，悲观绝望，认为“沙漠是地球的癌症”，不可救治，不远的将来地球将是寸草不生的荒漠，人类将沦为不折不扣的“生态难民”。有的科学家已在探寻人类移民其他星球的可能。在这样的背景下，内蒙古乌审旗人民对毛乌素沙漠的成功治理，毛乌素沙漠在地球上的悄然消失，的确是一个震撼世界的捷报。

一部作品的成功，在很大程度上取决于作者对自己所写之历史与现实内容的理解。《寻找毛乌素》的作者肖亦农显然对自己所处理的题材及其意义有着敏锐的认识和把握。首先，这部报告文学所触及的其实是一个全世界都在关心的问题，是一个普遍的问题。其次，从中国的情况来看，据有关资料，全国荒漠化土地面积约263万平方公里，占国土面积近三分之一；其中沙化土地面积约173万平方公里，全国34个省、自治区、直辖市和特别行政区中，有30个分布有沙化土地，近4亿人口受到土地沙化的影响。荒漠化同样已经成为中华民族生存空间和中国经济社会发展的严重威胁。再次，这部作品的写作还涉及当下中国在崛起的过程中如何处理日益突显的经济发展与生态环境保护的矛盾这一焦点问题。最后，乌审旗的经验既提出问题，又解决问题。正在愈演愈烈的荒漠化现象能不能得到抑制？中国的沙漠能不能治理、怎么治理？乌审旗治沙绿化的巨大成就，为这些问题提供了一种乐观主义的也是现实主义的答案和解决方案。这四个方面决定了毛乌素沙漠的消失是一个重大事件，而《寻找毛乌素》的写作即为重大题材的写作。肖亦农对此颇为了然于胸，书名之“启示录”三字即反映着作者内心的认识。

报告文学与其他文学门类、体裁相较，作品的题材尤其关键。读者所寄予报告文学的期待，并不完全同于对其他文学体裁的。题材是否引人关注，作品内涵是否切入当代社会的核心问题，永远是报告文学能否赢得读者喜爱的重要因素。因此，从这个角度来看，题材之重大、意义之重大，使报告文学《寻找毛乌素》的写作极大程度地呼应着读者的热望，即渴望了解那些被渴望有乐观答案、有乐观解决方案的与人类生存、与中华民族生存和发展空间攸关的问题。应该说，读者的这种殷切为这部作品提供了强大的精神动力和坚实的接受基础，使作品的写作受到一种现实的召唤、激励和鼓舞，使作品从一开始就站在了很高的起点上。而这种高起点不仅作用于作品的思想意义，也作用于报告文学的本体艺术层面。

第一，《寻找毛乌素》这部报告文学内含着一种全球视野。作品开篇即叙述作者于2009年在美国写作，在普通的美国人家里听到主人朗读美国海洋生物学家、现代环境保护运动先驱蕾切尔·卡逊的名著《寂静的春天》第一章《明天的寓言》:“从前，在美国中部有一个城镇，这里的一切生物看来与周围环境相处得很和谐。这个城镇坐落在像棋盘般整齐排列的欣欣向荣的农场中央，庄稼地遍布，小山下果园成林。春天，繁花像白色的云朵点缀在绿色的原野上；秋天，通过松林的屏风，橡树、枫树和白桦闪射出火焰般的彩色光辉，狐狸在小山上吠鸣，鹿群静悄悄穿过笼罩着秋天晨雾的原野……”如此美丽的城镇后来发生了变化，神秘莫测的疾病袭击了畜群和人类，一种奇怪的寂静笼罩了这个地方，鸟儿消失了，蜜蜂不见了，苹果树只开花不结果，一度多么吸引人的小路两旁，现在横陈的却是仿佛火灾浩劫后残余的焦枯的植物。所有的鱼已经死亡，小溪失去了生命……蕾切尔·卡逊的《寂静的春天》在美国历史上的影响可以与斯托夫人描绘黑人奴隶生活的小说《汤姆叔叔的小屋》相媲美。蕾切尔·卡逊这部书的问世，使得环境问题提上了国家议事日程。这样的开篇赋予了作品一种世界眼光与全球关切。在作品的第一章，作者更将目光投向如脱缰野马一般的荒漠化现象，并回顾人类与荒漠化进行斗争的历史与现实，以及治理荒漠化的世界性失利与挫折。这种全球视野和世界性的关怀，极大地提升着作品的思想意义；另一方面，它也极大地扩展着作品的信息容量，使报告文学的报道功能获得充分的发挥。

第二，这部作品表现了一种科学精神。作品揭示了毛乌素沙漠治理的成功，是在著名科学家钱学森的沙产业理论的指导下取得的。作品介绍，在荒漠化狂风肆虐的20世纪80年代中期，钱学森即正式首创了知识密集型沙产业理论和草产业理论。钱学森认为，沙漠和戈壁的潜力还没有发挥出来，应在荒漠地带利用现代化技术，包括物理、化学、生物等科学技术的全部成就，通过植物的光合作用，固定转化太阳能，发展知识密集型的农业性产业。钱学森提出，中国应该用新的思维对待沙漠，寓保护于开发之中。其沙产业理论的基本构想是，沙产业是用系统思想、整体观念、科技成果、产业链条、市场运作、文化对接来经营管理沙漠资源，实现“沙漠增绿、农牧民增收、企业增效”良性循环的新型产业。钱学森说过，我国沙漠、戈壁大约16亿亩，和农田面积差不多。沙漠、戈壁并不是什么也不长，其潜力远远没有发挥出来。要用100年的时间来完成这个革命，现在只是开始，百年之内，要在沙漠上挖出千亿元的产值。长期关注着我国沙漠地区的治沙实践的钱学森将自己的沙产业理论不断丰富，并概括为“多采光、少用水、新技术、高效益，使不毛之地变为沃土”。

在肖亦农的笔下，鄂尔多斯市乌审旗最早实践钱学森的沙产业理论。2004年，乌审旗委、旗政府即确定了“以人为本，建设绿色乌审”战略，明确提出“用集中开发1%的土地换取99%的生态恢复和保持”。乌审旗既是牧业大旗，又是工业大旗，是在发展工业化、推进城镇化的过程中，促进和推动生态恢复的。工业化、城镇化、产业化使毛乌素沙漠最终得到有效的治理，使乌审旗作为资源富集区、生态脆弱区闯出了一条绿富同兴的路子。作品还写到，“沙漠全绿了也会出问题”。因此乌审旗根据中国科学院专家的建议，有意给一些沙丘实行半固定的措施，给部分沙地留下“呼吸的空间”，以减少植被对地下水的消耗；逐渐淘汰杨树等一些用于固沙但吸水量大的先锋树种和草种，多种樟子松、油松等耐旱的树种……作品令人信服地看到，毛乌素沙漠的消失，乌审旗的改天换地，依靠的是理性而不是梦想，是科学而不是蛮干。作者紧紧抓住了这个关键，实际上也是真正把握住了作品的题材与素材，揽住了作品的总纲。抓住了科学精神这条纲，作品就不会沉迷琐屑，不为现象左右，而是从纷繁的素材中找到了组织作品的骨架，从而使报告文学的真实性特质获得了内在保证。

第三，这部作品高扬着一种人的精神。在作者的笔下，昔日一望无际黄沙漫漫的毛乌素沙漠，变成了今天的中国人居环境示范城镇和中国绿色名县，是科学家、各级党政干部、知识分子、企业家尤其是10万乌审旗人民艰苦奋战的结果。作品极力展示了毛乌素沙漠改造者们的酸甜苦辣，展示了人的灵魂、人的意志、人的奋斗。

作品第四章《草原上最诱人的花香，是那五月开放的玫瑰》，以极富诗意的标题，讴歌了在毛乌素沙漠上苦苦奋斗的乌审人。

——1957年，年仅18岁的乌审旗乌审召苏木乌兰图娅牧业初级合作社副社长、团支部书记宝日勒岱，被毛泽东发出的“绿化祖国”的号召所激励，在辗转反侧彻夜难眠之后，下定决心投入“在沙漠上涂抹绿色”的事业。她带领社员们发扬“愚公移山”精神，历尽千辛万苦整治着无边无际的大沙漠。十几年里，他们在沙漠中栽林20余万亩，种草4万余亩，禁牧封育12万余亩，改良草场8万余亩。他们创造总结出的“乔灌草结合”“穿靴戴帽”“前挡后拉”“草库伦”等科学治沙方式，在全国的沙区得到推广，并引起世界防治沙漠化组织的重视。在周恩来总理的关心下，宝日勒岱登上政坛，成为三届中共中央委员会委员、两届全国人大常委会委员，先后担任中共乌审旗委书记、中共内蒙古自治区党委书记。从领导岗位上退下来后，她仍一直从事自治区沙、草产业协会的专门研究。

——1985年，19岁的殷玉珍从陕西靖边县嫁到乌审旗河南乡尔林川村。新婚之夜，风沙呼啸，熬到天亮发现门被沙子堵住了，挖了半天沙，才能爬出去。为了保家、生存，她要在沙窝窝里种树。凭着一股“宁愿种树累死，也不能让沙子欺负死”的气概，20多年间，她与丈夫白万祥总共绿化6万余亩沙漠，营造出一个“绿树婆娑、草肥花香的绿色王国”。殷玉珍的事迹感动了中国，感动了世界。她成为全国劳动模范、全国三八红旗手、中国十大女杰。殷玉珍多次走出国门，在国际讲坛上介绍绿化治沙经验。2006年，殷玉珍作为一位中国农民获得诺贝尔和平奖的提名。

——家住乌审旗苏力德苏木昌煌嘎查的乌云斯庆，所处的乌兰温都尔沙漠多少年来“沙丘起伏，寸草不生，鸟兽绝迹”。乌云斯庆和丈夫继承公公巴音耐木扣承包荒沙绿化沙漠的事业，联系嘎查12名妇女，成立了乌兰温都尔项目组。每年有大半年的时间，乌云斯庆带领12位姐妹进入乌兰温都尔沙漠，饿了吞炒米，渴了喝凉水，顶着风沙筑网格、沙障，栽种沙柳、沙蒿、柠条、紫穗槐、羊柴、花棒、杨树、柳树……10年过去，“乌云斯庆们”承包的4万余亩荒沙“树木繁茂，绿草翻浪，飞鸟鸣啭，野兔出没”，成为毛乌素沙漠上的一道风景。乌云斯庆获得“全国三八红旗手”“全国十大绿化女状元”等荣誉称号，并荣获福特汽车国际环境保护奖。

——治沙“疯女”浪腾花和丈夫本来都在政府部门有一份稳定的工作，然而，2003年已四十出头的浪腾花拉着丈夫一同辞去公职，一头扎进家乡布日叶庆沙漠。布日叶庆位于乌审旗嘎鲁图镇和乌兰陶勒盖镇交界之处，连绵起伏、荒芜凄凉的沙漠使得农牧民们度日艰难，有的抛弃土地牧场迁居他乡，很多年轻人则进城打工。乡亲们羡慕浪腾花“混成了个人样样，总算离开了这兔子不拉屎的穷地方”。但浪腾花宁愿不当机关干部，也要“治理家乡”。在培育树苗获得成功并产生示范效应之后，她成立乌审旗青浪生态开发有限责任公司并任董事长。公司的组建使治沙面积由浪腾花一家的5000余亩扩大到联户的10万亩。8年光阴收获喜人，如今的布日叶庆沙漠，“几万亩葱绿的树木，宛如一条条绿色的腰带，将一个个沙丘紧紧缠绕”。浪腾花也受到内蒙古自治区各级政府的表彰和奖励，并被中国沙草业协会评为“2008年中国沙产业先进个人”。

——治沙“痴女”徐秀芳的故事也同样感人。徐秀芳32年前从内蒙古伊克昭盟农牧学校（今鄂尔多斯生态环境职业学院）毕业时，本可留在盟府所在地或条件较好的旗县工作，然而她对组织表示，她学的是林业治沙，当然要到沙漠最多的地方去，并说自己要做毛乌素沙漠里的一株草、一棵树。在乌审旗治沙站工作30年来，她到过全旗80%的农牧民家中，乌审旗的每一片沙地几乎都留下了她的足迹。作为一名专业治沙工作者，她几十年如一日致力于把科学的理念和先进的治沙技术引进毛乌素沙漠。

宝日勒岱、殷玉珍、乌云斯庆、浪腾花、徐秀芳等“给沙漠点颜色看”的女性，是乌审旗人民在茫茫沙漠面前不气馁、不屈服、不认命的杰出代表，毛乌素沙漠就是在乌审旗儿女这样艰苦卓绝的奋斗中一点点消失，一点点重获生机，一点点绽放生命的绿色。虽然报告文学可以报告事件，但报告文学的核心任务仍然是表现人，是表现人丰富的人性，表现人的坚忍意志和崇高精神。《寻找毛乌素》既注重表现人物的“事功”，也注意捕捉人物的内心。宝日勒岱在“文化大革命”中蒙受屈辱和磨难而心犹未悔；浪腾花深刻地认识自己所投身的事业，不仅意味着物质的财富和生态的价值，更“关键是这块地方还有精神财富，那可是无法计算的。多少人到了布日叶庆，被点燃起斗沙的激情”……《寻找毛乌素》这部报告文学对人的精神的挖掘，是对报告文学的人学本质的积极探索和阐发。

此外，这部作品还表现了一个知识分子的清醒理性和忧患意识。作者对毛乌素沙漠的治理模式和产业化治沙给乌审旗面貌带来的巨大变迁是高度肯定的，作品洋溢着一个作家对家乡的进步和时代的发展的滚烫热情。作者对乌审旗的生态现实与前景抱持着一种乐观主义的态度。然而，这是一种审慎的乐观。正如他在作品的末章中所写：“在鄂尔多斯的沟壑间，到处都能看到这种赭红色和青灰色的砂岩。我曾做过一个尝试，取下一块裸露的砂岩，用手捏一捏，很快就呈沙粒状。有专家断言，这是毛乌素沙漠的主要成因。那就是说，毛乌素沙漠的绿色植被下，除了地上原有的沙漠，地下还沉睡着足有600米厚的潜在沙漠，假设我们稍有不慎，这头睡狮会不会在哪一天被我们惊醒起来呢？我真的有些隐隐担心。”“在土地面前，人类必须学会节制自己的欲望，千万不要在土地的身上索取得太多。一种生态文明的确立绝非一朝一夕之事，恢复生态，维护生态，人类永远在路上。”作者在颂扬中有忧患，在肯定中有反思。知我者谓我心忧，任何时候都不得意忘形，这种清醒理性和忧患意识提醒着社会和读者大众，也极大地彰显着作者作为一个知识分子的人文情怀和担当，使得作品的内涵更为宏博，质地更为厚重。

《寻找毛乌素》的作者肖亦农是小说名家，其小说善于塑造富有新意的人物，刻画生动的性格，营造浓郁的环境氛围。他的小说语言浑朴老到，功力深湛。《寻找毛乌素》这部报告文学也反映着作者作为小说名家的这些特质，换言之，作者的小说家身份使得这部作品的写作既有报告文学的严肃端庄，也有小说的飘逸灵动。作品每一章的标题，都颇有诗情画意，如《毛乌素沙漠的秋天好喧嚣》《苍鹰盘绕的灰沙梁呀，那是我的家乡》《毛乌素沙漠，一片远去的云》《泛着青色雾霭的远方啊，那是牧人的梦想》《草原上最诱人的花香，是那五月开放的玫瑰》《骏马似箭掠过草浪，高亢的嘶鸣留在路上》。作品的手法，抒情与记事交织；作品的语言，美文与口语并用。“霜降一到，草木停止生长，在鄂尔多斯乌审沙漠上实施的严格的禁牧措施有了松动；这对于马牛羊儿来说，无疑是个解放。牧人们打开了棚圈，将关了一个春夏的马牛羊儿全部赶进了毛乌素沙漠和草原上，饱尝‘禁牧’之苦的马牛羊儿像被大赦的囚犯享受着自由带来的狂欢，或抖颈长嘶，或扬蹄狂奔，或悠闲踱步，或不断亲吻着渐显枯萎的牧草。秋风掠过，草浪翻动，畜群就像五彩的云朵，飘浮在遥远的天边……”引言里的这段文字颇能代表这部作品的语言特色乃至整体写作风格：是生活的实录，又是诗意的言说。

阅读《寻找毛乌素》，读者为事件所吸引，为人物所折服，也为其沉厚的文采所感染。在众多报告文学陷入重报告、轻文学，重事件、轻人物和文采的误区而导致报告文学的文体危机的当下，《寻找毛乌素》这部作品的出现还有其艺术突围的意义。

原载《广播电视大学学报》（哲学社会科学版）2013 年第 1 期

厚重的感受　丰富的启迪

——关于长篇报告文学《张桂梅》

阅读李延国、王秀丽合著的长篇报告文学《张桂梅》，是一次激动人心的体验；而掩卷之后，又会让人陷入长久的沉思。

作品的主人公——云南省丽江华坪女子高级中学党支部书记、校长张桂梅，乃誉满全国的人物，是全国优秀共产党员、时代楷模、全国教书育人楷模、全国脱贫攻坚楷模和“七一勋章”获得者等等。这些荣誉还是省略性地列举，要而言之，从通常的报告文学写作来看，两位作者面对着一个如何表现英模人物的先进性，同时又保有文学的生动性的课题。而这部作品十分令人可喜地给予了读者更多的东西，读者既从人物的事迹中产生厚重的感受，又通过作者深入挖掘，获得丰富的启迪。

首先，作品为读者展现了一种奋斗的人生。主人公张桂梅出生在黑龙江省牡丹江市郊一个农民家庭，父母都没有读过书。她是父母生的第十二个孩子。十二个孩子只存活下来六个，生下她时，母亲早已病魔缠身。这是一个多灾多难的家庭。张桂梅一出生就品尝到人生命运的乖舛：深受重男轻女观念影响的母亲想把她送人，父亲给她起的名字是“玫瑰”，管户籍的人竟不会写这两个字，将她的名字改成会写的“桂梅”。当然，这还算是小事。而她中学时得过一场大病差点丧命，家里甚至为她准备了寿衣。大难不死的她，迈出了走向社会的第一步——和姐姐一起去云南参加三线建设。她在林业局当过炊事员兼卫生员，在林场当过团支部书记，办过夜校并任文化教员，还当过检尺员、会计、统计员，然后当子弟学校教师，在这所学校被评为优秀班主任和先进教育工作者。之后她考上丽江教育学院，毕业后成为大理一所中学的教师。在经历了丧夫之痛后，她被调到华坪县，先后在中心中学、民族中学任教，最后创办华坪女子高级中学，同时兼任华坪县儿童福利院院长、丽江华坪桂梅助学会会长。在华坪县的这个阶段，张桂梅取得了有生以来最辉煌的成就。这样的履历，这样的命运，向读者昭示着一个真理：人生无暇忧伤，奋斗者最美丽。

其次，作品揭示了一种奉献的精神。这种奉献精神既体现在主人公忠党报国与对群众、对学生的大爱中，也体现在对自己个人生活的处理方面。比如张桂梅举行婚礼当天，因为是集体婚礼，新郎要作为代表发言，居然把她忘在了家里，也就是说她竟然没有参加自己的婚礼。她也感到很愤怒，如果是一般人可能就会离婚了。但她最终还是原谅了丈夫，这是因为她的善良，更因为她把奉献奉为人生的信条、价值和意义。这种奉献更体现在为学生付出方面。张桂梅不仅拖着被多种疾病折磨的身躯、忍受着肉体的各种疼痛在教室里、在讲堂上教书育人，而且在日常生活上也对学生予以种种关爱，包括物质上的关怀。她给困难学生垫学费、伙食费、医药费和赠送衣服等，而自己过着非常简单、非常清苦的日子。“尾章”关于张桂梅吃饭的描写，也十分令人动容。她不吃学校食堂的饭菜，因为那是国家拨款给学生的，有补贴，她不想去花费；她也不吃她当院长的儿童福利院的饭菜，而是拿出一部分工资由福利院的工作人员托管，让他们每天点最便宜的外卖送到学校，而且不要声张。这些方面的故事发掘和细节描写，有力地张扬了主人公崇高的奉献精神和伟岸的人格风范。

最后，作品呈现了一种卓越的教育理念及其实践。让贫困生免费入学，让差生变成学霸，让差班、差校变得先进和优秀，作为曾经的学生和现在的学生家长，我真的深深感到张桂梅在教育学生方面所取得的这些成就有多难，有多么不容易，有多么了不起。作品所描写的主人公张桂梅的形象，就像一面镜子，让人反躬自问对教育的理解是否已足够深刻，对爱的教育的感悟是否已真正透彻。

作品实际上也从教育的角度，从教师与学生的关系视角，展开了对社会与人性的深入探讨。“教育的艺术，是使学生先接受你、敬重你、喜欢你，进而信任你、喜欢你所教的东西，能在反复的品味中，把知识转化为能力、情感和价值观念，并在他们的日常行为中运用或体现。因此，教育的艺术是内外结合、纵横交错的立体艺术，它给教育工作者提供了无限广阔的创造空间。”“只有通过接受教育这个渠道提高贫困地区人口综合素质，使其产生穷则思变的精神动力，才能彻底拔除穷根，真正阻断贫困代际传递。”书中颇多如此鞭辟入里的阐述分析，不少话语堪称格言警句。

在报告文学写作艺术上，这部作品具有十分鲜明的风格特点。全书以第二人称叙述，是对高难度叙述的一种挑战，也是一种征服。作品并不拔高人物，而是从生活的原生态出发，比如写张桂梅年轻时曾经错误地对待跟她有矛盾的同学，造成至今仍然无法释怀的内疚；还写她也会错怪学生，也会对学生发脾气。作品就是从这些平凡之处着手，让主人公的崇高精神和伟岸人格在日常生活中的细微处闪现光芒。高妙的写作技巧，让人阅读这部作品后获得心灵的感动、思想的启迪和精神的升华，让作品别具一种放大的效应。

2022 年 6 月 10 日

历史性与时代性的展拓

——关于长篇报告文学《独龙春风》

潘灵、段爱松的长篇报告文学《独龙春风》，讲述了作为我国人口较少的少数民族之一、云南省人口最少民族的独龙族的脱贫奋斗史。洋洋近46万字的篇幅，不啻内容沉实厚重，题材亦十分独特可贵。

只有约7000人的独龙族于2018年率先实现整族脱贫，这是中国脱贫攻坚战的一个重要成果，更是独龙族翻天覆地的历史巨变。潘灵、段爱松两位作者虽已在文坛功成名就，但对于两人来说，撰写反映独龙族整族脱贫这样一部报告文学，仍然是一个艰巨的任务，因为这首先是一份沉甸甸的责任。独龙族只有语言而无文字，两位作者也不是独龙族人，但这部报告文学的写作无异于赋予了他们一种类似独龙族代言人的角色。阅读这部作品，令人感到两位作者是以对一个兄弟民族的爱与责任感担当起角色，出色地完成了使命。

这部报告文学虽然篇幅较长，人物与事件众多，但架构甚为清晰。全书以上篇《春风一度》和下篇《春风二度》结构，提纲挈领地把握了独龙族近现代和当代的历史变迁。中国共产党领导的中国革命的胜利，新中国的成立，使濒临灭族绝种的独龙族从原始社会直接过渡到社会主义社会；中国特色社会主义新时代，更使独龙族实现整族脱贫，正迈向乡村振兴的阶段。吹进独龙族的两度春风，也是独龙族的两次历史性大跨越。作品以历史为经，以事件为纬，以人物为主线，多角度、全景式地表现了独龙族、独龙乡改天换地的历史丕变。

历史性是这部作品的重要内涵与特质。新闻性与文学性的结合是报告文学的“正体”，然而随着创作实践的推进和深入，报告文学发展出“异体”和“变体”，注入了一些新的元素。政论性、历史性尤其大张旗鼓地进入报告文学，深刻地塑造和影响着报告文学文体的面貌。《独龙春风》以表现独龙族整族脱贫为创作动机，但作者并不满足于对独龙族现实生活的书写，而是将目光和笔触也探向独龙族的昨天，凝视历史岁月中的独龙族的身影。对一个民族历史的挖掘和再现，涉及跨学科和跨领域的研究。因此我们在《独龙春风》中，看到民族学的考古和民族志的研究方法和成果的借鉴。作品根据历史学家的考证，指出“独龙族人早在唐代，就和其他少数族群杂居在独龙江下游流域，并且一出场就是一个弱小、被欺压、被奴役的角色”。作品引用清道光《云南通志》中的记载，揭示当时被称为“俅人”的独龙族人无异于野人的生存状况：“其居处结草为庐，或以树皮覆之，男子披发，着麻布短衣裤，跣足。女耳缀大铜环，衣亦麻布……更有居山岩中者，衣木叶，茹毛饮血，宛然太古之民。”而独龙族人这种野人般的生存状态，一直延续到新中国成立之初。作品叙写了一个令人震撼的细节：1950年初冬，中央民族访问团第二分团在云南丽江召开各民族代表大会。访问团副团长王连芳看到两位代表没有按照会议要求穿本民族服装出席，而是穿上了政府发的中山装，遂沉下脸口气强硬地要求丽江地委筹办会议的工作人员让这两位代表穿本民族服装。结果王连芳看到了这样一幕：两位独龙族代表脱下中山装后，换上了民族服装——上身一件单薄的麻布褂子，下身一条小短裤。两人裸露着双臂和腿脚，蹲在寒风中直打哆嗦……这一细节大有内涵，独龙族千百年来的贫困凄苦恍如都在眼前。

历史也记下了独龙族人的精神品质。作品追溯了1895年法国探险家亨利·奥尔良组织的探险队进入独龙江流域，向世人揭开独龙江流域和独龙族人的神秘面纱。作品引用亨利·奥尔良的记载，呈现了其时生活在原始社会的父系民族末期的独龙族人的服饰、语言、生存状况和风俗习惯，指出“我们也能从中看出独龙人具有的先天优势，比如勤劳矫健、纯朴善良、机智勇敢、心灵手巧、品德高尚……这自然也是中华民族美德的核心”。

报告文学更重要的价值，是其时代性。报告文学的新闻性即是时代性的鲜明体现。报告文学的报告，更为本质的定义是“时代的报告”。《独龙春风》对历史的关注，意在通过历史的比较，彰显独龙族的当代进步和新时代风貌。独龙族的先天优势，在中国共产党的引领和扶持下，在社会主义时期特别是在中国特色社会主义新时代获得空前的发扬光大。作品在叙写独龙族和独龙乡时代新貌的同时，更注意表现独龙族的时代新人。《创造第一的骄子们》一章，分别刻画了独龙族第一位到北京献唱并参加世界妇女大会的歌手马秀珍、第一位加入中国共产党的女干部白丽珍、第一位进入中央民族学院（今中央民族大学）学习的干部巴国新、第一位基督教牧师伊利亚、第一代农艺师马宗仁、第一次种上土地膜玉米的丁永明、第一代校官李明光和白新荣、第一代女大学生女教师马秀菊、第一代主治医师李明元、第一代中医师马世华、第一代护士长陆秀英、第一位女生意人木卫明、第一代武警边防警官木建生等人物形象。作品更注重描写独龙族的两代领头人——先后担任过贡山独龙族怒族自治县县长的孔志清、高德荣的事迹。孔志清是民国时期走出独龙江到外面读书的两个独龙族人之一，新中国成立后得到中国共产党的关心和培养，成为独龙族从原始社会直接过渡到社会主义社会的带头人。周恩来总理还在接见他时将历史上对独龙族带有侮辱性的族名正式改为独龙族。高德荣是怒江民族师范学校录取的第一个独龙族学生，毕业时由于品学兼优而留校工作。后来他做了一个出人意料的决定：申请调回独龙江当小学教师。20世纪80年代，他开始走上家乡的领导岗位。

他提出植树造林、封山育林等措施并身体力行。他参加全国人民代表大会，代表们给他过生日，问他需要什么礼物，他说最想要一台装载机，因为家乡的路经常塌方，装载机能派上大用场。他看望乡亲时所带的物品都是自己掏钱买的，但他一再强调物品是党和政府派他送来的。他是工作狂，时间上争分夺秒，始终处于紧张的工作状态。“独龙江这么好的生态环境，一定要好好保护，这不只是独龙族和怒族人民的，还是全国人民的。”“不要总想着伸手要，要多想想如何放手干。领取低保不是件光荣的事，只有将‘输血’转换为‘造血’，才是长久之策。一个贫困的地方最大的贫困是思想观念的贫困。”……作品撷取的这些事迹和话语，充分地体现了一个独龙族带头人的高尚品格、远见卓识和领导能力。

独龙江的新变，独龙族整族脱贫，是历史性的也是时代的事件，除了独龙族干部群众的自力更生、艰苦奋斗精神所成就，更是中国共产党领导的新中国的民族政策、铸牢中华民族共同体意识和各兄弟民族的关爱支持所成就。作品在引子、下篇的开篇和尾章都分别叙写了习近平总书记给独龙族群众的两次回信和对独龙族干部群众代表的一次接见。作品也较为翔实地讲述了杨世荣（新中国成立后中国共产党派驻独龙江的第一批干部的负责人）、洪俊（云南少数民族社会历史调查组怒江傈僳族自治州分组副组长）、杨茂（独龙江地区第一所小学——巴坡小学第一任校长）、陈万金（独龙江中学创建初期教师）、李春富（独龙江中心学校教师）、曾哲（北京作家，在独龙江自费建立一所小学）、郭子孟（中共云南省委独龙江帮扶队副队长）、李航（驻村工作队队长）、余秋尚（怒江傈僳族自治州独龙江帮扶工作队队员）、龚婵娟（云南省文联干部，驻村第一书记、工作队队长）、杨文彬（云南省文联干部，驻村第一书记、工作队队长）等来自各民族的干部、教师和专家对独龙江的经济、文化、交通、商贸等方面的帮扶事迹。“羌笛无须怨杨柳，春风已度独龙江。”《独龙春风》是党和国家履行“全面建成小康社会，一个也不能少；共同富裕路上，一个也不能掉队”的庄严承诺的见证。作品从整体上呈现了独龙人千百年来反贫困斗争终获胜利的时代环境，以众多人物形象和感人事迹合奏出时代精神的交响乐。

历史性与时代性的展拓使《独龙春风》在报告文学的写作上探索出独特的经验。但近似于“有闻必录”式的手法，或许亦不无可商榷之处。

2022 年 4 月 12 日

渊博深厚　别具一格

——关于哲夫长篇报告文学《爱的礼物》

哲夫是一位知识渊博深厚的作家，这不仅体现在他一系列的小说中，也体现在长篇报告文学《爱的礼物》中。

《爱的礼物》是脱贫攻坚题材的作品，但与一般同类题材的报告文学相较，它非常别具一格。这首先表现在它浓郁的文学性上。报告文学作为一种非虚构文体，以反映生活真实为要旨和追求。但很多报告文学作者对报告文学文体存在绝对化和片面化的理解，他们往往直奔真实的生活现场，堆砌生活素材，而忽视了报告文学与新闻报道之所以区别开来的文学性和美学要求。当下不少报告文学包括脱贫攻坚题材报告文学，写得像政府工作报告或年终工作总结，这也是现在文学期刊编辑的一大苦恼。怎么写报告文学，报告文学如何既是真实的报告，又是美学文本和读者审美的对象，哲夫的这部《爱的礼物》可以说是示范之作，值得深深致敬。

《爱的礼物》的文学性，一方面是每一章节都以词开头，正文中亦穿插不少古代诗人和作者自己的诗词，文气蓊郁，气象森然。第一章《鼎食钟鸣全宇宙》，题目气势夺人，文中对世界范围内关于人类起源的各种神话传说、理论学说的涉猎和归纳，以文学的、诗意的方式呈现，也就是所谓的深入浅出。思想需要深刻，而言说需要浅显。“浅出”，我理解就是感性的、形象的、文学的呈现。另一方面，关于脱贫攻坚战，关于扶贫干部、贫困群众的叙写，哲夫也是出之以有趣的语言、生动的手法，字里行间有一种鲜活气息和盎然趣味。哲夫不就事论事，不被素材和事实囿限束缚，他还关注人物和事件所处的环境、情景，关注事实的前世今生，事实的延伸和衍生，从事实生发开去，发现新的事实和新的人物。比如作品中关于山西全省范围驻村第一书记群体的描写，特别是关于第一书记们对五台县驻村第一书记吕文忠家人因病致贫遇困而伸手相援故事的讲述，表现了一种宽广的视野和活跃的文思，增强了报告文学的艺术表现力和感染力。

《爱的礼物》是一部哲思深邃的报告文学。中国大地上轰轰烈烈的脱贫攻坚战是古往今来人类反贫困斗争历史最光辉灿烂的篇章。一亿左右的贫困人口实现脱贫，其意义并不仅仅是社会学、政治学和统计学的，在哲夫看来，它还是关乎生态学和人权学的伟大事件。

哲夫是以生态文明的理念和视角来观察、思考和书写脱贫攻坚的。一个地方的贫困总是与生态环境的破坏与恶化密切相关的，两者互为因果，恶性循环。作品中有这么一段话：“举凡贫穷落后之地，生态环境必然恶劣，富庶之地生态环境必然美好，所以生态扶贫，当为至要。”生态学的思考贯穿哲夫这部报告文学的始终。开篇《鼎食钟鸣全宇宙》看似东拉西扯的闲篇，其实是这部作品的文眼。历史上出现了众多关于人类起源的神话、假想，何其众说纷纭、莫衷一是。哲夫认为以“人类都是地球的子孙”一句话即可平息此纷争。土地养育了人类，然而人类一旦被土地所局限，便会无穷无尽地向土地索取。土地因此而贫瘠，贫瘠的土地决定了人的贫困命运。因此，人的解放不仅仅是政治上和经济上的解放，也是土地上的解放，是生态学意义上的解放。扶贫脱贫应该是生态扶贫、生态脱贫，是人与土地、人与自然告别榨取与被榨取、奴役与被奴役的关系，建立起和谐共生的关系。而一方水土和一国的脱贫虽然有意义，但意义有限，地球整体生态的保护，才是我们追求的终极目标。哲夫在作品中说：“中国再大也不过是地球村里的一亩三分地，村子里的风水坏了，邻里都会受害，所以保护这个村子里的生态环境就是保护中国的一亩三分地。光靠一个人不成，得抱团取暖，不光要为中国的老百姓服务，还要为地球村所有的人类服务。”哲夫深刻地理解中国共产党所领导和推进的扶贫事业，他在作品中还写道：“把扶贫放在人类发展的历史进程中和全球化语境下来认知，方知扶贫这个思路很不简单，与生态环境保护和人类命运共同体这两个思路，是互为连带，相辅相成，具有同一密切因果，是一步深思熟虑的大棋。”

哲夫还看到了精准脱贫的另一层意义：弱势者的权利和尊严。扶贫脱贫能否做到精准，也是一门大学问。只有精准，贫困群众才能真正脱贫；只有脱贫，弱势者才有尊严。但在中国，脱贫难，精准更难。哲夫在作品中说“中国农村是个家长里短的人情社会，鳏寡孤独贫困户是村里的弱势群体，村里有什么好处，多半会落入七大姨八大爷的手中，米没有选上，反便宜了糠皮儿，近水楼台让浮皮潦草得了月，则违背了扶贫的初衷”，精准扶贫“是一件涉及人类文明、人道、人权、改革开放红利的合理分配，关乎政党性质、社会原则、民生疾苦、国家鼎祚的莫大功德”。作品还描述了岢岚县为解决搬迁移民就业而成立的箱包厂和毛绒玩具厂的生产情景，作者感叹：“这些农家子女并不是天生只会挥舞锄头，摆脱土地束缚，给他们工作和创造的机会，他们手脑与城里人并无二致，同样灵巧美丽富有创造性，让你不得不赞叹造化的平等，自然的神奇，脱贫带来的形式的升华和内容的脱胎换骨。”但哲夫也不认为一朝脱贫，万事皆好。作品也叙写了一些扶贫对象的负面行为，表现了物质脱贫易、精神脱贫难的忧患意识。

哲夫还从爱的情感来理解扶贫脱贫的意义。他在作品中说：“中国安定了世界就安定了。中国政府脱贫攻坚奔小康不仅是送给本国贫困人口和地球生态的一个爱的礼物，也是送给全世界全人类的一个和平稳定的爱的礼物。”这也是作者深入一线采写脱贫攻坚事迹获得的思想升华。《爱的礼物》

虽然聚焦岢岚县，但也放眼和顺县、临县、五台县等地区乃至山西全省的扶贫事迹，可谓脱贫攻坚的山西篇。而他的思考，又超越了山西，而扩展到对扶贫事业的全国性和全球性意义的探讨，于是，他写下了一部心系天下的大气博厚之作。

作品的结构有些松散，致使语言稍欠洗练，这是作品的瑜中之瑕。

2021 年 5 月

《海权战略——郑芝龙、郑成功海商集团纪事》的新意

对于张培忠的《海权战略——郑芝龙、郑成功海商集团纪事》(以下简称《海权战略》)一书，我读后的感受首先是作家有强烈的爱国情怀和责任感。这是一本写海洋，写海权，写与海洋、海权有关的历史和历史人物的书。海权理论创始人、美国历史学家和海军战略家马汉在其《海权对历史的影响(1660—1783)》一书中说："一般说来，历史学家对海上情况知之甚少，他们有时对海洋既没有特殊的兴趣，又缺乏这方面的专业知识……因此，往往忽略了海上力量对重

大事件的深远影响。”其实不仅是历史学家，还有作家，尤其是中国作家中，对海洋有兴趣又有专业知识的也不多，这跟中国虽然是个靠海的国家，但更是大陆国家，大部分作家生活在内陆有关。所以，写海洋、写与海洋有关的历史和历史人物，写“海上力量对重大事件的深远影响”的使命，更多地要由沿海地区的作家来担当。进入全球化的21世纪仍然处于海权时代，海洋对一个濒海国家的生存和发展仍然具有决定性的意义。马汉100年前所预言的“海上力量决定国家力量，谁能有效控制海洋，谁就能成为世界强国”，也很适用于今天的中国。钓鱼岛问题、南海问题等，无不彰显着海洋对崛起中的中国和复兴中的中华民族的重要性与维护海权的迫切性。张培忠撰写《海权战略》这本书，是急国家之所急，想民族之所想，体现了一个作家放眼世界、心怀天下的大局观、大势观，体现了一个作家的广阔胸襟和高尚境界，体现了一个作家舍我其谁的爱国主义精神和极其自觉的公民责任感。

郑芝龙、郑成功海商集团的事迹应该说是比较广为人知的，虽然大多数读者不一定知道很多细节，但郑成功收复台湾这一事件是被写进了各种历史教科书的，有关的书籍资料也是林林总总。如果仅仅是把教科书上的历史书写或复述一遍，把众多史籍东挪西抄一遍，那就没有多大意义。《海权战略》这本书的新意，是作者从海权的争夺、海权的输赢，从中国海权战略的重要理论资源等角度来审视郑氏海商集团，来重新打量、重新思考那段历史。作品通过郑氏海商集团从无到有，从弱到强，又从兴盛到衰亡的历程，揭示了中华民族海权史上空前辉煌和悲壮的一页，总结了郑氏海商集团的海权经验、教训与启示。这是对历史的再现，也是对历史的重新理解和重新阐释。境界和眼界的拓宽，思想和理论的指引，使得这本书在叙事上另辟蹊径、别开生面，想到了人所不曾想，写出了人所不曾写。或者说，作者决定了写什么之后，也解决了怎么写的问题。作品把读者带回到17世纪的东海和南海，展现了茫茫海面滚滚波涛上舰船搏击、炮火隆隆的海战奇观。作者更从战略着眼，运用理论，对郑氏海商集团与中国海权的关系，对郑氏海商集团的兴衰成败及对郑芝龙、郑成功两人的性格优劣，细加解剖，说短论长。书中写到，郑芝龙之所以降清，乃因为他本质上是一个商人，一切战略行动都是以个人利益最大化为前提。而郑成功之所以坚持抗清复明，至死奉明朝为正朔，既因受到南明隆武帝的赐姓赐名荣宠，也因他从小习读四书五经，受到儒家忠君报国思想的熏陶。作者秉持纪实作品的真实性原则，对人物不隐恶，不溢美。对郑成功在壮志未酬、众叛亲离中郁郁而终的结局，作者在无限惋惜的同时，也客观地指出了其远因、近因和郑成功本人的性格缺陷。作者在书中还指出，郑氏海商兴，则中国海权强；郑氏海商衰，则中国海权弱。无论是国家力量层面，还是普通老百姓层面，都必须像当年郑成功一样，真正地懂海洋、知海洋、爱海洋，普及海权知识，强化海权意识，研究海权理论，推进海权实践，把海权战略上升到国家战略的高度上来认识和把握……视角的独到、视点的颖异，确实使人耳目一新，发人长思。作品有知识性和认识价值，更有思想性和启示性。

《海权战略》一书在叙事上也自有特点。它采取夹叙夹议的形式，对郑氏海商集团的往事一边娓娓道来，一边侃侃议论。作品语言明快流畅，干净洗练，文学的感性与理论的理性获得有机的融合。但如果在细节的丰富性和生动性上再充实一些，这本书作为纪实文学作品将更为当行出色。或者，把它当作一本历史读物，也很恰当。一部作品是否有价值，体裁其实无足轻重，重要的是内涵的厚薄和深浅。

2014 年 4 月 8 日

历史的见证　时代的心声

《向祖国报告——记全国少数民族地区决战决胜脱贫攻坚先进典型人物》(以下简称《向祖国报告》) 这本书的编辑出版，有着深远的意义。

2020年，现行标准下农村贫困人口全部脱贫，让贫困人口和贫困地区同全国人民一道进入全面小康社会，是我们党向全国人民作出的郑重承诺。中国的脱贫攻坚战艰苦卓绝，扶贫事业从20世纪80年代即开始。2012年，党的十八大明确了到2020年我国现行标准下农村贫困人口实现脱贫、贫困县全部摘帽、解决区域性整体贫困的目标任务。全国共派出25.5万个驻村工作队，累计选派290多万名县级以上党政机关和国有企事业单位干部到贫困村和软弱涣散村担任第一书记或驻村干部，贫困人口从2012年底的9899万人减到2019年底的551万人，贫困发生率由10.2%降至0.6%，连续7年每年减贫1000万人以上。打赢脱贫攻坚战，意味着我国1亿左右贫困人口实现脱贫，提前10年实现联合国2030年可持续发展议程的减贫目标。在这么短的时间内使这么多人脱贫，这是中华民族也是人类的一项历史伟业，对中国和世界都具有重大意义。

报告文学是具有新闻报道特点的文体，具有报告人物和事件的功能。报告文学集《向祖国报告》如实记录了中国脱贫攻坚战的艰苦历程，真实映现了中国这场波澜壮阔的反贫困斗争在民族地区的激流与浪花。因为历史、文化、地域等原因，我国民族地区经济发展大多呈滞后和不平衡状况，民族地区贫困人口众多，经济底子薄弱，扶贫脱贫形势严峻、工作繁重、任务艰巨。然而，也正因如此，才更彰显了脱贫攻坚的辉煌战果，以及千百万扶贫工作者的丰功伟绩。在此意义上，《向祖国报告》乃是与现实的脉搏一起跳动、与文明的步履相伴同行的文字，是历史的见证、时代的心声。

这本报告文学集不仅报告事件，更致力于报告人物，28篇作品，是民族地区脱贫攻坚先进典型人物的群像荟萃。中国的脱贫攻坚，是一个数十年方能决出胜负的大战役，也是一场场啃难啃的硬骨头的大小战斗。这一战役由党中央作出战略部署，数百万扶贫干部奔赴前沿阵地与贫困展开激烈较量。反贫困虽然是一场没有硝烟的战争，但同样是缠打苦斗，同样需要奉献牺牲。许多扶贫干部倒在了扶贫一线。数百万扶贫干部以激情甚至生命践行了初心使命，诠释了人生价值，更体现了民族精神，他们的言行与足迹是新时代动人的中国故事。习近平总书记指出：“脱贫攻坚不仅要做得好，而且要讲得好。”“宣传基层扶贫干部的典型事迹和贫困地区人民群众艰苦奋斗的感人故事。”《向祖国报告》就是这样一本力图将“做得好”的民族地区基层扶贫干部典型事迹“讲得好”的书。当然，其中也贯穿着民族地区少数民族群众艰苦奋斗脱贫奔小康的感人故事。28位作者以强烈的责任感和饱满的热情，投入脱贫攻坚先进典型人物事迹的采访和写作之中。

反贫困也是人类的当代重大议题。联合国秘书长安东尼奥·古特雷斯曾表示，精准扶贫方略是帮助贫困人口、实现2030年可持续发展议程设定的宏伟目标的唯一途径，中国的经验可以为其他发展中国家提供有益借鉴。《向祖国报告》一书，其实也是“向世界报告”，它是中国脱贫攻坚战的民族地区篇章，亦是人类反贫困斗争的中国经验的一部分。它为发展中国家如何在民族地区开展扶贫脱贫，如何帮助少数民族人民战胜贫困、告别落后、迈向文明提供了形象而生动的文本。

就报告文学的本体论而言，《向祖国报告》是多民族报告文学创作的新收获。来自各民族的28位作者，因这本书而聚集在一起，进行“同题创作”，这自然使各自创作的风格、手法和民族特色更为醒目地形成对比，更为集中和鲜明地呈现当下多民族报告文学创作的风貌。报告文学因其反映生活的迅速，而有“文学轻骑兵”之誉，作为短篇报告文学集，这本书尤其发挥了“轻骑兵”的作用。另一方面，《向祖国报告》所聚焦的主题十分凝重，因而这些报告文学作品又在一定程度上具有“文学重器”的能量。当然，并不能说这些作品皆为十全十美之作，但读者面对这些作品，在感佩主人公们的热血情怀、英伟事迹的同时，也品味其写作风格上的差异和技法上的得失，这本来就是阅读的应有之义。

《向祖国报告》这本书的选题策划和编辑出版，也体现了辽宁民族出版社的站位高度与责任担当。14亿人口的泱泱大国告别绝对贫困，全面实现小康，这是中国历史的大事件，也是世界历史的大事件。从不同的视角见证、记录和书写中华民族正在创造的这一人类历史的奇迹，当为中国出版界有识者所义不容辞的责任。这本书或可谓辽宁民族出版社在此方面的成果，令人赏赞。

2020年6月

追求对人物的独到发现

——长篇报告文学《新时代的青春之歌——黄文秀》读后

为了报告文学《新时代的青春之歌——黄文秀》的出版，作者林超俊和广西人民出版社倾注了大量心血，可感可叹。

林超俊是一位多才多艺的文艺家，在文学、戏剧、影视创作和编导方面都有成就。“时代楷模”黄文秀为脱贫事业献出宝贵生命，作为百色老乡，超俊是格外关切的，看他书中写的后记，就知道他那个时候每天关注与黄文秀有关的新闻，并“被文秀的事迹深深打动”。文秀的事迹，也很快引发超俊的创作想法。2019年7月11日，他通过微信给我发来他到黄文秀扶贫的百色市乐业县和她的家乡百色市田阳区采访的照片和感想。超俊说：“深入采访黄文秀事迹，天天都被感动……”“我们深入采访了上百人，做了大量的录音、录像和笔记，挖掘到了新闻背后更加生动的素材，可以创作出以黄文秀为原型的报告文学、影视剧、舞台剧等多种类型的文艺作品。但我不想把这当作一种快餐文化或者一件急功近利的事情来做，这样做对不起文秀的英魂，我还要再慢慢消化、构思、提炼，然后再变为文字，写成剧本……”我是编《民族文学》杂志的，想到《民族文学》也应该组织采写表现黄文秀事迹的作品，所以建议他先写成散文或报告文学，再改编成剧本。超俊欣然采纳。之后，他先在2019年12月创作出了朗诵诗《文秀啊，你是那只美丽的蝴蝶……》。2020年1月，辽宁民族出版社委托我主编《向祖国报告——记全国少数民族地区决战决胜脱贫攻坚先进典型人物》一书，我即向超俊约写一篇关于黄文秀事迹的报告文学，他在微信回复说关于黄文秀的报告文学他已经写了8万字，可以缩写成一篇1万字的文章给我。同年3月，我又收到他写的关于黄文秀的散文诗《蝶之梦》。之后，我请他也给《民族文学》写一篇关于黄文秀的报告文学。经过他再次修改之后，《民族文学》2020年第7期推出了林超俊报告文学《红土地上的秀美人生》，民族文学微信公众号同时推送，得到读者的留言和点赞。

长篇报告文学《新时代的青春之歌——黄文秀》由广西人民出版社出版后，超俊给我微信转发了作品问世的消息和文学评论家陈学璞的评论文章，还吐露了这样一番感慨：“我这一年来四处奔波采访，全是用周末和节假日的业余时间，全是自掏腰包，不为名，更不为利，就想尽力宣传好文秀，为广西争光。”

回顾以上跟超俊信息来往的经过，是为了说明《新时代的青春之歌——黄文秀》这部报告文学的创作及其引起的社会反响和读者好评，首先是因为作者对主人公的先进事迹付出了真心、投入了真情，有实意和实感。作者不是为了赶任务、应付差事创作这部作品，而是以一个文艺家对生活的真切感受，以一个中华人民共和国公民对牺牲在脱贫事业一线的“时代楷模”“感动中国人物”的景仰和挚情，含着泪水、流着汗水孕育出这部厚实力作。

真实是报告文学的生命，但真实或者说事实的采集和还原需要报告文学作家艰苦采访、艰辛劳动，还需要独到的发现。没有人生来就是英雄，伟大来自平凡，报告文学作家的工作，就是将英雄主人公从平凡走向伟大的足迹寻找出来、表现出来。这部报告文学显示了这种对独到发现的寻求。这不仅体现在关于黄文秀从童年到少年的成长过程的描写，还体现在书中一个难得的章节，就是对黄文秀硕士毕业论文论题的思考和阐发。黄文秀的硕士毕业论文，是通过对产生于明代的讲述伦理道德的壮族民间长诗《传扬歌》的分析，来探讨壮族传统文化中德育资源的开发问题。黄文秀对弘扬民族优秀传统文化和对伦理道德教育的热忱，与她毕业后奔赴脱贫攻坚一线，成为优秀的扶贫干部，成为为脱贫事业献出青春和生命的“时代楷模”，显然有一种内在的关联。因为人的伟大，来自关键时刻的行动，也来自高贵的精神世界。对人物的独到发现，是这部报告文学的文学性的一个显著特点。

当然，这部报告文学更是浓墨重彩地呈现了主人公黄文秀在脱贫攻坚一线艰难和顽强的奋斗，描绘出奋斗中的主人公单薄而又坚毅的身影，以及在平凡中闪光的精神。

决战决胜脱贫攻坚，告别绝对贫困，全面建成小康社会，这是中国历史的大事件，也是人类历史的奇迹。《新时代的青春之歌——黄文秀》从一个侧面、一个独特视角，见证了这一历史大事件和人类奇迹。这部讴歌时代楷模、向脱贫攻坚一线奋斗者致敬的作品，也体现了作者和出版社的历史在场的追求，体现了文艺工作者和出版工作者的时代使命感和敬业精神。

原载《广西民族报》2020 年 11 月 27 日

报告了一个高贵的人

——李朝全长篇报告文学《梦想照亮生活——盲人穆孟杰和他的特教学校》读后

李朝全长篇报告文学《梦想照亮生活——盲人穆孟杰和他的特教学校》(以下简称《梦想照亮生活》)，是一部既让人伤感又让人欣慰，既让人疼痛又让人振奋的作品，因为它向读者报告了一个与悲惨的命运搏斗的人，一个从黑暗走向光明的人，一个在卑贱的生活中追求人性的尊严并锻造出一颗高贵的心灵的人。

今天的中国正走在中华民族伟大复兴的大道上，历史上的中国或许从来没有一个时代像今天这样充满希望而又问题重重。而这部报告文学主人公穆孟杰的形象，在很大程度上排解了我们的忧虑，使我们重拾对人性和民族性的信赖与期望。因为，穆孟杰正是一个讲诚信、富于同情心和满怀大爱的高贵的人。从这个角度来看，《梦想照亮生活》是一部十分契合时代的需要和读者的需要的作品。

作者在题材的选择方面别具慧眼。就报告文学这一文体而言，题材具有特殊的意义，选好题材几乎等于成功的一半。但英模人物尤其是残疾人题材，并不被一些报告文学作家所青睐。李朝全显然认识到穆孟杰和他的特教学校这一题材所蕴涵的丰富价值和深刻意义。穆孟杰通过与命运顽强的搏斗，从一个被周围的人、被社会包括学校所抛弃的盲童，最终成为一个多才多艺而又充满爱心，能够救助许多相同命运的盲人的人，成为一个令许多健全人相形见绌并广受赞誉的人，是多么了不起。这样卑微地生活和奋斗、默默地工作和奉献的人同样是时代的英雄，是民族的脊梁。在这个人物的身上，有报告文学值得发现的价值，值得挖掘的富矿，因为报告文学既要关注那些耀眼的明星和轰轰烈烈的事件，也要将目光投向那些在平凡的甚至是卑贱的生活中自强不息的人群。在某种程度上，将笔触对准后者，或更能揭示出时代的正能量，更能表现出民族精神的沉潜伟力。因此，这部报告文学在题材的选择上其实是站在了时代的高度。

这部作品又具有一种社会反思和人性反思的意义。作品对盲人所遭受的轻蔑、歧视、侮辱、摧残乃至遗弃，多所着墨。这部作品也像一面镜子，照见了我们这个社会和我们每一个人的灵魂的角角落落。阅读这部作品，让人悲伤，也让人惊觉，让我们看清生活中许多所谓的健全人，距离真正的文明还有多远，距离心灵的健全还有多远。在理解和善待残疾人方面，也许我们还需要启蒙。

难得的是，作者是报告文学的研究者，又是身体力行的创作者。这部报告文学的写作艺术也别开生面。它表面上切入随意，语言平实，实际上十分讲究写作技巧。作品并没有从主人公的经历写起，而是先写盲人学校的孩子们，接着写特教学校的教师们，往下又写主人公的亲人们，然后才写主人公的人生遭遇和奋斗追求。先写前面的人与事，先表现主人公的善行善事的功效，更能激起读者了解穆孟杰这个主人公的愿望，从而强化读者的阅读专注力，也加强主人公形象及其精神境界与追求的吸引力和感染力。另一方面，作者所采取的比较平易和极具亲和力的叙述策略，是充分地考虑了读者大众，尤其是盲人读者的阅读口味的。为更多的读者，为残疾人读者而写作，让更多的人受到榜样的力量的激励和鼓舞，让阳光一样光明和温暖的梦想照亮每个人的生活和命运，体现了作者作为一个报告文学作家的社会担当和博爱情怀。

原载《人民日报》（海外版）2014年5月20日

倾情摹写雪域高原的壮丽乐章

——关于吉米平阶纪实文学《幸福的旋律
——西藏脱贫交响曲》

国务院新闻办公室2021年4月6日发布的《人类减贫的中国实践》白皮书显示，改革开放以来，按照现行贫困标准计算，中国7.7亿农村贫困人口摆脱了贫困。艰苦卓绝的脱贫攻坚战，是当代中国的反贫困斗争啃硬骨头、攻坚拔寨的最后冲刺。脱贫攻坚战的胜利，使现行标准下近1亿农村贫困人口全部脱贫，也使我国提前10年实现联合国2030年可持续发展议程减贫目标。摆脱绝对贫困，全面建成小康社会，是中华民族创造的当代传奇，也是人类社会历史的奇迹。

展现时代改天换地、山乡巨变的壮丽乐章，也在雪域高原西藏隆隆奏响。脱贫攻坚战使西藏62.8万贫困人口全部脱贫，74个贫困县（区）全部摘帽，综合贫困发生率下降到0。高海拔、高山深谷、边远封闭、自然灾害频发的西藏，真正彻底告别了绝对贫困，以崭新的面貌诠释了党和国家“全面建成小康社会，一个也不能少；共同富裕路上，一个也不能掉队”的庄严承诺。吉米平阶的纪实文学《幸福的旋律——西藏脱贫交响曲》(以下简称《幸福的旋律》)，即是对雪域高原这一火红壮丽的时代乐章的记录与摹写。占青藏高原面积一半以上、85.1%的地域在海拔4000米以上的西藏，素有“世界屋脊”和“地球第三极”之称。西藏是我国深度贫困和扶贫脱贫最难啃的“硬骨头”的“三区三州”中唯一的省级集中连片地区。西藏打赢脱贫攻坚战，关系到我国全面建成小康社会的全局，不仅牵动全国，亦令世界瞩目。反映西藏脱贫攻坚奋斗成就的纪实文学《幸福的旋律》，首先在这一意义上满足了读者的阅读期待。脱贫攻坚题材作品的创作虽然在2020年达到了一个高潮，但我认为作为中华民族和人类历史奇迹的中国反贫困斗争及其伟大胜利，亦即当代中国的扶贫脱贫事业，将是一个恒久的题材，还将不断地召唤更深刻、更厚重和更具史诗品格的文学作品。另一方面，作为我国西南边疆，西藏彻底摆脱绝对贫困问题，与全国一道全面建成小康社会，还具有治边稳藏的战略意义。从已有的创作来看，《幸福的旋律》这部反映西藏脱贫攻坚历史进程的纪实文学，在题材上的特殊性和重要性，仍是十分显而易见的。

更难能可贵的是，《幸福的旋律》作者吉米平阶是西藏扶贫脱贫事业的亲历者和见证者。自2011年以来，他或驻村，或深入日喀则、昌都、那曲、阿里、拉萨等地农牧区采访，亲身投入或目睹西藏短短几十年跨越上千年的历史发展实践。真实的经历、切身的体会与倾情书写，成就了这部立体可感、令人信服地反映西藏扶贫脱贫巨大成就的作品。

这部作品首先是以“实”感人、以“实”打动人。并不是冠以纪实文学之名就能感染和打动读者。这部作品的“实”不仅有作者对西藏扶贫脱贫的实地采访，更有作者驻村的真实经历。事实上，写得最“实”也最生动的还是作者驻村经历这一部分，亦即作品第一章《昌都：一个村庄的故事》。这一章叙写2011年10月，作者带领西藏文联的12名同事进驻藏东昌都地区（今昌都市）八宿县林卡乡叶巴村、尼巴村、普龙村，开始驻村工作与生活。一年多的驻村，点点滴滴、酸甜苦辣，使作者获得了前所未有的新鲜而又深刻的人生体验。他对偏远的藏东农村，从不熟悉到熟悉，从肤浅到比较深入地了解。对西藏农牧民的感情，也从模糊到亲近，乃至把遥远的叶巴村当作了自己生活中不可分割的一部分。读者随着作者的笔触，首先对西藏乡村有了“点”的了解，也对藏族农牧民的现实生活有了具体的见识。应该说，独特的地理环境和历史文化，使西藏对一般读者来说是一个遥远和神秘的地方，反映西藏生活与风情的作品，最吸引一般读者的是其认识价值。因此，《幸福的旋律》这部作品的“实”的描写是极具魅力和吸引力的。

其次，这部作品以情投入、以情抒写、以情引人共鸣。扶贫脱贫是人与贫困的较量、人与贫困的斗争，但也是扶贫工作者与扶贫对象的结对，是人与人的交流、人对人的理解，实际上就是情感的投入、情感的互动、情感的呼应。扶贫是物质的扶贫，扶贫也是志气与智力的扶贫。然而，无论是物质扶贫，还是扶志与扶智，都离不开一个“情”字。伟大的脱贫攻坚事业，凝聚着党和国家对人民的深情，也体现着无数扶贫工作者对贫困群众的厚谊。这部作品的第一章写了作者亲历的叶巴村建学校、修水渠、驻村工作兼任村医、成立爱国卫生运动委员会并增加保护妇女权益职能、藏历年每家发300元过节费、驻守夏季牧场……这些既是党和政府对群众的关怀，也是驻村工作队与藏族群众打成一片、奋斗在一起的写照。第二章《日喀则：珠峰脚下的梦想》和第三章《阿里：高原新牧歌》，更是集中描写西藏基层党组织和党员干部团结带领群众致富，推动脱贫攻坚各项任务落地生根、开花结果、取得实效的故事。王朝、魏伟、巴桑、米次、旦增欧珠、阿旺久美、多吉索、扎西顿珠、久美、黄小龙、占堆、李熙斌、尼玛伟、尼玛顿珠……这些或是派驻或是当地的乡村党组织负责人和党员干部，他们牢记初心使命，发挥聪明智慧，抛洒心血汗水，与群众同甘共苦，带领群众闯出致富路，走上小康大道。作品也写出了贫困群众在党和政府的关怀下，在扶贫干部和基层干部的帮助下，觉醒觉悟，昂扬奋斗，脱贫脱困成为“高原新牧民”、创造“高原新传奇”的崭新风貌。叙写这些人物，讲述这些故事，使作者的心中涌动着感情，笔端也润含着感情，字里行间荡漾着情感……阅读《幸福的旋律》，读者能领略到这是一部用力更用情创作的作品，能感受到这部作品之意重情更浓。

这部作品又是十分用心之作。《幸福的旋律》全书以交响乐结构的形式布局谋篇，显示了一种写作艺术上的精心与匠心。全书以“序曲”、四个“乐章”和“尾声”组成，读来似有交响乐从展开到高潮而又回旋往复之感。这样的结构，使西藏扶贫事业和脱贫攻坚战从点到面脉络清晰，从艰难走向胜利气势恢宏。这些文字的交响，犹如西藏天翻地覆历史性巨变的折射，又似雪域高原正在高奏的时代壮丽乐章的回声。

2022 年 6 月

精彩讲述的北方故事

——温欣华长篇报告文学《红山口回响》序

神州大地轰轰烈烈的脱贫攻坚战已经打赢，摆脱了几千年来梦魇一般缠绕的绝对贫困的古老中国，焕发了新的风貌和气象，正在民族伟大复兴的快车道上高歌猛进。

然而，脱贫攻坚战中涌现的感人肺腑的英模事迹、激发的坚忍执着的民族精神，正是文学的富矿，仍有待广大作家的深入采掘。脱贫攻坚战是新时代的一个重大事件，全国共派出25.5万个驻村工作队，累计选派290多万名县级以上党政机关和国有企事业单位干部到贫困村和软弱涣散村担任第一书记或驻村干部，实现了1亿左右贫困人口的脱贫，提前

10年实现联合国2030年可持续发展议程的减贫目标。联合国秘书长古特雷斯表示，中国的经验可以为其他发展中国家提供有益借鉴。如同中国历史上的相关重大事件一样，中国这场举世瞩目的反贫困斗争，之前、现在和今后都是文学创作的恒久题材。温欣华的长篇报告文学《红山口回响》即是其中之一的印证。

《红山口回响》讲述的是内蒙古自治区乌兰察布市脱贫攻坚的故事。乌兰察布系蒙古语，意为“红山口”，这也是这部报告文学的书名的由来。乌兰察布地处中国北部，内蒙古自治区中部，北部与蒙古国交界，国境线长100多公里。内蒙古自治区所辖12个盟市中，乌兰察布是距首都北京最近的城市，是进入东北、华北、西北三大经济圈的交通枢纽，也是中国通往蒙古国、俄罗斯等国的重要国际通道。然而，乌兰察布一度成为内蒙古自治区最贫困的地方，到21世纪初，贫困人口达到5.96万人，占内蒙古自治区贫困人口的46.2%，是全区贫困程度最深、脱贫任务最重的盟市之一。温欣华为了写作这部报告文学，深入商都县、化德县、察右后旗、察右中旗、察右前旗、四子王旗6个旗县34个行政村（嘎查），走访了126名贫困群众、基层干部、驻村第一书记和村干部，掌握了厚实的创作素材。

应该说，脱贫攻坚题材作品这几年发表和出版了相当数量，然而，中国幅员辽阔，贫困地区千差万别、情形不一、特点各异，因此这也是后续脱贫攻坚题材作品的新鲜感可持续的原因之一。温欣华的这部报告文学，也十分可贵地呈现了内蒙古草原地区的扶贫脱贫经验，以其题材的独特性充实和丰富了脱贫攻坚题材的文学创作。

《红山口回响》首先聚焦扶贫对象，人民至上、以人民为中心的理念在她的创作中得到切实践行和体现。她对扶贫对象、对困难群众的困苦感同身受地寄予深深的同情，作品中关于王智、侯玉莲老奶奶、李平老汉等贫困户的悲苦境况的描写催人泪下。作者更以激动和欣喜的笔触，表现了贫困户们在党和国家政策的关怀与扶贫干部的帮助下终于脱贫脱困，过上小康生活。温欣华还注意发现和叙写自立自强的扶贫对象。她笔下的张利娜姑娘，就是一个以顽强的毅力改变了自己和同类人生活的残疾人。张利娜是先天性髋关节脱位患者，但她胸有志气，学会了刺绣和利用丝带、丝绸编织各种工艺品，并从互联网找到销售渠道，获得了可观的收入，满足全家人的生活开销，并找到了自己的配偶，生下了一个可爱的儿子。张利娜凭着自己的智慧和勤劳，赢得了做人的尊严。但心存大爱的她还希望残疾人兄弟姐妹们也能走上自立自强之路，因此在县劳动就业服务中心与县残疾人联合会的帮助下，成立了乌兰察布市启航手工艺品有限公司（以下简称启航公司），安置了35名残疾人就业，其中16名是建档立卡贫困户。之后，她又成立化德县残疾人互助协会，为更多残疾人及其家庭提供帮助。启航公司还为乌兰察布市残联推选了8名残疾人运动员，在内蒙古自治区第五届残疾人运动会上，他们分别夺得了优异成绩。作品通过张利娜的励志故事，颂扬了一种身残志坚、顽强不屈，在苦难和绝境中逆天改命，以积极进取的拼搏和奋斗实现人生价值的勇气；也通过对张利娜致富不忘残疾人群体、带领残疾人一起过上有自信和尊严的生活事迹的书写，展现了一种博爱的情怀与美好的人性，读来令人深深感动。

温欣华在这部报告文学中，更浓墨重彩地记录和呈现了在脱贫攻坚中发挥主要作用的扶贫工作者群体的艰苦奋战和精神风貌。高永强、王平、张玉涛、董裴、王世新、江涛、韩国强、唐成杭、董裴、刘龑等驻村第一书记、工作队队长和扶贫队队员们的主导作用，王仓、付秀梅等本村本土的村支书、村主任们的带头作用，黄兆文、谷守江、井明、李俊龙等外来的与本土的企业家的支持作用……扶贫工作者们依靠党和国家的扶贫政策，八仙过海，各显神通，发挥聪明智慧，以自己的满腔热血和倾情奉献，使一户户困难群众摆脱贫困，过上小康的生活。扶贫工作者们不仅管“医贫”，还管医病。当读到商都县小海子镇麻尼卜行政村患有先天性足内翻缺陷的小男孩袁刚，在驻村第一书记、工作队队长董裴的帮助下得以治愈，“像别的孩子一样活蹦乱跳地跑起来”；当读到察右后旗大六号镇丰裕行政村患有股骨头坏死的村民陈祥在驻村工作队队员刘龑（后提拔为驻村第一书记、镇党委委员）的帮助下，得到手术治疗，不久后恢复站立行走……令人不禁热泪盈眶，感叹扶贫工作者是新时代最可爱的人。

这部报告文学在写作上带有一种诗意的色彩。作者婉丽细致的文笔，在表现脱贫攻坚的同时，也书写历史文化与民俗风情，力图描绘出一幅“处于内蒙古高原和黄土高原交界带上的乌兰察布独特的社会风貌和民俗风情，既有草原的苍茫辽阔，又有中原的深邃厚重”的雄浑画卷。温欣华在报告文学文体上的自觉探索，使得这部作品与当下一些“有报告无文学”或“有报告少文学”的“报告文学”拉开了距离，显出了层次，升华了艺术质量。此亦特别可嘉可喜。

是为序。

2021 年 11 月 25 日

铁人精神与中国故事

——关于报告文学《三代铁人英雄谱》

《中国作家》(纪实版) 2021年第6期推出的三篇报告文学组合《三代铁人英雄谱》，非常有创意。大庆精神、铁人精神，蕴含的是中国精神、中国价值、中国力量，是中国精神、中国价值、中国力量的一种鲜明标识和体现。颂扬大庆精神、铁人精神，就是不断讲好中国故事、传播好中国声音的题中应有之义。

以“爱国、创业、求实、奉献”为内涵的大庆精神是当代的民族精神，是中华民族精神的重要组成部分；而铁人精神是大庆精神的具体化、典型化、人格化，“铁人”王进喜和他的继承者，是大庆精神的完美践行者和弘扬者，是石油工人和整个中国工人阶级的杰出代表。宋明珠的报告文学《端水打井的人》，生动地再现了第一代“铁人”王进喜的精神世界和光辉事迹。崔英春的报告文学《心血作灯照荒原》，于晓宇、王剑飞、王冰的报告文学《千难万险，吾往矣》两篇作品，是对第二代“铁人”王启民、第三代“铁人”李新民的描写。

以第一代“铁人”王进喜为主人公的文学艺术作品，已为数甚多，应该说这给宋明珠写作《端水打井的人》这篇作品带来了难度和挑战。但她知难而进、迎难而上，给读者交出了一篇十分出色的作品。作者紧紧抓住王进喜为国分忧、为民族争气的爱国主义精神，“宁可少活20年，拼命也要拿下大油田”的忘我拼搏精神，“有条件要上，没有条件创造条件也要上”的艰苦奋斗精神，“干工作要经得起子孙万代检查”“为革命练一身硬功夫、真本事”的科学求实精神，“甘愿为党和人民当一辈子老黄牛”的奉献精神，紧扣王进喜带领1205钻井队人拉肩扛卸运钻机、端盆提桶运水抢开钻、跳进齐腰深的泥浆池用身体搅拌泥浆制服井喷等主要事迹，并力图呈现王进喜充满个性和幽默色彩的语言，充分还原了“铁人”坚忍、自强、乐观、不知疲倦的精气神。作品还注意表现王进喜对母亲的孝顺和歉疚之情。铁骨柔情，更深刻和更丰富地刻画了王进喜的人物性格，使人物形象更丰满、更打动人。

第二代“铁人”王启民是知识分子，是石油领域的科学家。《心血作灯照荒原》别具匠心地描绘了外表清秀、身体病弱但内心十分强大，对石油事业有着痴迷和炽热的爱的人物形象。王启民哪里都不去、一辈子要扎根大庆油田的奉献精神，令人印象至深，备受震撼和感动。

新一代“铁人”李新民也是视井如命、视油田为魂，1205钻井队在他的带领下实现了王进喜“把井打到国外去”的夙愿，实现了从国内扛红旗到海外立标杆的历史性跨越。在海外钻井，不仅苦和累，而且还可能随时有生命危险。恐怖袭击、枪林弹雨，竟然与钻井相伴相随。《千难万险，吾往矣》就此表现了主人公李新民内心的自我叩问：“是呵，值得吗？值得的！如果祖国石油事业的飞速发展需要有牺牲，1205队定会一马当先；而1205队要有牺牲，他李新民会一夫当关！”作品表现了新的历史时期、新的历史条件下我国石油工人的新风貌，以及大庆精神、铁人精神的新特点和新发扬。

三篇报告文学都不长，这也是一个亮点。当下报告文学有越写越长的趋势，不管有没有必要，都往长的写。但这三篇作品不以字数论短长，而是以不多的篇幅，专注于人物性格的揭示和人物形象的塑造，抓住了报告文学的根本，所以作品中的人物能被读者鲜明而深刻地记忆，散发着浓浓的魅力和感染力。

2021年6月

集体主义与大写的人

——读王立新长篇报告文学《明星书记
——一个发生在中国当代山村的感人故事》

王立新的长篇报告文学《明星书记——一个发生在中国当代山村的感人故事》(以下简称《明星书记》)具有一种超越文学的现实意义。在拜金主义、享乐主义盛行，道德沉沦和权力寻租等腐败现象屡见不鲜的今天，这部作品所表现的主人公——河北省迁安市石梯子沟村党支部书记史明星坚定的思想信念、超拔的精神境界、高尚的道德情操和正直的人格特质，对颓靡的世道人心是一种极大的冲击和震撼。作品让读者见识了一个偏僻山村里的道德楷模、人生榜样，见识了一个大写的人。史明星的事迹对当下社会现实的引领作用，已不是文学的意义所能完全涵括。

《明星书记》又是一部颂扬集体主义精神、描写集体主义成就和表现集体主义魅力的报告文学，这使它成为一部很前沿的作品。它以史明星这样一个人物，以石梯子沟村这样一个个案，为集体主义作了辩护和伸张。石梯子沟村由穷变富，由共同贫穷变成共同富裕，就是因为坚持了集体主义，坚持了村办企业的集体所有制，坚持了走共同富裕的道路，坚持了分配上的公平与正义原则。作品中写到，在全国刮起的国有企业改制的风暴中，石梯子沟采石场因为是集体企业，所以首当其冲，面临着解体的前景。是像某些国有企业那样进行改制，将集体的财产分给个人，还是继续坚持集体经济，巩固共同致富的成果？不仅村民议论纷纷，有的大款个体户更是虎视眈眈，而且有的上级领导也劝史明星："大势所趋，还是改了吧！"但史明星不动摇。他认为："资源型企业有着特殊性，一旦改制变成私营企业，富的只是个别人，而绝大多数老百姓则失去了经济来源，这种改制实际上是断送了广大群众共同富裕的利益和前程。这个环扣绝不能松！石梯子沟的山场是全体村民的，姓'公'绝不姓'私'！今天如此，明天如此，将来更是如此！"史明星顶住来自各方面的压力，坚持了企业的集体所有制。作品还引用了史明星的儿子史小虎的口述："现在想来，如果不是坚定选择和正义坚守，石梯子沟村不可能有今天共同富裕的幸福生活。"作品通过对主人公事迹的描写，让读者看到，集体主义不只是一个口号、一种主张，还是一种身体力行的实践。"当村干部要有远大的理想，同时也要对村民多做思想教育工作，使他们也有一个理想和目标。这些年来，我们村班子成员考虑事业，总是把个人的利益放在一边，不考虑个人的得失。不然的话，我们集体采石场也坚持不到今天。我们的口号是：有福大家享，有难干部当。过年过节从不忘老干部、老党员和弱者。现在我们村民给集体干活儿从来不讲价钱，给多少是多少。特别是共产党员、村民代表在各条战线上起模范带头作用。”史明星但凡有好事总是想着他人，而忽略了自己的家人，更忽略了自己，这种利他和无私，正是对集体主义的一种自觉践行。

在发展市场经济的今天，王立新这部报告文学以一个来自农村基层的鲜活的个案，为如何坚持和发展集体主义提供了自己的论点和论据。它让读者从一个侧面看到了真实的国情和民情。在这个问题上，作品没有滔滔的政论和雄辩，但它以事实、以真实呈现了集体主义对当代中国的价值和意义。

这部作品的副标题是“一个发生在中国当代山村的感人故事”。在写法上，它也是一部很善于讲故事的报告文学。或许有人认为，只有小说等虚构作品才讲故事。其实，叙事作品都是在讲故事。因为人类的经验可以说是在故事中才能更有效地交流。报告文学作为叙事体裁之一，当然也需要讲故事，也需要把故事讲好。写人物的报告文学，需要在有趣味的故事中表现人物和塑造人物。王立新对这个问题颇有领会。这部作品是从史明星帮助过的保定市曲阳县农民卢双县的故事讲起的。作品开端即写史明星逝世，本村干部和村民都万分震惊和悲痛，而卢双县这个外乡人风尘仆仆地赶来为史明星吊唁，为作品讲述史明星的故事开了一个极为生动的好头。作者为了讲好史明星的故事，还充分调动了各种艺术手段，有的篇章以全知视角描写人物，有的篇章通过他人的口述来回忆人物。在史明星逝世前的8天和逝世当天，则是以日记的形式来记录进入生命倒计时的主人公的一言一行。作品临结尾的《特殊的决定》一章，又写卢双县负责修筑史明星的墓地。这种对主人公故事的讲述方式，其实体现了作者对作品结构的完整性的思考。同时，作品中人物的语言极为本色和质朴，作者对人物不人为拔高，而是以一种比较通俗的、平实的叙述来创作作品，也强化了主人公故事的真实性和感染力。在写先进人物的报告文学中，王立新的这部《明星书记》有其鲜明特点。

原载《文艺报》2012年7月11日

家史映现大历史

——读彭蜀湘长篇纪实文学《家事连绵也峥嵘——我的母亲和志愿军家属队》

彭蜀湘的长篇纪实文学《家事连绵也峥嵘——我的母亲和志愿军家属队》(以下简称《家事连绵也峥嵘》)，我几乎是一口气读完的。该书23万字的篇幅，却带给我这样的阅读感受，固然有作者虽系文学家妻子此前却未见有任何文学表现，故而令我感到惊奇的成分，但更主要的原因，是作品本身的魅力。

这部作品书名中的“家事”，改为“家史”或许更贴切。因为它叙述的不是当下，而是过去了半个多世纪的家事，时间赋予了这些家事以历史的性质乃至容貌。所谓历史，分析来看，既包括社会史、民族史，也包括无数的个人史、家庭史。事实上，一些普通阶层的个人史和家庭史，总是与时代的大事件有着很多的牵连，在这些个人史和家庭史中，映现着国家的、民族的乃至世界的大历史。《家事连绵也峥嵘》就是这样一部家史映现大历史的作品。

《家事连绵也峥嵘》虽是一部文学作品，却具有历史品格，甚至还揭示历史事实，提供历史见证。读者从中既获得文学审美的熏陶，也获得历史知识的增进、历史视野的扩展，受到历史的启发、教育和激励。该书的副标题“我的母亲和志愿军家属队”，即提示了该书内容与抗美援朝这一段历史的关系。《家事连绵也峥嵘》以民间的视角描绘了这场战争的“大后方”的景象。虽然前后也涉及解放战争时期与开垦北大荒的生活，但作品的主要笔墨是聚焦于抗美援朝这一阶段。作者以第一人称，描写其担任汽车团班长（后在战场上升任排长）的父亲奉命随部队赴朝作战后，母亲被编入志愿军家属队的经历。

作品从家属队的特殊视角，表现了战争的进程和战争对当时中国社会现实触及的深度和广度。通过家属的转述，或通过耳闻当事人的述说，披露了朝鲜战场上的一些惨烈情景，呈现了志愿军官兵在战斗中的勇敢和智慧。如作品中关于志愿军汽车兵冒死执行运输任务的描写，读来令人惊心动魄又无比感慨。战争初期，志愿军汽车部队饱受天上没有飞机、地上没有大炮掩护之苦，成为飞机疯狂轰炸扫射的活靶，志愿军汽车损失率刚开始就达到百分之四十，作者父亲的许多战友入朝不久即一个个车毁人亡。而父亲之所以成为战争中的幸存者，更多的不是靠运气，而是靠英勇机智和娴熟的驾驶技术。父亲以走走停停，或急刹车或急加速的变速运动方法，与敌机飞行员斗智斗勇，硬是逃过一次次的敌机低空扫射。

在汽车路两旁有一万多人站岗，飞机来了就打信号枪，司机听到就躲着走，或者找个地方把汽车藏起来。同时，把汽车路加宽，又修了许多新汽车路，汽车开过来开过去，畅行无阻。美国学者贝文·亚历山大在《朝鲜，我们第一次战败》一书中说，最令人感到沮丧的是，中国人用少得可怜的武器和令人发笑的原始补给系统，居然遏制住了拥有大量现代技术、先进工业和尖端武器的世界头号强国美国。《家事连绵也峥嵘》对属于贝文·亚历山大所说的"原始补给系统"的志愿军汽车兵在战斗中的英勇表现的生动描写，无疑从一个侧面丰富了抗美援朝史。历史固然需要粗线条的勾勒，但也需要细节的充实，因此，《家事连绵也峥嵘》一书对历史叙述的贡献是显而易见的。

文学与历史学的不同，在于历史学关注的是历史事件，而文学关注的是历史中的人。《家事连绵也峥嵘》一书对历史岁月中的人的刻画更为注重，也别具眼光。作品述说了母亲及其他志愿军家属们在抗美援朝战争期间对战争前线亲人生命安危的担忧、焦虑，对有关亲人信息的期盼、渴望，对等待亲人的忍耐、煎熬，对亲人牺牲的痛苦、悲伤……比起之前同类题材作品的高亢基调和浓厚的意识形态色彩，这部纪实文学更具人性的深层烛照与洞察。这使得过去同类题材作品中不多见的人物情感与时代情境，也更具历史的真实性与深刻性。它揭示了为了赢得抗美援朝战争的胜利，中国人民除了付出生命的牺牲，还付出了精神的、情感的巨大代价。作品中的这些令人感到沉重和压抑的描写，时刻彰显着民族精神的坚毅和强韧，也让人深思战争的残酷与和平的可贵。

《家事连绵也峥嵘》虽然是作者的处女作，文笔尚有待成熟，但其不夸张、不煽情、朴实无华的叙述方式，使作品以一种亲切感拉近了与历史的距离，时时打动读者的心弦。同时，作品中所体现出来的作者真诚的情感，以及采访创作过程中的大量精神投入，也使作品具有极强的感染力。

原载《文艺报》2012 年 11 月 2 日

浓情绘写一代代茶人的群像

——关于报告文学《中国宁红》

徐春林的长篇报告文学《中国宁红》从三个方面给予我阅读的触动。

首先是它的知识性和认识价值。茶、茶产业和茶文化是中国所常见，中国人所熟悉、所享受的，但中国的茶叶品种众多，茶区各异，衍生出各具特色、异彩纷呈的茶文化。茶文化并不是抽象的、笼统的，茶文化总是跟地域文化融合在一起，是地域文化的一个组成部分。因此，每个品种的茶所形成的茶文化，都有独特的个性，都形成了关于自身的知识，都具备一种认识价值。而《中国宁红》首先是在这一点上满足了读者的阅读需求。关于宁红茶的来历、味道，以及它的生产和行销，作品都能够以一种生动的、让人兴趣盎然的叙述交代给读者。知识的增进、视野的放大，给人以一种阅读的愉悦。

其次是作品写出了宁红茶所蕴含的人文内容。茶是一种饮料，但对中国人来说，茶又不是一种单纯的饮料，而是一种文化饮料。中国人喝茶，讲究“品”，不仅品茶的自然味道，更品茶的文化韵味。上品的茶是山川大地毓秀钟灵的结晶，也是历史文化氤氲熏陶的结果。以茶为题材的文学作品数不胜数，但其中的佼佼之作都沉淀着历史人文的元素，散发着浓郁的文化馨香。宁红茶是有历史、有故事的，而且是大有来历、大有讲究的，报告文学《中国宁红》注意发掘历史、发掘故事、发掘宁红茶的来历和讲究。也就是说，它找到了很好的讲述宁红茶的方式，即钩沉修水的历史，呈现修水的地域文化。从人文地理的意义来说，修水也是一块文化宝地，自唐代至清朝，共有进士201人，北宋双井村就出了48名进士。修水是宋代开创江西诗派的诗人和“宋四家”之一的书法家黄庭坚的故乡，近代以来，还孕育了陈宝箴、陈三立、陈衡恪、陈寅恪一门三代四杰。这部报告文学在寻觅和追溯宁红茶的历史联结和文化蕴含上，的确下了很多的功夫。采访和搜集史料，双管齐下，齐头并进，并且还要有一股锲而不舍的精神和韧劲，才会有今天读者看到的作品这样的成色。这是需要再三向作者致敬的。

最后是作品描写了宁红茶一代代茶人的群像。正如作品中所说的：“茶的故事，其实就是人的故事。”“‘茶’字被解构成‘人在草木之间’，将更深厚的情感，寄托于创造它们的茶人。”作者显然十分明了并且抓住了写好宁红茶故事的关键。茶人的故事在作品中有十分生动的讲述。宁红茶第一代茶人罗坤化、第二代茶人郭敏生、第三代茶人莫雪岷兄弟的故事富于传奇色彩，也散发着历史的魅力。宁红茶在第一代茶人罗坤化的手中赢得“茶盖中华，价甲天下”的盛誉，在第二代茶人郭敏生的手中摘得巴拿马博览会甲级大奖章，在第三代茶人莫雪岷兄弟手中获得了“宁红不到庄，茶叶不开箱”的声望。作品还写了诸如俞学文、徐翌利、吴文胜、吴章金、俞旦华、李冰池、李新华、桂普群等宁红茶的当代传人，力图通过他们的事迹揭示和呈现“一代又一代地坚守着传承，才使得宁红茶精巧技艺得以熠熠生辉”的宁红精神。

不足之处在于，作品的人物描写缺少一种均衡感，有的描写较为详细，有的只是匆匆交代，尤其是关于宁红茶的现当代传人的讲述，没有像对第一、第二、第三代茶人的表现那样的神韵。这是这部报告文学的一点遗憾。

2021 年 6 月

爱的感情的流贯和燃烧

——关于长篇报告文学《特殊使命——宁波援建青川纪实》

夏真、王毅合著的长篇报告文学《特殊使命——宁波援建青川纪实》(以下简称《特殊使命》)，是一部视角独特的作品。关于汶川大地震，我们已读过很多写现场抗震救灾的作品，但写援建，写一个经济发达城市的大规模的援建，这本《特殊使命》可能是第一部。

但刚看到书的时候，我有一点迟疑，觉得写援建，而且是集体的援建，能出得了彩吗？会不会是好人好事的简单的概括和总结？但读下去后，我被吸引住了，感到这是一部很有可读性的报告文学。

这部作品的吸引力在哪里？首先，全书流贯着一种爱的感情，燃烧着一种对生活、对未来的希望。众所周知，汶川大地震的惨烈是罕见的，近十万生命逝去，许多个家庭突遭家破人亡的灭顶之灾。面对这样残酷的现实，幸存者怎么办？全国同胞又应该为地震灾区群众做些什么？这部报告文学紧紧抓住了这两个问题。两位作者怀着爱的感情，写出了宁波市党、政、军、民对灾区人民的大爱，写出了他们以大爱去鼓舞灾区群众勇敢面对困难和不幸，对生活和未来永远保持信心和希望。正是这样的爱心和希望，打动了读者。

《特殊使命》令人感动，也令人信服地展现了宁波市上上下下对地震灾区人民的一片赤诚。作品写道，2008年5月13日，也就是汶川大地震发生的第二天上午，宁波市委就紧急召开市委常委会议，迅速作出帮助四川抗震救灾的三条决定。宁波市向四川省表示，灾区有什么需要，宁波人民将全力以赴去满足。在短短几天时间内，全市捐钱捐物达到8.26亿元，约占全国总数的1.45%、浙江省的20%。地震后的第15天也就是5月27日，宁波市委、市政府又召开会议专题研究四川援建工作，讨论宁波对灾区搞对口援建，拿出1亿~3亿元资金，帮助灾区重建。宁波市还请四川方面确定一两个乡镇，由宁波出钱出物出力，帮助灾区重建家园。6月8日，国务院第526号令下达，决定全国18个省市对口援建灾区。也就是说，宁波市作出的对口援建四川灾区的决定走在了全国的前面。这部作品让我们看到的是，宁波市的各级领导干部和广大群众对灾区人民的火热心肠和满腔真情。这就是一种同胞之爱、一种民族大爱。

这部报告文学敏锐地捕捉和表现了这种同胞情、民族爱。

作品对同胞情、民族爱的书写，不仅是关注宁波市党政领导的决心、决策，而且也关注每个援建者的内心状态和具体行动，关注他们所面临的重重困难和千方百计地克服困难。书中写到了前往青川县的险恶可怕的交通状况。汶川大地震后两年来，4万多次余震大多数发生在青川，每天都有少则一两次、多则四五次的余震。对于援建者来说，这里气候不适应、水土不服、没有厕所、苍蝇多得像一队队嗡嗡叫的轰炸机，还有比苍蝇更可怕的“黑蟆子”。援建还有严格的时间要求，还有那里的石头不能用、沙子不能用、树林不能用的恶劣地质条件与植被条件。更难的是做拆迁钉子户的思想工作。像书中写到的乔庄镇四龙村上坪社农民关小合，一开始死活不愿搬迁，宁波援建干部王本久不忍心让当地拆迁公司搞强拆，向指挥长请求延长两天时间让他做做工作。结果，王本久跟关小合整整谈了48个小时！在这48个小时里，王本久几乎没有合过眼，也没有吃过东西……这种艰难，让这些来自沿海发达城市的宁波人来承受，凭的是什么？凭的就是一种对灾区人民的深深的同情，一种发自内心深处的同胞情、民族爱。作品对这种大爱或者说对“宁波援建模式”的书写和展现，不仅仅是对援建者们的咏赞，而且是对读者的感染、启示和教育，是对民族精神的发现和深揭，也是对民族精神的构建和培养。

读这部作品的另一个大的收获，就是知识的增量。也就是说，作品有很强的知识性。没读之前不觉得，毕竟这不像关于航天或关于国防科技的那些报告文学，还没读就可预见它们的知识性。而灾区援建能有什么知识？但两位作者通过深入的采访和挖掘，在作品中让我们看到了援建所涉及的心理学、建筑学、园林学乃至会计学等知识。这些不是理论知识，而是实践知识，让人大开眼界，有一种意外的收获。

这部作品还有一个可贵之处，就是它不是以一种居高临下的视角俯视灾区群众，不是把人物简单地分成援建者与受援者，援建一方是主动的施恩者，受援一方是等、靠、要的受恩者。作品也注意表现了灾区群众奋力自救、自己动手建设家园的主动精神。比如，作品写了青川县枣树村残疾农民石光武在地震后冒着余震第一个建起了自己的房子，全村人在他的带动下，也都陆续建起了永久性住房。村民们有两条口号:“有手有脚有条命，天大的困难能战胜!”“出自己的力，流自己的汗，自己的事情自己干！”枣树村村民的这些语言和行动实际上表现了中国农民的优秀品质，表现了中国农民的主动性，他们在困难面前不是逆来顺受，等待和依赖外援，而是自己承担，自己对自己的命运负责。这其实也是一种从底层中涌现出来的民族精神。作品抓住了枣树村的这个典型，这是非常敏锐的。但如果作者能多一些这样的视角，把发现和表现中国农民在灾难面前涌现的主体性和自主精神化为一种创作自觉，作品可能会更丰厚。

2010 年 10 月

第五辑

思之凝重　美之深致

——读范咏戈文艺评论集《化蛹为蝶》

范咏戈先生的文艺评论集《化蛹为蝶》(作家出版社2009年出版)，所收入的大多为世纪之交及21世纪以来撰写与发表的文章。该书以对众多文艺现象的洞察与对多种文艺门类创作个案的解析，呈现了一位当代著名文艺评论家的渊博、深厚与敏锐，也呈现了作者在时代交替之际的思想风貌与批评风采。

与同代的文艺评论家相比，范咏戈先生有着较为特殊的求学和工作经历。他从复旦大学中文系毕业后入伍，又赴莫斯科大学读研究生。他先后任职于《解放军文艺》和中国人民解放军原总政治部文化部，并先后担任解放军文艺出版社和《文艺报》这两个重要文艺平台的主要领导职务。不一般的学历，军队和地方的岗位，文艺组织者与文艺评论家的双重身份，赋予他宏阔的视野、广博的知识、敏感的心灵与深刻的思想。

登高故能博见，任重故觉道远。范咏戈先生的评论立足于时代文艺的制高点，品察地方与军旅创作的大势与潮流，其间充盈和激扬着评论家的责任感与使命意识。《新语境下的文学担当》《新时期军事文学第一个十年的反思》《作为文学主题的英雄主义的嬗变》《兵戏融入流行色——90年代部队话剧印象》《剧院体制与演员自律——从“空政话剧团现象”谈起》《文化重构中的电视文化节目——第20届中国电视“星光奖”评奖随笔》《选准题材　讲好故事　注重包装——部队电视剧发展的若干断想》和《我愿中国电视剧一飞冲天——第27届中国电视剧“飞天奖”评奖随记》等文章，不仅论题宏大，涵盖文学、戏剧和电视几大文艺门类，而且其立论是以大量、广泛的阅读或观剧为支撑的，从中可以切实感受到一个具有高度自觉的使命感的评论家艰苦的劳动、勤奋的思考与对文艺于社会人生的引领提振作用的坚定自信。《新语境下的文学担当》一文指出，进入21世纪后，不论是“回归现实主义”“呼唤英雄主义”还是“关注底层写作”，当代文学在朝着一种理性的回归的方向发展。在“构建社会主义和谐社会”这一新语境下，当代文学更应具有精神抚慰、道德伦理和文化安全三个方面的担当。作者申论，随着社会经济发展，人们的焦虑增加，遇到了种种精神危机。如果失去文学艺术，或者文学艺术拒绝精神抚慰的担当，带来的将是整个民族的精神和经济的委顿。而化解社会矛盾不光是政治家和经济家的事，如果没有文艺家的参与，就很难构建我们理想中的和谐社会。可能有些人不相信文学会有道德教诲价值，但的确很多大作家的写作动机都在这里，而且正是因为这样的目的和动机，他们的作品才有可能成为文学经典。文学的“文化安全担当”，鲜有论者谈及。范咏戈先生则心怀忧患地指出，全球化是无法阻挡的潮流，但中国文学要走一条坚持全球化视野与本土化实践相结合、强调本土化实践自觉的道路。文化安全是任何一个主权国家在文化发展中都必须考虑的。我们要从有些暧昧的文学版图中看清一个方向，使我们文学创作的生态保持平衡，自我克服边缘，实现自我拯救。文学如果只剩下制造和贩卖文化垃圾，那才是我们民族的悲哀。《新时期军事文学第一个十年的反思》是一篇有精湛的研究也有独到的见解之作。作者对我国新时期军事文学创作的情况了然于胸，如数家珍，因而对其成就与短板的归结与评析亦颇为精当。他在列举了众多具体作品之后指出，当我们要对新时期十年的军事文学做出判断时，不能不在它的两个“板块结构”之间确立思路。一是1985年以前在现实主义的整体格局下，军事文学相对于“十七年文学”来说，确实获得了长足发展，突出表现在创作实践中解决了十七年未能解决的诸多难题，尤其在歌颂与暴露方面。二是1985年以后的多元化的新格局中，创作主体意识获得了前所未有的觉醒。同时，作者亦坦率地谈到新时期军事文学存在的问题，认为一些有责任感的作家在许多从社会价值看来合理和进步的东西中，看出了道德价值上的失重，写出了许多属于当代“文学树干”的优秀作品。而新时期军事文学在它的第一个十年中的缺憾之一，正是在于不能始终贯串这种思考。作者还批评一些“五老”(指老故事、老主题、老情节、老人物、老手法)味儿较浓的作品，这样的作品很少让人感受到结构、手段的审美意味，却乐此不疲地沿袭亚里士多德的结构——纠纷、转折、解决三个程序。这些革命战争题材创作的病态规矩，反映出一种可怕的思想与文学思维的定势。作者在文中发出了革命战争题材创作出现史诗性作品的呼唤，认为史诗性作品的出现需要和时间拉开一定的距离，而中国共产党领导下的大规模的革命战争已成为远去的历史，审美距离在客观上早已形成。剩下的，是一代又一代军旅作家真正实现和完成对史诗性作品的文学把握。特别是在文化封闭的时代已经结束的新时期，就理应从更高的作用论出发，在帮助读者思考战争、理解战争，给战争题材作品以更完美的语言形式，以及创造多种多样的审美形态诸方面，将文学作品的功能由主要是显功能过渡到主要是潜功能，真正按照艺术规律进行艺术生产，按照美的规律构造艺术世界。作者对新时期军事文学的反思之所以深中肯綮，正是来自一种对纷纭复杂的创作现象的宏观和全局的把握。

《作为文学主题的英雄主义的嬗变》是一篇十分精辟的关于英雄主义在新时期文学中的崭新表现的文论。范咏戈先生通过对新时期军事文学的广泛阅读，提出“一种规模宏大的新的英雄主义创作意向已经形成”的命题，并认为其特征和实绩表现为：由神格的英雄和英雄主义，向人格的英雄和英雄主义转化；从英雄行为的多样性展示英雄主义主题的丰富层次；在悲剧冲突中将英雄主义主题审美化。关于英雄行为的多样性，作者认为，既有轰轰烈烈的英雄主义，也不乏从道德意志力的对抗入手、从平淡无奇中见出的英雄主义；既有激情的英雄主义，也有温情的英雄主义。当代英雄主义确实突破了那种只以肉体的磨炼或生命的牺牲去肯定只有杰出的人物才能达到的过分浪漫化的英雄主义表现模式。关于英雄主义主题的丰富层次，作者认为，以往一些作品中英雄人物的动机层次，基本上处在完全受政治思想和革命世界观的理性制约的人的最高心理层次，由于缺少其他心理层次的补充，难免有“高处不胜寒”之憾。红花绿叶，错落有致，方有可能使我国的军事文学成为人类英雄主义的总汇和大观。关于悲剧冲突，作者认为，传统的英雄主义多是在正剧中塑造道德化的英雄。而新时期一些青年作家的作品不仅从英雄人物与外界威胁力量的矛盾，更从他们个人的切身要求与超个人的生活价值之间的内心矛盾去构置悲剧冲突。这些青年作家怀着对中国革命进程中的某种历史悲剧感，在人类历史文化层次上达到了对英雄主义的审美把握。对新时期文学英雄主义的这些归纳，也已显示出作者思考的多向度、多层次，然而，这仅是命题的最初展开。接下来，作者还有更引人入胜的深入掘进。作者指出，新时期军事文学英雄主义表现的突破，与人学层次的深化密不可分。新时期军事文学向人学的复归，大体是循着四个层面展示：由事件本体到人物本体的转折；由人的外部举动学进到人的内心学，或称为人物描写的内化倾向；内化的心灵境界由形而上学的无差别境界进入心灵的辩证法；变人性 = 阶级性为人性 > 阶级性。在这篇文论的最后一个部分，作者从马克思主义哲学观点出发，对新时期军事文学中关于“生命意识”“战争本体意识”等热点话题的一些似是而非的观点进行质疑，并简论了英雄主义与主体性的关系。作者认为，将西方现代派非理性和反英雄的战争文学封为“进入了人的本体层次”的最高一个层次，这种观点是值得商榷的。这样绝对抽象和孤立的“人的本体层次”究竟是一个什么层次，以及有无这样一种层次很值得怀疑。离开社会关系和价值观念谈论“人的本质”“人的本体”，必然看不到真实存在着的、活动着的人。由于战争是政治的继续，这种残酷的厮杀总是在无情地煽起而又粉碎着人性中那些类特征的部分，将政治的、社会的、阶级的人性内容突显出来。战争题材带有比其他题材更为鲜明的意识形态属性，但这并不是战争文学作家因此而失去“主体”的不幸，恰恰相反，中国战争文学作家只有依赖于中国战争文学的质的规定性，即在一种充满着英雄主义理性之光，以非凡的力量将人提高的文学中，其主体性才得以实现。这篇文论的可贵之处，不仅在于对新时期文学的英雄主义主题进行了系统的扫描和梳理，对英雄主义的嬗变进行了充分的肯定并加以理论的透析，而且还在于它提出了这种嬗变的边际，对英雄的抽象化、人的抽象化和“人的新的迷失”发出了预警。

在《化蛹为蝶》这本集子中，作者的文艺观、美学观或以专论出现，或散见于对具体文艺现象与作品的品评中。《文学，不一般的场所》《精神产品的属性》《你是“精神上的拿破仑”吗？》《人生的孤独美与艺术的怀旧美》《灵魂的内在态度》等篇，是作者对文学艺术、对人类的精神创造独到的心得与体会，灵思颖悟，妙语连珠，对读者的心灵多有撞击与启示，比如：“文学的非文学化，艺术的非艺术化，归根到底还在于作家艺术家的自轻自贱。……社会的转型期带来的对人类的整体困扰，对于世俗地生活着的人来说可以不去格外关注，对于艺术地生活着的作家、艺术家却必须施以极大关注……必须经常调整自己的态势，把‘自我感受’调整成‘老百姓的’。他意识到，‘自我’的确不可能，也不一定就是‘真实’的全部。‘真实’不是无功利的，这个功利就是让人民明天比今天生活得更好……假如我们的生活中没有了文学，我们一天都无法活下去。文学，是个不一般的场所。它是一项高尚的事业，也应是高尚者的事业。”（《文学，不一般的场所》）“精神产品一旦以商品的形式流通后，一般也具有交换价值，但它不是其创造者所追求的，往往表现为后天的、附加的，而且与产品本身的价值不成比例。所以与物质产品的生产者首先关心产品的交换价值相反，精神产品生产者首先关心的是产品的使用价值；如果精神生产者主要考虑产品的交换价值，就违背了精神生产劳动的本质规律，也就取消了精神生产劳动自身。”（《精神产品的属性》）“表现自我解释自我确立自我的愿望，是艺术创作的强大动力。但表现自我不等于自我表现，前者要比后者丰富得多……尽管作家必须有思想，但思想却不是作家的才华，知识也不是，因为这些东西非作家所独有，表达这些东西亦并非艺术之擅长。相反，假若艺术家采纳思想太多而没有吸收，思想还将成为他的羁绊……作家必须研究思想进入文学艺术的方式。"《你是“精神上的拿破仑”吗?》中，有对人文精神的高扬，对人民性的强调，对精神产品创造者人格的要求，对审美的伸张。范咏戈先生的文艺观和美学观，其哲学源头为马克思主义辩证唯物论，然而，其思维与表述方式仍然体现着一种鲜明的个性色彩，体现着一种现实性和当下性。

作者有时是以某一文艺现象为引子，生发其艺术的思考。如《剧院体制与演员自律——从“空政话剧团现象”谈起》一文，中心内容乃论述剧院体制与演员自律问题，但作者不是将其写成一篇纯粹戏剧理论的高头讲章，而是论析结合，从中国人民解放军空军政治部（以下简称空政）话剧团的经验提出论题，并进而展开理论的思考。作者首先指出，20世纪90年代的空政话剧团在话剧不景气、人才出走的大气候下，却能明星云集，明星“回归”话剧舞台，俨然一方“净土”。其原因除了它是军队的文艺团体，本身就有一套较严格和完整的管理制度，还在于该团面对市场经济的冲击，建立了一种既能把演员放出去（拍影视剧），又能将他们聚拢来（演话剧）的管理机制。这一机制在编剧、导演和演员三者何为中心的问题上，最终选择了以演员为中心。作者根据空政话剧团的经验进而申论，克服社会转型期新旧艺术生产关系交替中产生的盲点，仅靠人情味显然不够，还须从调整艺术生产关系入手。作者认为，影视制片人、音乐制片人出现后，戏剧制作人的出现标志着话剧新型生产关系的诞生。但作者对当时方兴未艾的戏剧制作人现象也并非一味揄扬，而是同时看到其负面，指出戏剧制作人普遍存在的“玩票”或“扒分”状态，将直接影响剧目的质量。一个成熟的制作人应该同时具备投资者、艺术家和营销者三种身份。作者在文中最后部分还引用斯坦尼斯拉夫斯基的论述，从六个方面提出了关于演员自律的问题。整篇文章理论与实践相互印证，使得一个艺术管理学的话题同时具有事实的生动性与思想的深刻性。《文化重构中的电视文化节目——第20届中国电视“星光奖”评奖随笔》亦为一篇内涵甚为厚重的论评。作者在文中饶有新意地提出，作为电视台增强核心竞争力的强项栏目的电视文化节目，应有三种自觉：探索和发现新的文化形态的自觉，民族文化保护意识的自觉，寻找多种文化的契合点的自觉。作者认为，所谓探索和发现新的文化形态的自觉即为一种审美的自觉，一种艺术美的眼光。人生艺术化的全部内涵，就是指人类物质生活中的审美因素大幅度提高。美的本质才是人的本质的最完满表现，要以美学视野追索人生的全部意义，才能使得美和人生相互拥抱。美学就应该是当今的文化学、伦理学。不是不要娱乐而是要防止娱乐过度，过度必然造成文化的缺失，正像过度消费会造成道德的缺失一样。从文化学意义上看，快乐不等于娱乐，快感不等于美感，互动不等于感动。作者呼吁民族文化保护意识的提高，则是针对中国当代的文化危机，指出中国传统文化在当代不是被摒弃地继承发展，而是被简单地否定。无论是欧美中心论还是俄苏中心论，都曾经对中国文化发展产生影响。但由于我们是采取简单的“拿来主义”的态度，而不是以传统文化为基础加以融合，所以对中国文化的创新都没有起到应有的作用。相反，由于不以传统文化为底色，最后也只能再把它拿出去。中国文化危机实质上在于最高价值的失落。抛弃传统文化也就是抛弃传统价值观念，因此，中国文化确实存在着令人忧虑的最高价值“真空”……作者的这些阐述，雄辩滔滔而理据俱在，虽为随笔，然实乃振聋发聩、纠偏导正之醒世文论。

范咏戈先生对当下创作的个案评析，亦每每有思想火花之璀璨迸溅，令读者备感精神享受和收获。如评电视剧《闯关东》的《一座民族精神的纪念坊》一文，有如此之论议：《闯关东》把中华民族的传统美德作为表现民族精神的基石。这些传统美德超越政治、历史的意识形态，具有不可解构性和不可颠覆性。《闯关东》是家族叙事又是家国同构叙事，完成的是从传统美德到民族精神的过渡和升华。长期以来，西方的文化市场对中国产品的接受具有一种单一性的消费倾向，不是以反映中国文艺的整体面貌和艺术美感作为出发点和归宿，而是按照西方人特定的取舍标准抽空中国作品的思想内涵和审美特质，演变成猎奇、窥视、丑化欲的宣泄满足。这些也从一定程度上诱导了中国文艺创作的“他者化”，加深了对中国文化的误读，甚至把中国妖魔化。我们不能不看到，这种消费现象的现代心理基础，更多的是出于对中国和平崛起的担忧。所以，表现民族精神是电视人的良心所在。历史大戏也好，家族大戏也好，人生大戏也好，它的灵魂都应该是提炼民族精神，这也是创作出史诗的一个起码要求。作者对文艺作品表现民族精神与民族精神之作用的阐释，着眼于世界文化格局与中国文化在世界上现有与应有之地位，因此独辟蹊径，另立新说。

刘勰《文心雕龙》云：“凡操千曲而后晓声，观千剑而后识器。”阅乔岳、酌沧波之饱览博观，令范咏戈先生的文艺评论平理若衡、照辞如镜，使读者信服。而眼界、境界与学养，亦涵育了范咏戈先生的评论风格，即书卷气息与儒雅美感。其书卷气息并非大掉书袋，而是予人一种学识根基的沉稳厚实感；其儒雅美感则体现为一种从容雅致的话语方式。如评说话剧《结伴同行》：“如果按照中国传统文论中‘境界’的说法，艺术的上界应是‘怨而不怒、哀而不伤、乐而不淫’。《结伴同行》至少在表演上达到了‘上界’。这种表演方式，既让人看到西藏的艰苦，又不让人害怕，不是常见的‘痛说’艰苦。这出戏让人看了有一种美好的心理，起了正面撞击人们心灵的效果。”(《诗化的精神美——评话剧〈结伴同行〉》)又如评说电视剧《西圣地》：“为了使英雄像山一样崇高，《西圣地》充分调动影视语言的各种元素来完成叙事……导演通过对摄像机的调度和景别的使用，让产生崇高感的特有的高原地貌与人物无间地结合起来，两者互相给予，又互相印证，使高原不只是视觉元素，同时还成为一个潜在的表意元素，成为石油人精神世界的物质外化世界，直接表现石油人的铮铮铁骨和博大气魄。”(《英雄情怀下的〈西圣地〉》)再如论说人生的孤独与艺术的怀旧：“李叔同也好，爱因斯坦、歌德、司汤达、孔子也好，他们的人生除了热烈的一面，还有不可忽略的孤寂的一面。孤独有美的诱惑，孤独别有一番韵味……连少女都知道孤独之美的诱惑。人在孤独时不会为物质毁灭，而只有在不了解孤独时才会毁灭于物质。”(《人生的孤独美与艺术的怀旧美》) 如同作家的创作风格一样，评论家的评论风格亦非一朝形成，而是意向明确且持之以恒的追求所达致。范咏戈先生在《批评的官能》一文中，论及文艺评论家的文格文风。他认为，要防止把文艺评论写成某种智能游戏，借一部作品为由头洋洋洒洒发一通对作者和读者都无裨益的议论，以显示自己的才华或聪明。评论家也要避“知性”地去认识文艺作品。这种“知性”法则总是把统一体的各差异面分裂开来，坚硬地对立起来，看成独立存在的东西——如黑格尔《美学》中说的，它“不能掌握美”。这番观点亦甚为有助于我们理解言者的评论风格之由来。

《化蛹为蝶》这本集子，我更愿意解读为一位文艺评论家在社会转型与时代变迁中站立与行走的姿态。在20世纪90年代末写于莫斯科大学的《灵魂的内在态度》一文中，范咏戈先生写道：“沉重的精神主体——荒谬感、疏离感，困扰着那些有高贵精神趣味的人（首先是艺术家)，当他们进入了不可跨越的历史文化阶段——商品文化时，物化感无异又极大地增加了他们精神追求的紧张度，甚至在需要选择基本的生存对策时张皇失措。对于艺术来说，这才是一个全新的发展阶段、转折时期。是需要我们实行文化自救的时候了……沉重的创作主体将可能造就一种具有现代悲剧精神的艺术……它不会是颓废的艺术，它将以自己表达的现代人类在新的历史阶段中的痛苦反思再次征服现代观众。”《化蛹为蝶》整部集子亦可如是观，这是一个自觉的精神主体关于文化自救之所思所述，其思想与话语之蛹所化之蝶，已洗去铅华、褪去浮艳，映现于世人心目者，乃是一种思之凝重，美之深致。

原载《中国艺术报》2013 年 10 月 18 日

“一带一路”语境下中外文学的交流

文学作为一种精神生产，以及作为一种精神产品的交流与阐释，它总是在某种语境下进行的。每个时代的文学都有其特定的语境，语境构成了文学的时代背景。

当下中国文学的时代语境，既是复杂多元的，又可见鲜明的主流话语。“一带一路”便是其中一种主流话语，它在一定程度上形塑和影响着中国文学的创作出版与对外交流。

一、“一带一路”概念、内涵及其影响

“一带一路”全称是“丝绸之路经济带”和“21世纪海上丝绸之路”。2013年9月，中国国家主席习近平在哈萨克斯坦纳扎尔巴耶夫大学作演讲，提出共同建设“丝绸之路经济带”。何谓丝绸之路？丝绸之路何时开辟？学界一般认为，丝绸之路是从中国汉代张骞出使西域开始的。而“丝绸之路”一词，最早由德国地理学家李希霍芬（Ferdinand von Richthofen，1833—1905年）提出。李希霍芬1868年到1872年间，到中国做了七次考察，1877年出版《中国——我的旅行与据此所作研究的成果》（*China：The results of My Travels and the Studies Based Thereon*）一书。该书把从公元前114年至公元127年间，中国与中亚、中国与印度间以丝绸贸易为媒介的西域交通道路命名为“丝绸之路”。丝绸之路除了有以沙漠绿洲丝路为主干道的北方丝绸之路，还有作为丝绸之路重要组成部分的蒙古草原地带沟通欧亚大陆的商贸大通道，即草原丝绸之路，蜀至身毒（印度）的南方丝绸之路，以及从中国出发向西航行的南海航线和向东到达朝鲜半岛和日本列岛的东海航线组成的海上丝绸之路。

国家发展改革委、外交部、商务部于2015年3月28日联合发布的《推动共建丝绸之路经济带和21世纪海上丝绸之路

的愿景与行动》，可视为“一带一路”概念的官方定义：“2000多年前，亚欧大陆上勤劳勇敢的人民，探索出多条连接亚欧非几大文明的贸易和人文交流通路，后人将其统称为‘丝绸之路’。”“丝绸之路经济带重点畅通中国经中亚、俄罗斯至欧洲（波罗的海）；中国经中亚、西亚至波斯湾、地中海；中国至东南亚、南亚、印度洋。21世纪海上丝绸之路重点方向是从中国沿海港口过南海到印度洋，延伸至欧洲；从中国沿海港口过南海到南太平洋。”这一官方文件指出丝绸之路的开辟者，是“亚欧大陆上勤劳勇敢的人民”，并绘出了重点路向。显然，这一定义更为注重丝绸之路的国际性，而这也是丝绸之路在当代重生的因由。2017年5月14日至15日，第一届“一带一路”国际合作高峰论坛在北京举行。论坛发布的联合公报指出：“我们携手推进‘一带一路’建设和加强互联互通倡议对接的努力，为国际合作提供了新机遇、注入了新动力，有助于推动实现开放、包容和普惠的全球化。”“我们重申，促进和平、推动互利合作、尊重《联合国宪章》宗旨原则和国际法，这是我们的共同责任；实现包容和可持续增长与发展、提高人民生活水平，这是我们的共同目标；构建繁荣、和平的人类命运共同体，这是我们的共同愿望。”

从以上对“一带一路”概念、内涵及其影响的描述，可以看出中国提出的“一带一路”倡议，旨在借用古代丝绸之路的历史符号，高举和平发展的旗帜，积极发展与“一带一路”沿线国家的经济合作伙伴关系，共同打造政治互信、经济融合、文化包容的利益共同体、命运共同体和责任共同体。

二、“一带一路”倡议塑造了一种文化语境

英国牛津大学教授彼得·弗兰科潘（Peter Frankopan）2015年出版的《丝绸之路：一部全新的世界史》(*The Silk Roads*: *A New History of the world*)一书，被评为美国《纽约时报》畅销书、英国《泰晤士报》《卫报》2015年度图书和美国彭博新闻社2015年度最佳历史图书。他以“新丝绸之路”作为全书的尾章标题，指出当我们在思考下一个威胁将来自何方，思考如何应对宗教极端主义，如何与那些无视国际法的国家谈判，如何与那些常常被我们忽视的民族、文化及宗教建立各种联系的同时，亚洲屋脊上的交流网络正被悄然编织在一起，或者更准确地说，是被重新建立起来。丝绸之路正在复兴。在彼得·弗兰科潘的眼里，丝绸之路的历史就是一部世界史，它塑造了人类的过去，还将影响世界的未来。[①]

而借用了丝绸之路历史符号的“一带一路”倡议，其影响亦将是极其深远的。有学者认为，“一带一路”是一种“新全球化”。“一带一路”倡议的提出，既给经济与社会发展，也给文学乃至文化发展，提供了一个新的时代背景，营造了一种新的文化语境。

文学对时代的变化总是格外敏感。“一带一路”倡议提出后，中国作家协会组织了多次国内文学论坛、采风、采访

---

① 彼得·弗兰科潘：《丝绸之路：一部全新的世界史》，邵旭东、孙芳译，浙江大学出版社，2016。

等活动和国际文学交流，不少作家创作了关于丝绸之路题材的作品。如2015年8月，中国作家协会组织“丝路文学之旅”采访活动，来自12个省区市和多个民族的作家走进陕西、甘肃、新疆等地采访和创作。作家们以古代丝绸之路的起点西安为出发地，在为期13天的行程中，走过了陕西、甘肃、新疆3个省区的10多个市区县，甘肃敦煌的文明遗迹、张掖的茫茫沙漠，新疆龟兹的历史现场、喀什的民族风情……丝绸之路沿线，作家们感叹古人打通隔离、互通有无的艰难与决心，感佩先行者筚路蓝缕、上下求索的勇气与精神。作家们更多地学习、了解了丝绸之路的历史文化，感受“丝绸之路经济带”建设的新发展和新变化，为自己的写作积累了不少鲜活而珍贵的素材。

三、“一带一路”中外文学交流

“一带一路”中外文学交流的开展有多种形式，有“引进来”，也有“走出去”。如，2014年8月，两位诺贝尔文学奖得主——中国作家莫言和法国作家勒克莱齐奥，在中国陕西省西安市进行了一场关于“长安与丝路”的对话。两人的对话紧紧围绕丝路与文学，并探讨了如何借助丝路红线加强中法文化交流与合作。西安市即古代丝绸之路的起点长安，2013年11月起，陕西省首趟国际货运班列“长安号”开始运营。“长安号”国际货运班列总体规划为“一干两支”，其中”

一干”为西安至荷兰鹿特丹，全长9850公里；“两支”是西安至莫斯科，全长7251公里，以及西安至哈萨克斯坦的阿拉木图和热姆，全长分别为3866公里和5027公里。莫言在对话中说，他来过西安20多次，每次都感觉到很多变化。面对新的变化，面对新生的陆港保税区，面对通往欧洲的“长安号”，莫言感觉到一个更加开放和富于变化的西安，一个更富创造思维的西安。中国祖先载着丝绸前往亚欧各国，带来了让后人享用至今的各类优秀的物质文化遗产。交通进步让交流变得更加容易，今人也不能满足于保存，更应在继承的基础上，创造属于自己的东西，让后人享用。勒克莱齐奥表示，丝绸之路是没有尽头的，在东西方交流的过程中，文学让交流更加容易，文学能够让人们产生共鸣。在读莫言的书的时候，勒克莱齐奥感到自己仿佛被莫言邀请进入了他的家门，了解了农民的生活，并与莫言产生了共鸣。勒克莱齐奥还说，重走丝绸之路意义重大，马可·波罗通过丝路走到中国，玄奘通过丝路取得佛教文化。这条丝路已经成了一条精神上的丝绸之路，通过交流，不仅能够交换丝绸、香料，更能产生精神上的相通。

2017年，中国作家协会的对外文学交流，更加突出“文学新丝路”的主题。以“共建文学新丝路”为主题，中国作家协会倡导并主办了首届中国－湄公河国家文学论坛和首届中国－南亚国家文学论坛。在来自柬埔寨、老挝、缅甸、泰国、越南五国和中国的作家参加的首届中国－湄公河国家文学论坛上，与会者围绕“我的创作源泉”和“多彩生活与个性写作”进行了深入交流。来自孟加拉国、尼泊尔、巴基斯坦、斯里兰卡的南亚四国和中国的作家参加的首届中国－南亚国家文学论坛上，与会者围绕“传承与交融中的文化发展”和“全球化语境下文学创作的个性”两个话题进行交流切磋。中国作家协会主席铁凝在致辞中谈到，中国和南亚各国有着悠久的人文交流历史。自古以来，南亚地区就是丝绸之路的要冲，是东西方物质文明和精神文明交融交汇之处，在众多领域创造了辉煌的成就，为丰富人类文化和社会进步做出了卓越贡献。在近两千年的岁月中，中国和南亚国家的文化交流绵延不绝，文学的相互影响是多方面的。孟加拉最早的书面作品《恰利耶歌集》呼唤人们崇尚和谐的精神；印度史诗《摩诃婆罗多》和《罗摩衍那》展示了印度古代社会生活的风情画面，表达了人们的理想和追求；尼泊尔民歌体诗《穆娜与马丹》广为流传；巴基斯坦的民间故事优美、睿智而寓意深刻；斯里兰卡文化发达，文学作品反映了佛教的兴盛。进入20世纪以后，南亚各国文学在中国得以广泛传播和研究，对中国现代诗歌的发展产生了积极的影响。同样，中国古代、现代文学经典作家作品在南亚各国有着广泛的流传。论坛还安排了各国当代文学发展情况交流活动，共同分享各国当下文学发展的主要趋势、文学创作理念和创作手法，相互学习，并以此为基础探讨加快文学作品互译，给各国读者呈现更多优秀文学作品，使其通过阅读作品了解其他国家人民的生活和憧憬，共同为实现美好生活的人类梦想齐心聚力、增进友谊。

2017年，中国作家协会还举办了第四届中国－澳大利亚文学论坛、第三届中国－西班牙文学论坛、首届中国－葡萄牙文学论坛、首届中国－瑞典文学论坛，并完成“中国当代文学精品译介工程”等3个对外文学译介工程，涉及上百位中国作家的作品，共包括30个语种。中国作家协会直属的鲁迅文学院，举办了国际作家写作营。2018年，中国作家协会还将在韩国举办第四届韩中日东亚文学论坛。

中国作家协会主管、中国最有影响的文学杂志之一——《人民文学》目前已有10个语种的版本。其中阿拉伯文版《丝路之灯》于2016年8月开始出版。《丝路之灯》的出版，是第一次以集束的方式向阿拉伯语国家介绍中国当代作家作品。阿拉伯文版取名《丝路之灯》，寓意文学宛若灯火，照亮21世纪新的丝绸之路。《丝路之灯》得到了一批阿拉伯汉学家和翻译家的热情支持。由于种种历史的原因，中国文学与阿拉伯文学的互译还不够丰富，尤其是当代文学的翻译、研究和对话的气氛还不够浓厚，因而《丝路之灯》的出版是十分适时之举，也是一件具有开创性的大事，标志着中阿文学交流史开启新的篇章。2016年8月25日在北京举行的《人民文学》杂志阿拉伯文版《丝路之灯》出版暨“丝路文学”晚会上，阿拉伯国家联盟驻华代表处大使加尼姆·希卜里先生和埃及文化部副部长海赛姆·艾尔哈加先生等出席。

《丝路之灯》至今已出版了两期，并落地埃及出版，由《开罗日报》带动发行了1万册。在此，我要向伟大的埃及致敬，向埃及的朋友们致敬。

我所在的民族文学杂志社，是中国作家协会主管的单位，目前出版汉文、蒙古文、藏文、维吾尔文、哈萨克文和朝鲜文六个版本的杂志。蒙古族、哈萨克族和朝鲜族是跨境民族，因此，《民族文学》蒙古文、哈萨克文和朝鲜文版也发行到蒙古国、哈萨克斯坦和韩国，并且几乎每年都编发这几个国家的作家作品专辑。

四、关于“一带一路”语境下文学创作的展望

“一带一路”的时代语境，必将影响文学创作的风格乃至内涵，并促使丝路文学勃兴。我将丝路文学定义为“题材涉及丝绸之路的文学”。那么，中国的丝路文学前景如何？

中国丝路文学的新创造，是在中国经过了30多年的改革开放，成为一个综合国力极大提升、民族伟大复兴正在逐步成为现实的强大国家的背景下进行的。尤其是“一带一路”倡议的提出和实施，对丝路文学的新创造有着直接的召唤和推动作用。丝绸之路是一条开放之路，在此时代背景下行进的丝路文学，必然既绍续着古代丝绸之路的汉唐气象，亦呈现着21世纪的中国气派和民族风格。丝路文学，在整体上应该是内涵丰厚、有强烈人民性的文学，是朝气蓬勃、元气充沛的文学，是骨硬筋强、血旺体壮的文学。它应一扫无病呻吟、疲软困顿的颓靡之风，以深刻的思考、恢宏的气度和健康的审美成为中国当代文学的重要构成。

中国丝路文学的新创造，又是在经济全球化的背景下进行的。全球化使各民族国家的文化发展呈现复杂的态势。一方面，全球化使各民族国家的文化演进趋同化，跨国资本既

深度干预各国的经济，也在相当大的程度上影响着各国的文化。另一方面，文化的趋同化又引起各民族国家的警觉性反应，文化的寻根和本土化回归成为一股世界潮流。然而，无论是趋同化还是本土化，各国民族文化的发展都是对全球化的回应，亦即它内在地具有一种世界性的坐标。丝绸之路是一条和平之路，丝路文学是一种多国家、多地区、多民族的文学，世界性的视野是其题中应有之义。而作为“世界工厂”、世界最大市场的当代中国的丝路文学，理应更放眼世界，胸怀全球。它既面向国内，也面向国际；它是民族的，也是人类的；在性格上，它是外向型的文学，追求世界性的理解和认同。

中国丝路文学的新创造，还是在对现当代世界文学思潮、流派、风格和手法充分吸纳和借鉴的基础上进行的。丝绸之路是一条交流之路。在美学上，丝路文学应是前沿性的创作，运用经过古今中外艺术经验的洗礼而成熟的现代性的风格手法，以既贴近又引领当代读者的审美趣味，表现时代生活，探索人性风貌。在整体上，它应是超越了历史的成就而代表着中国当代水准的文学。

值得一提的是，中国的少数民族文学，尤其得“一带一路”风气之先。因为丝路地域多为多民族聚居地，当下中国许多少数民族作家，或者身在丝路，或者来自丝路。

21世纪的中国文化和中国文学，与西方文化和西方文学的对话关系已经逐步建立。而立足于世界第二大经济体基础上的“一带一路”倡议的提出，则将中国文化和中国文学与西方文化和西方文学的对话关系推向新的高度。因此，丝路语境中的当下少数民族文学书写，开始呈现出近代、现代和21世纪之前的当代少数民族文学所未有的恢宏视野和阔大气象。试以中国著名彝族诗人吉狄马加的诗作《我，雪豹……》为例。发表于《人民文学》2014年第5期的长达400多行的长诗《我，雪豹……》，以活动于雪域高原的濒危动物雪豹为主人公，以拟人化的手法，叙写雪豹被猎人射杀的瞬间内心的告白。“流星划过的时候 / 我的身体，在瞬间 / 被光明烛照，我的皮毛 / 燃烧如白雪的火焰 / 我的影子，闪动成光的箭矢 / 犹如一条银色的鱼 / 消失在黑暗的苍穹。”“我说不出所有 / 动物和植物的名字 / 但这却是一个圆形的世界 / 我不知道关于生命的天平 / 应该是，更靠左边一点 / 还是更靠右边一点，我只是 / 一只雪豹，尤其无法回答 / 这个生命与另一个生命的关系 / 但是我却相信，宇宙的秩序 / 并非来自偶然和混乱 / 我与生俱来——/ 就和岩羊、赤狐、旱獭 / 有着千丝万缕的依存 / 我们不是命运——/ 在拐弯处的某一个岔路 / 而更像一个捉摸不透的谜语 / 我们活在这里已经很长时间 / 谁也离不开彼此的存在 / 但是我们却惊恐和惧怕 / 追逐和新生再没有什么区别……”诗作首先传达了一种强烈的生命意识和生态意识。雪豹在生命即将熄灭的弥留时刻出场，它对那些“有着千丝万缕的依存”和“谁也离不开彼此的存在”的生物的回顾，撞击读者的心扉，开启读者的思考。“我是雪山真正的儿子 / 守望孤独，穿越了所有的时空 / 潜伏在岩石坚硬的波浪之间 / 我守卫在这里——/ 在这个至高无上的疆域”，拟人化的雪豹形象又是一种象征和隐喻，让人联想到在全球化和后工业化时代的夹缝中民族文化的艰难前行与悲壮坚守。“不要再追杀我，我也是这个 / 星球世界，与你们的骨血 / 连在一起的同胞兄弟 / 让我在黑色的翅膀笼罩之前 / 忘记虐杀带来的恐惧。”“原谅我！这不是道别 / 但是我相信，那最后的审判 / 绝不会遥遥无期……”作为雪山保护神的雪豹被射杀，雪豹泣血的告别和远去，又使诗作具有高度警世的意义。

长诗《我，雪豹……》是对全球化时代民族文化的命运和生态环境保护的关切。这是一种全球视野下的写作，它淋漓尽致地展现了一个以“保护地球上每一种文化，为所有的生命代言”为己任的诗人的崇高情怀。吉狄马加曾经表达过这样的创作理念：民族历史和文化是我们每一个人生命中最重要的文化基因，作为作家和诗人，我们有责任去延续民族的历史和文化；作为世界公民，我们同样有责任和义务去关注全人类的命运。[①]他还认为，我们人类要真正成为这个星球和谐生活的建设者，而不是破坏者。[②]诗人应该通过充满灵性的写作，力求与自己的灵魂、现实乃至世间的万物进行深度对话。在这个被资本、技术和网络统治的时代，人类面临许多共同的生存危机，控制核威胁、消除饥饿与疾病、遏制生态破坏、保护生物多样性和文化多样性等等，已经到了刻不容缓的时候。这些无法回避的问题，需要诗人做出回答。诗人不应该只沉湎在自己的内心中，他应该成为或者必

---

① 吉狄马加:《为土地和生命而写作——吉狄马加演讲集》，四川文艺出版社，2013，第189页。

② 吉狄马加:《为土地和生命而写作——吉狄马加演讲集》，四川文艺出版社，2013，第257页。

须成为这个时代的良心和所有生命的代言人。[①]他的《我，雪豹……》这首长诗就是他这些思考的结晶。另一方面，在诗歌艺术上，这首长诗还呈现了一个少数民族诗人对汉语杰出地和创造性地运用。高度锤炼的诗句营造出沉雄磅礴的语言的张力、气势与奇观；叙事与抒情，静思与雄辩，朴素的表达与雄奇的想象，急管繁弦的节奏与舒缓悠长的韵调，在诗作中跌宕起伏，错落有致；思想、情感与手法的水乳交融、相得益彰，这些使作品达到了诗艺创造的深湛境界。

吉狄马加的长诗《我，雪豹……》鲜明地标示出丝路语境中少数民族文学当下书写的一个追求：以充满个性化和民族性的思考和写作，关切全人类普遍面临的共同问题，并展开与世界的对话。这是一种外向的、开放的、追求世界影响的写作，这种写作出现和形成的背景是中国在21世纪的崛起，是“一带一路”倡议的提出所塑造的中国和世界发展的语境。

从以上几个方面的思考和对中国诗人作品的个案分析，可以得出这样的结论：“一带一路”语境下的文学创作前景广阔，任重道远。

2018年3月

① 吉狄马加：《为土地和生命而写作——吉狄马加演讲集》，四川文艺出版社，2013，第251页。

一份深情厚谊的献礼

——《〈民族文学〉精品选（2011—2017）》前言

在深刻地改变了中国，也深刻地影响了世界的中国改革开放40周年到来之际，《〈民族文学〉精品选（2011—2017）》五卷本由光明日报出版社推出，这是一份具有深情厚谊的献礼。

中国作家协会主管的《民族文学》杂志，在改革开放的骀荡春风中应运而生，迄今已走过了37年的光辉历程。《民族文学》以繁荣少数民族文学，促进民族团结进步为宗旨，创刊以来刊登了大量的少数民族文学作品，培养了一批批少数民族文学新人。一批少数民族文学名家大家，正是从《民族文学》起步，走向全国乃至世界。因为《民族文学》的存在，我国55个少数民族全部告别了口头文学的时代，全部拥有了作家文学。《民族文学》在相当大的程度上改写了中国当代文学的格局，使中国当代文学的发展变得更为丰富和多样。《民族文学》以其独具特色的办刊定位，显示着中国作为统一的多民族国家的文化风貌，也标志着中国文学作为多民族文学的存在特征。

21世纪以来，党和国家的重视，作家阵容的可观，作品的大量涌现，使得我国少数民族文学迎来了新的繁荣，《民族文学》也进入了跨越式发展的时期。2009年以来，《民族文学》蒙古文、藏文、维吾尔文、哈萨克文和朝鲜文版相继创办，刊物的覆盖面和读者群空前扩大。

党的十九大报告指出，铸牢中华民族共同体意识，加强各民族交往交流交融，促进各民族像石榴籽一样紧紧抱在一起，共同团结奋斗、共同繁荣发展。“石榴籽文丛”，正是如此寓意。丛书在时间点和一定意义上反映了党的十八大以来少数民族文学创作所取得的成就。

这套丛书选收的是2011年至2017年发表于《民族文学》汉文版的作品，因为此前作家出版社曾出版了“《民族文学》30周年精品选”丛书（叶梅主编），该丛书选收了自1981年创刊至2011年30年间《民族文学》的作品。此外，2017年，中译出版社出版的“文学翻译双语读本”丛书，是《民族文学》五个少数民族文字版发表的翻译作品与汉文原作的精选本。为避免重复，《〈民族文学〉精品选（2011—2017）》不包含《民族文学》少数民族文字版的作品。

《民族文学》这些年来兼顾老中青三代作家的创作，同时对青年作家和文学新人持续扶持。一直到2015年，《民族文学》每年都分别在第3期和第5期编发以青年作家为主的《女作家专号》和《80后90后作家专号》。2016年起，虽然《民族文学》不再出这种专号，但每年的第3期和第5期还是注重刊发女作家和青年作家的作品，同时开辟《本刊新人》栏目，不断推出小说、散文和诗歌创作方面的新作者。2017年第10期还推出了“90后作品专辑”。刊物的这些努力，取得了一定的成效，少数民族文学新人不断涌现，实绩可喜。

《民族文学》2011年以来刊发的优秀作品，总体来说体现了少数民族作家对时代生活的真实感受、对人生的思索、对人性的拷问、对纯真情感的向往和对物欲横流的批判等等。如《民族文学》2013年第9期刊发的回族“80后”女作家马金莲的中篇小说《长河》，通过描写一个回族村庄村民的生生死死，揭示了某种人生的真理，揭示了人的死亡不仅仅是疼痛和恐惧，它还可以包含高贵、美好、宁静等。这篇小说发表后先后被相关选刊转载，并获得《民族文学》和《小说选刊》年度奖、中国作家出版集团奖的“作家贡献奖”，还分别被中国小说学会和《中国作家》杂志选为年度小说排行榜中篇小说首榜。马金莲以这篇小说命名的中短篇小说集获得第十一届全国少数民族文学创作“骏马奖”。壮族女作家陶丽群描写乡村生活和亲人间情感的小说《一塘香荷》《打开一扇窗子》，分别获得2012和2017《民族文学》年度奖，陶丽群也成为《民族文学》年度奖设立以来唯一的两届（含）以上获奖者。

少数民族作家对民族文化传统、民族生活习惯与现代性、与当代现实生活的冲突的表现，对全球化时代民族文化的命运和生态环境保护的关切，对底层边缘人物的励志书写，对当代人精神救赎的关注，对反腐倡廉题材创作的敏感自觉，对“三农”问题的真实揭示，对革命历史和抗日战争历史的深度挖掘和表现，也使得七年来《民族文学》佳作不断，好评连连。2015年，《民族文学》被国家新闻出版广电总局评为“百强社科期刊”，被北京大学等多所高校评为“中文核心期刊”，昭示了少数民族文学被社会各方面进一步认可和推崇。

因篇幅所限，这套丛书的小说卷只选入这七年来获得《民族文学》年度奖的作品；散文·纪实卷和诗歌卷，选入获得《民族文学》年度奖的作品和刊物栏目的部分头条作品；评论卷除了收进获得《民族文学》年度奖的作品，主要选入关于少数民族群体创作和文学现象批评的文章。如此看来，遗珠之憾所在多有。

无疑，这套丛书在一定程度上也是对七年来少数民族文学创作和《民族文学》办刊工作的检阅。衷心期待社会各界读者的关注和批评。

2018年8月

历史责任　文学良心

——简论《“文学台独”批判》

《“文学台独”批判》，是迄今唯一由海峡两岸文学界与学术界专家学者撰写的批判“文学台独”的论文集。该书于2007年由台海出版社初版。为尽可能反映两岸文学界和学术界批判“文学台独”的概貌，该书编者在对初版重新厘定的基础上，又加入近几年视野所及的有关文章，辑为增订本，仍由台海出版社于最近出版。展现于读者面前的《“文学台独”批判》(增订本)分上下卷，共计150万字，收入数十位作者近百篇论文，可谓两岸批判“文学台独”的阶段性集成。

“文学台独”，即一种分离主义文学思潮，宣扬台湾新文学与中国文学互不相同也互不隶属，乃一种独立的文学。“文学台独”的表现形态是文学的，其实质内涵是政治的，是要切断两岸的精神纽带，抹除台湾人民的祖国意识和中华民族历史文化记忆，摧毁主张统一的社会心理基础，通过谋求“文学台独”和“文化台独”，以最终实现“政治台独”和“法理台独”。

共有的历史记忆和文化实践，人民、领土与主权，定义了现代民族国家。台湾历史上虽屡遭帝国主义、殖民主义的侵略，但这并不能改变其自古即为中国领土的事实。1943年，中、美、英三国发布的《开罗宣言》指出：“三国之宗旨在剥夺日本自1914年第一次世界大战开始以后在太平洋所夺得或占领之一切岛屿，在使日本所窃取于中国之领土，例如满洲、台湾、澎湖列岛等，归还中国。”1945年，中、美、英三国签署的《波茨坦公告》(苏联后参加)重申“开罗宣言之条件必将实施”。因此，台湾归还中国，亦是世界反法西斯战争的胜利成果。

现代民族国家又是想象的共同体，是基于相同历史与文化血脉的族群对命运共同体、政治共同体的想象，是民族的集体认同。现代民族国家是被集体想象、集体同一感与爱国主义精神所建构的。台湾人民对祖国的认同感与爱国主义精神，在台湾文学史上为许多作家所倾力表现。如台湾新文学的重要作家吴浊流，在其长篇小说《亚细亚的孤儿》中即塑造了不堪忍受殖民者压迫而逃到大陆投身抗日战争的主人公胡太明的形象。在自传体长篇小说《无花果》中，吴浊流又深情写道：“台湾人具有这样炽烈的乡土爱，同时对祖国的爱也是一样的。思慕祖国，怀念着祖国的爱国心情，任何人都有。”“眼不能见的祖国爱，固然只是观念，但是却非常微妙，经常像引力一样吸引着我的心……以一种近似本能的感情，爱恋着祖国，思慕着祖国。这种感情，是只有知道的人才知道，恐怕除非受过外族的统治的殖民地人民，是无法了解的吧！”台湾新文学诗人巫永福的《祖国》一诗深沉地吟唱，“向海叫喊：／还给我们祖国啊！／未曾见过的祖国／隔着海似近似远／梦见的，在书上看见的祖国／流过几千年在我血液里／住在我胸脯里的影子／在我心里反响／啊！是祖国唤我呢／或是我唤祖国”。民族和民族国家是想象的共同体，但这一想象并非偶然的想象，这一共同体并非虚构的共同体，而是体现着一种深远的历史文化传承，反映着民族成员对自由、尊严、荣誉、安全和幸福等深层心理和情感的需求。因此，民族和民族国家一旦形成，便具有相当的稳定性和连续性。这种稳定性和连续性的解体，往往给民族和民族成员带来巨大的伤害和深重的苦难。

文学是人类的精神家园，应培育真善美的心灵与情感。作家是人类精神家园的守护人，应是致力维护人类的基本价值与世界和平的人道主义者，更有责任以自己的写作为民族团结、同胞团圆提供精神之光与情感之火。然而，“文学台独”否定世界反法西斯战争的胜利成果，播扬分离主义意识形态，瓦解民族认同，塑造文化敌意，是一股不惜以民族灾难与悲剧为代价的危险的文学思潮。海峡两岸文学界和学术界的有识之士，在“文学台独”逆流初起之际，即洞烛幽微，深察其害。秉持着历史理性与民族大义，在台湾，陈映真等作家学者奋笔论战；在大陆，《文艺报》等媒体开辟阵地，两岸文学界和学术界共同展开了对“文学台独”的批判。《“文学台独”批判》(增订本)再现了这一文坛风云，亦为中国当代文学史提供了一份难得的文献。

《“文学台独”批判》(增订本)从理论上分析了“文学台独”的本质及特点。陈映真最初发表于《文艺报》的《论“文学台独”》一文指出，几十年来，“台独”运动假借台湾文学论、族群和台湾史论，以及“命运共同体”、民族定义和历史教科书等各种问题发表言论，宣扬在与大陆长期隔离的现实下，台湾已经发展出一个在民族认同、文学特质、自我意识上都与中国完全不同的“自主性”和“独立性”的观点。赵遐秋《“文学台独”的本质》一文指出，“文学台独”是“台独”在文学领域的表现。“文学台独”目的是使“台独”文化化、文学化，是“政治台独”的舆论准备。两篇文章开门见山，一针见血，对“文学台独”的分离主义性质进行了准确的定位。

该书回顾了“文学台独”思潮发生和泛滥的历史过程，以及“文学台独”呈现的主要问题。陈映真《论“文学台独”》和赵遐秋《“文学台独”的本质》二文一并揭示，民族分离主义的文化、思想和意识形态的发生和渗透，早在20世纪70年代中后期即开始。“文学台独”论的发展，其实是“文化台独”论、“台湾自主”论、“台湾主体”论发展的一个组成部分。“文学台独”的主要论点包括：一、台湾新文学诞生之初，就是一种多源头、多语言、多元化的文学。其中，中国新文学的影响远不如日本文学等外国文学影响大。二、台湾新文学的历史发展，就是文学中的“乡土意识”向着“本土意识”“台湾意识”和“台湾主体”论的发展。三、日本殖民统治时期的“皇民文学”，是台湾人对日据带来的“现代化”的反应。“皇民文学”和当时在台日籍作家有“台湾意识”，且“热爱台湾”。四、汉语闽南次方言和客家方言是独立的“台语”；“台语”书面化，另造“台语文字”，创作“台语文学”。五、以“台湾意识”构建和写作“台湾文学史”。由此可见“文学台独”与“台独”运动的一体性。而作为“台独”运动的一翼，“文学台独”对历史叙述、历史诠释及语言同样表现出极大的焦虑并进行激烈的争夺。正如有“文学台独”论者所声称：“夺回被剥夺的历史发言权，才是对强权统治的最好答复，也是对失落的历史链锁做最好的衔接。”

然而，“文学台独”的历史发言，却是对历史的颠覆与反噬。在“台独”激情的驱使下，它无视历史真相，以政治代替学术，以意识形态代替历史论述，使历史叙事成为与历史的彻底决裂，从而生产出武断的历史独白。被“台独”论者推崇为“台湾文学早春的播种者”“‘台湾文学’理论的指导者”“为台湾文学创造历史并书写历史”的叶石涛，曾几何时，也抒情般地宣示：“台湾文学是居住在台湾岛上的中国人建立的文学……在台湾的中国文学，以其历史性的渊源而言，毫无疑问的，是整个中国文学的一环，也可以说是一支流……台湾文学始终是中国人的文学，它并没有因时代社会的蜕变，或暂时性的分离而放弃了民族性，也没有否定了根本性中国民族的传统文化……所有台湾作家都因台湾文学是构成中国文学的一个重要环节而觉得骄傲与自负。我们在台湾文学里看到的是中国文学不灭的延续”。然而，随着分离主义思潮的汹涌喧嚣，叶石涛出现了人格分裂，转而激昂否认台湾文学的中国历史文化基因和中国文学归属，不断发出种种惊世奇论：“不论是战前或战后，不能以台湾文学的创作语文来界定台湾文学是属于中国文学或日本文学；这好比是以英文创作的美国、加拿大、澳洲[①]、纽西兰[②]等国的文学不是英国文学的亚流一样的道理。”“（台湾新文学）所受到的影响既广泛又复杂。中国新文学对它的影响微不足道……战后的台湾文学几乎没有受到任何中国文学的影响，如80年代以降的台湾后现代主义等文学运动跟中国扯不上任何关系。台湾文学是世界文学的一环，它直接跟整个世界人类的文学活动亦步亦趋地往前走。”由于叶石涛在台湾文坛具有显赫地位，早在20世纪70年代台湾乡土文学论战中其“文学台独”论的萌芽阶段，即引起陈映真等文学界人士的警惕和批判。曾庆瑞的《新分离主义引爆的文坛统“独”大论战》《用本土自主性主体论对抗中国文学属性》二文，回眸陈映真等坚守中华民族立场的作家和学者与以叶石涛为代表的“文学台独”派激烈的思想交锋。文章资料翔实，语言犀利，读来令人震撼。

唯心史观与诡辩的方法论，造成“文学台独”颠倒错乱的历史立场。学者陈昭瑛的《论台湾的本土化运动》《追寻“台湾人”的定义》《光复初期“台湾文化”的概念》《发现台湾真正的殖民史》等论文，以严谨的学术理性指出，由于历

① 即澳大利亚。

② 即新西兰。

史相对主义的滥用，“台独”论者在其台湾史和台湾文学的研究中往往未能克制其政治立场，遂使其研究成为其“台独”意识形态的注脚。在这种历史相对主义的滥用之下，连横的《台湾通史》被视为不是台湾人所写，因为其中“充斥着中华思想的偏见”。张我军对台湾新文学的创发之功遭到稀释，因为他代表新文化运动对台湾的影响，更因为他说过令“台独”论者坐立难安的话：“台湾的文学乃中国文学的一支流。”有人主张20世纪20年代的新文学才是台湾文学史的开端。台湾新文学作家吴浊流、叶荣钟、巫永福等人的“近似本能”的祖国意识令“台独”论者有芒刺在背之感……陈昭瑛还严肃指出，有操持解构主义以拆解“中国民族主义”的“台独”论者把马克思引为同调，这实在是对马克思的谬赏，因为马克思主义与一切绝对的主体主义、文化虚无主义是冰炭难容的。台湾人应该培养对自己之历史文化的温情与敬意。陈昭瑛的文论视野开阔、学养深厚、论点精辟，显示了一位正直学人的理论风采。

“文学台独”论者更发明了这样一种台湾新文学史的分期：日据的殖民时期、战后国民党政府的再殖民时期、解除戒严后的后殖民时期。这一分期将国民党政权视为殖民政权，将台湾归还中国视为再次沦为殖民地，解除戒严后的台湾文学即为后殖民文学。该论者又如此阐述台湾左翼史研究：“台湾左翼运动遗留下来的批判传统，在后殖民时期的今天仍然寓有高度的暗示……使台湾知识分子产生自觉，而这样的自觉与左翼传统是可以密切结合起来的。‘台湾民族’‘台湾独立’‘台湾革命’的主张，是左翼运动提出来的；面对着中国帝国主义的野心，以及在台统治者的投降心态，这些主张还是带有强悍的现代性。”如此文学与历史“研究”，虽然极端荒谬，但在今日的台湾却颇有行情。杜继平的《跳蚤“左派”的满纸荒唐言》、吕正惠的《陈芳明“再殖民论”质疑》、曾健民的《“战后再殖民论”的颠倒》、朱双一的《评“战后再殖民论”之要害》等论文，对“文学台独”这种乖张的历史逻辑与历史建构，进行了理据俱备的抨击。《“文学台独”批判》(增订本)中的多篇文章对“文学台独”的“乡土文学”论、“皇民文学”论及“台语文学”论等进行了颇为全面和系统的清理。

帝国主义的殖民统治和战后长期的两岸分离，共同造成了今日台湾文学民族认同的迷惘和错乱。21世纪，中华民族正迎来文化复兴。台湾文学应向何处去？刘登翰《历史的警示》、沈庆利《文学与政治的畸形扭结》和贺仲明《论台湾文学民族精神的缺失与回归》三篇论文，或许已经提出了很好的建议。刘登翰从台湾光复初期《新生报》的《桥》副刊关于“建设台湾新文学”的讨论中，总结出这样的警示：台湾文学的中国归属不容否认，台湾文学的特殊性不可忽视。沈庆利则尖锐指出，近些年来，“台独”意识形态如传染病般在台湾文坛广泛传播，期待台湾文坛摆脱褊狭狂热的“台独”意识形态的左右，“尽早还台湾文学一片纯净的天空”。贺仲明更热切希望，台湾文学的发展以回归中华民族精神为目的，只有这样，台湾作家才能真正思考历史和现实，才能真实而深刻地表现台湾人的生活，使文学的魅力深入所有中国人的心灵。

当前，海峡两岸关系正处于和平发展的历史新阶段，然而“文学台独”并未得到有效和根本的遏制，仍然是两岸关系和平发展的严重障碍，因此对“文学台独”的批判仍具重要的现实意义。德国哲学家狄尔泰在《历史理性批判手稿》中指出：“历史世界建构的首要条件就是通过批判清洗人类对自己本身的混乱和被多重败坏的记忆，这一批判存在于和解释的相互关系中。”他还认为，民众主体的统一乃建立于其与休戚相关意识、民族意识、民族情感的联系的基础之上。《“文学台独”批判》（增订本）的作者们所做的正是这样的努力，冀望通过历史阐释，清洗被“文学台独”扰乱和败坏的历史记忆，重新唤起台湾民众中华民族指向的休戚相关意识、民族意识和民族情感，从而使其告别认同迷惘，成为身心内在统一的历史主体。该书论文角度不一，风格各异，其价值诚然同样需要接受读者与时间的评判。然而，这些两岸学者在关乎文学、关乎历史与关乎国家和民族的大是大非面前，没有缺席回避，没有失语沉默，而是选择肩负起中国知识分子的历史责任，足以无愧于文学的良心。

原载《文艺报》2013年4月12日

文化自信与文化反省

——读柏杨有感

柏杨是中国当代文坛一位极为特殊的作家，这不仅在于其曾经的悲惨遭遇，也不仅在于其兼史学家的身份与多达2000多万字的等身著作，还在于其作品对中国文化的激烈批判与反省。从这一意义上，可以将其视为毕生致力于中国国民性批判的鲁迅的传人。中国当代学者、鲁迅研究专家钱理群曾说，柏杨身上有一种精神，“我以为就是与鲁迅先生相通的硬骨头精神”。“柏杨先生的《丑陋的中国人》和《中国人史纲》，在某种程度上就是鲁迅所期待的这样的‘中国人史’。”钱理群认为，柏杨和鲁迅在精神追求上至少有两点是相通的，一是坚持对中国国民弱点的批判，坚持对中国传统文化弱点的批判；二是民族自省精神。[①]

随着中国综合国力的提升和民族复兴前景在望，文化自信成为新时代的国家话语。在时代背景塑造的当下语境中，重新审视和谈论柏杨，探讨文化自信与文化反省的关系，其实是别具意义的，同时这也再次显示了柏杨的恒久价值。

涵盖小说、散文、杂文、诗歌、报告文学、传记、书信、史学，浩浩2000多万字的柏杨著作，其中一个核心思想，即是对中国文化的反省。这一反省，有时表现为激烈的批判，有时表现为冷静的陈述。作为作家，柏杨的批判生动、形象，且文采焕然；作为史学家，柏杨的反省理性、睿智而学养深厚。

一、近现代中国的文化反省

中华文明上下五千年，是世界上唯一未曾中断的文明。有国际媒体认为，中国在14世纪以后的300多年里，GDP（国民生产总值）有可能一直位居世界第一。漫长的文明、强劲的经济，曾经使中国人有强烈的文化自豪感，直至1840年西方用坚船利炮轰开中国大门，惊醒仍陶醉于这种自豪感中的国人。梁启超曾经将中国史划分为三段，即中国的中国、亚

① 钱理群：《读柏杨著作常常让我想到鲁迅（代序）》，载柏杨《中国人史纲》，人民文学出版社，2011，第2页。

洲的中国和世界的中国。他认为，从黄帝到秦统一，是为中国之中国，这个阶段是中国自发达、自争竞、自团结之时代。从秦统一到清乾隆末年，是为亚洲之中国，这个阶段是中华民族与亚洲各民族交涉频繁、竞争最烈之时代，也是中央集权制度日就完整、君主专制政体全盛之时代。从乾隆末年到现在，是为世界之中国，这个阶段是中华民族合同全亚洲民族，与西方交涉竞争之时代，也是君主专制政体渐就湮灭而数千年未发达之国民立宪政体将嬗代兴起之时代。[①] 实际上这也是中国人认识中国和中国文化在世界上的位置的三个节点。鸦片战争震破了对中国数千年历史文化的沉迷，梦醒的国人看到了"天朝上国"的真容，看到了中国其实只是世界诸多国家之一，中国不过是"世界的中国"。

站在21世纪的今天，19世纪末晚清的"诗界革命""小说界革命""文界革命"、白话文运动乃至清末民初的域外小说翻译兴盛等一系列文学变革，可视为中国文化的自我反省在文学领域的萌动。辛亥革命终结了两千多年的封建帝制，开启了中国社会的现代转型，也为中国文化的深刻反省提供了制度层面的条件。新文化运动标志着中国文化的自我批判与自我反省达到了最高潮。喊出"打倒孔家店"的五四时期，或许是中国文化自信心最低落的时期，但也是对中国文化的一次大规模的价值重估。新文化运动的主要代表人物胡适、陈独秀、李大钊、鲁迅等，以十足的火力对中国传统文化进行了猛烈抨击。1917年1月，胡适在《新青年》杂志发

---

① 梁启超:《中国史叙论》，转引自许倬云《中国文化与世界文化》，贵州人民出版社，1991，第1-2页。

表的《文学改良刍议》一文，提出文学改良须从“八事”入手，即须言之有物，不模仿古人，讲求文法，不做无病之呻吟，务去滥调套语，不用典，不讲对仗，不避俗字俗语。胡适此文虽较温和，所批判的对象亦并不是整个中国传统文学，而是“吾国近世文学”，但已石破天惊地提出“一时代有一时代的文学”；“今日之中国，当造今日之文学。不必模仿唐宋，亦不必模仿周秦也”。而陈独秀在同年2月号《新青年》上发表的《文学革命论》，以激烈的言辞亮出了文学革命的“三大主义”：“推倒雕琢的阿谀的贵族文学，建设平易的抒情的国民文学；推倒陈腐的铺张的古典文学，建设新鲜的立诚的写实文学；推倒迂晦的艰涩的山林文学，建设明了的通俗的社会文学。”语言文字学家钱玄同1918年4月在《新青年》发表的《中国今后之文字问题》一文甚至提出“废灭汉文”之主张，理由是“中国文字，论其字形，则非拼音而为象形文字之末流，不便于识，不便于写；论其字义，则意义含糊，文法极不精密；论其在今日学问上之应用，则新理、新事、新物之名词，一无所有；论其过去之历史，则千分之九百九十九为记载孔门学说及道教妖言之记号。此种文字，断断不能适用于二十世纪之新时代”。

在新文化运动和整个中国现代文学史上，鲁迅以其一系列小说和杂文作品对中国传统文化所进行的批判与反省，达到了更令人瞩目的高度和深度。鲁迅在其小说《狂人日记》中，批判中国历史每页上都写着“仁义道德”几个字，仔细看则“满本都写着两个字是‘吃人’”。他在杂文《青年必读书》中认为，“中国书虽有劝人入世的话，也多是僵尸的乐观，外国书即使是颓唐和厌世的，但却是活人的颓唐和厌世。我以为要少——或者竟不——看中国书，多看外国书”。鲁迅在《且介亭杂文·关于新文字》一文中批判说：“方块汉字……不但劳苦大众没有学习和学会的可能，就是有钱有势的特权阶级，费时一二十年，终于学不会的也多得很。”在《花边文学·汉字和拉丁化》一文中，他又说道：“如果大家还要活下去，我想是只好请汉字来做我们的牺牲了。”在《病中答救亡情报访员》一文中，鲁迅更呼吁：“因为汉字的艰深，使全中国大多数的人民，永远和前进的文化隔离，中国的人民，决不会聪明起来，理解自身所遭受的压榨，理解整个民族的危机。我是自身受汉字苦痛很深的一个人，因此我坚决主张以新文字来替代这种障碍大众进步的汉字。”

在帝国主义列强图谋瓜分豆剖，中华民族饱受欺凌屈辱的那个历史时段，开启民智、强国保种，使中国走上现代化的道路，是胡适等近现代文化先驱们汲汲以求的奋斗目标。而建设和巩固民族国家的民主共和制度，加速实现中国的现代化，一方面需向外国学习，即所谓“师夷长技”“拥护德先生、赛先生”，另一方面需要重新审视以孔学为核心的中国传统文化。心怀启蒙焦虑的新文化运动一代人或许来不及对传统文化加以甄别，或许以全盘打倒作为一个唤醒“无声的中国”的有效策略，因此提出的激进主张既有针对当时整个社会氛围与国际局势的需要，也有对同时代和后人产生误导的主观性和片面性。但不可否认的是，中国近现代文化先驱们关于中国文化的批判与反省，极大地推动了以民主共和为制度设计理念的中国社会的现代转型。马克思主义等西方理论学说进入中国并为中国人所接受，亦是这种文化批判与反省的成果之一。中国近现代文化先驱们为追求中国现代化而义无反顾的批判勇气与反省精神，召唤和启发着后辈中国知识分子，柏杨正是接续了这种文化批判与反省遗绪的杰出后来者。而作为一个作家，他受鲁迅的影响更深一些。像鲁迅一样，柏杨既以小说也以杂文进行思想启蒙与国民精神劣根性批判。

二、柏杨的中国人立场与文化批判

柏杨在其一系列著作中，对中国文化的批判是激烈的，反省是彻底的，但他始终站稳中国人立场，他的文化批判与反思是一个爱国深切的中国人炽热情怀的呈现，是书生报国的一种激情与理性，一种呐喊与低吟。

柏杨在写于1977年的《中国人史纲·序》中说："我们的国家只有一个，那就是中国。我们以当一个中国人为荣，不以当一个王朝人为荣。当中国强大如汉王朝、唐王朝、清王朝前期时，我们固以当一个中国人为荣。当中国衰弱如南北朝、五代、宋王朝、明王朝，以及清王朝末年时，我们仍以当一个中国人为荣。中国——我们的母亲，是我们的唯一的立足点。"《中国人史纲》的第一章《历史舞台》，深情而又凝重地描绘了中国的广袤疆土、锦绣河山。柏杨用优美而抒情的文字写道："中国版图像一片和平宁静的海棠叶，台湾岛和海南岛，像镶在叶柄下方的两颗巨大珍珠。中国南海诸岛，则是无数散落在碧绿海水中的小的珍珠群。”“中国像一个巨大的立方体，在排水倒海的浪潮中，它会倾倒。但在浪潮退去后，仍昂然地仍矗立在那里，以另一面正视世界，永不消失、永不沉没。就20世纪，使人沮丧的大黑暗时代结束，五千年专制帝王制度结束，悠久的但已不能适应时代的生活方式和意识形态，也被逐渐抛弃。奄奄一息的华夏人返老还童，英姿焕发，创造出中国第四个黄金时代，在全世界万邦之中，充当忠实的和强大光荣的角色，而且成为最重要的主角之一。”

柏杨认为中国历史上出现过4个黄金时代。第一个黄金时代是公元前5世纪至前1世纪的400余年的时间，即春秋末期、战国时代、秦王朝、西楚王国和西汉王朝，这是一个奴隶制度没落，都市商业阶级和地主阶级战胜了奴隶主即世袭的贵族阶级的时代。在这一时代，一个人的权力，取决于他的思想和能力，不再完全取决于他的祖先成分。社会结构的巨变，使思想学术界呈现出百花怒放的奇观。中国所有古哲学思想和文化创造，在这个时代萌芽成长。儒、道、墨、法四大学派及其他社会科学和自然科学纷纷出现，光芒四射，使中国的思想学术进入空前辉煌的时代。第二个黄金时代是唐王朝唐太宗李世民开创的，至唐玄宗李隆基终结，历时130年。对于开创了第二个黄金时代的李世民，柏杨极为难得地不吝赞美之词，称赞李世民和他的臣子房玄龄、杜如晦、魏徵，随时随地都把杨广作为警惕对象，每一件措施都求其跟杨广不同，使他们成为一个战斗团队，互相勉励督责，兢兢业业地进行国家建设，在人民的尊重、信任和支持下，推行廉洁政治，获得空前成功。柏杨认为，李世民是中国帝王中第一个因为勋业和本身的美德而被中国人真心称颂崇拜的人物，是一位伟大的领袖。第三个黄金时代自17世纪80年代至18世纪70年代。柏杨认为，中国传统的宫廷制度，在清政府手中获得重大改革，嫔妃、宦官和宫廷费用都大量减少。清王朝实行的是一种比较朴实的婚姻形态，皇帝除了皇后一人外，嫔妃不过10人左右，虽然仍是一妻多妾制度，但比起从前那种有三宫六院、七十二御妻和数万名宫女的阵营，已是一个惊人的进步。清廷的改革，使宦官时代成为陈迹。清王朝寿命296年，共有12个皇帝，而近三分之二的皇帝都很能干，了解并努力完成他们的任务。另外三分之一也都属中等才智。中国还没有一个王朝，包括周王朝、西汉王朝、东汉王朝、唐王朝在内，出现过这么多具有很强能力而又肯辛勤工作的帝王。认定这第三个黄金时代，柏杨还有两个理由。一是它带给中国的虽然不是第一个黄金时代那种澎湃的学术思潮，也不是第二个黄金时代那种英雄们气吞山河的气概，而仅仅是100年的和平与秩序。这本是人民最低的要求和政府最低的功能，但它在中国已绝迹了很久。二是第三个黄金时代的最伟大的成就，在于清政府为中国开辟了广袤的疆土，清政府为中国增加的领土，超过从明王朝承袭下来的中国领土的3倍。第四个黄金时代，即20世纪辛亥革命推翻帝制至今，中国进入了民主共和并成为世界大国的时代。

柏杨从中国人的立场出发，肯定与揄扬中国历史与文化的光荣传统，在此基础上，展开尖锐而深刻的文化追问与批判。柏杨的批判态度是激烈的，但并不虚妄，话语间潜流着深沉而辩证的历史理性。如他对孔子与儒家的批判，即肯定中有否定，否定中有肯定。他认为，与其说孔子是一位思想家，不如说他是一位教育家，他只做叙述，而很少创见。但他对人际关系的深刻了解，使他对人性的弱点抱浓厚的同情态度。孔子的政治生涯是失败的，但他的教育精神则绝对可贵而且成功。他是一位伟大的教师，他那些精辟的处理人际关系的言论流传下来，成为中国最珍贵的文化遗产的一部分。但孔子对鲁国史《春秋》重予编纂，目的不在提供一部真实的史实，而在用来实现他的恢复传统秩序的政治理想，努力暴露对新兴事物的排拒，更努力隐瞒或抹杀，甚至曲解贵族的罪行。他企图用精神胜利的法宝来否定现实，于是《春秋》遂脱离历史的范围，变为“褒善贬恶”评论性的经典。孔子对《诗经》作重大删定，只保存了他认为有价值的305首，其他的都被淘汰——这是中华文化的损失。《诗》《书》《礼》《易》《春秋》，这五部因为孔丘编纂删订而成为经典的古书，一直到19世纪，中国几乎所有的知识分子，都在这五部书里团团打转。所谓中国人的思想学术著作，在20世纪之前，大都是对这五部古书的研究和再研究。所谓学者、专家、思想家，差不多都是为这五部古书做批注，或为其中某一句、某一字做考证的人。《论语》跟“五经”一样，也被列为经典，一个以崇古尊君为中心思想的儒家学派正式建立起来。《论语》所记载的孔子的言论是片断的，所以儒家学派缺少一个完整的哲学体系和一个为一种观念概括统摄而前后一贯的逻辑。儒家思想是保守的，认为社会是退化的，最好的永远是最好的，而最好的时代已经过去。现在不如过去，未来不如现在，所以必须事事以古为法，至少也要保持现状。

对于自己从事的中国历史与文化批判工作，柏杨在《中国人史纲·序》中说："我们的立场是中国人的立场，不同于'奉旨修史'的官员立场，也不同于以王朝为主，以帝王将相为主，以统治阶层自居的立场——他们把利益所从出的王朝放在第一位，而把中国放在第二位。我们反对'成则帝王，败则盗寇'的史观，在那种史观上，很多丑恶被美化，很多可歌可泣、代表中国人磅礴刚强、澎湃活力的智慧和勇敢，却被丑化。""我们坚持的标准是国家民族和人道人权，不掩饰污点，犹如美国历史不掩饰吊人树一样，同时也展示出中国对全世界全人类文明所做的尊严贡献。""中国人的立场"使柏杨对中国历史与文化传统的回顾与梳理，别具慧眼和发现。他沉痛地指出，中国科举制度的主要内容是考试两千年前的儒书，儒家学派强烈的保守和崇古本质，也就成为士大夫最突出的冥顽性格，八股文的机械训练，更使士大夫脑筋里残存的想象力荡然无存。士大夫习惯于不用自己的思想，所有著作都是代替圣人系统发言，于是养成一种不切实际"发高烧"的毛病，对社会上的任何改革和进步都狂热地对抗。自11世纪王安石变法失败以来，中国历史即显示出一个定律：在士大夫政治形态下，任何变法和改革都不可能。历史不断呈现一种现象：对国家民族前途忧心如焚的人，往往受到最大的痛苦；而颟顸污秽的既得利益群，反而是最快乐的。

中国人立场与文化批判，是柏杨著述的一体两面，二者相辅相成，彰显着一个中国公民和知识分子辗转反侧的爱国情操与忧国精神。

三、文化自信建基于文化反省

柏杨的著作，大多写于21世纪之前。虽然他认为20世纪的中国进入了第四个黄金时代，但是，20世纪的中国也仍是一个多灾多难的时代，充斥着战争、饥馑、动乱，一直到20世纪80年代，整个中国才迎来了和平、发展与繁荣的历史新时期。改革开放使中国经济腾飞，香港和澳门的相继回归，进一步强化了中国人的民族自豪感。尽管海峡两岸尚未统一，但进入21世纪，世界第二大经济体所带来的物质进步与国际地位的提升，一洗鸦片战争以来近现代中国的民族屈辱。近180年来，中国人在国际上从未像今天这样扬眉吐气，动见观瞻。柏杨所大声疾呼和日夜憧憬的中国的强大，已有部分成为现实。文化自信不仅是国家话语，也是越来越多国人的精神支柱。那么，柏杨关于中国的文化批判与反省，还有价值和意义吗？

这一问题的答案当然是肯定的。中华民族的伟大复兴，包括文化的复兴。中华文化的复兴，呼唤国人的文化自信。然而，只有对民族传统进行梳理、鉴别，取其精华，去其糟粕，才可能有真正的文化自信。立足于传统的再审与重估基础之上的文化自信，也才可能是清醒和牢固的自信。这就是今天重读柏杨的意义所在。

约200年前，还在鸦片战争之前，德国哲学家黑格尔如此注视遥远东方的中国：“历史必须从中华帝国说起，因为根据史书的记载，中国实在是最古老的国家……中国很早就已经进展到了它今日的情状，但是因为它客观的存在和主观运动之间仍然缺少一种对峙，所以无从发生任何变化，一种终古如此的固定的东西代替了一种真正的历史的东西。中国和印度可以说还在世界历史的局外，而只是预期着、等待着若干因素的结合，然后才能够得到活泼生动的进步。”[①]黑格尔学说或许有欧洲中心论的色彩，然而此段关于中国的观察论断，多少击中了中国历史的某些顽症和要害。而中国近现代的文化先驱们及其当代传人柏杨，正是要撬动那“终古如此的固定的东西”，以使古老的中国能够得到活泼生动的进步的因素之一。他们冲破禁锢的精神探索与思想启蒙，他们惊世骇俗的文化批判与反省，助力着中国从蹒跚颠踬到步履稳健地迈进世界历史之中。

2018年8月

① 黑格尔：《历史哲学》，王造时译，上海书店出版社，2001，第117页。

张我军的精神遗产

今年（2012年）是台湾新文学运动的先驱者张我军先生诞辰110周年、逝世57周年。张我军先生所处的时代，是中国积贫积弱、落后挨打，台湾被割让、被日本帝国主义殖民统治，台湾归还中国又因内战而导致两岸分离、同胞分离的时代。而在经过30多年的改革开放后，中国正在令全世界瞩目地崛起。在海峡两岸和平发展的今天，我们纪念张我军先生，应该从张我军先生的生平和奋斗生涯中汲取什么样的历史经验和教益，我觉得是一个值得思考的严肃问题。

纪念张我军先生，我认为首先要检视张我军先生留下的精神遗产。

张我军先生留下了哪些精神遗产？在我看来，首先是爱国主义精神。张我军的爱国，是爱中国、爱中华民族。张我军先生1902年出生于台湾台北厅即现在的新北市。他出生之时，台湾被日本殖民统治已经7年。他7岁进入公立学校，接受的是日式教育。但可贵的是，早年接受的日式教育并没能泯灭他的中国心。18岁时，他在台北随秀才赵一山读书学诗。他19岁时到厦门，在银行工作的同时学习中文，受到新文化运动的熏陶。他深知自己是中国人，他的文章字里行间充满着对祖国的挚爱和深情。1924年，22岁的张我军发表了一系列颂扬、推介新文化运动的文章，以新文化运动为晨钟，唤起尚在沉睡中的台湾旧文坛。在《请合力拆下这座败草丛中的破旧殿堂》一文中，他开宗明义、掷地有声地说："台湾的文学乃中国文学的一支流。本流发生了什么影响、变迁，则支流也自然而然地随之而影响、变迁，这是必然的道理。"1925年，他又在《复郑军我书》一文中阐明自己为新文学摇旗呐喊的动机："我台湾之中国文学之衰颓是众所周知的，我也是为欲振兴中国文学所以出而呼号的。"在《文学革命运动以来》一文中，他又指出："中文于我们是断断不可缺的，我们不但应当极力保存中文，而且要极力昌盛中文才是。"鲜明而强烈的祖国意识、中国意识，使得张我军先生的人品和作品始终站在时代和历史的高度。

其次是爱家乡亦即爱台湾的精神。台湾是张我军先生生长的地方，也是他度过人生的最后岁月的地方。他同样深情地眷恋和热爱家乡、热爱台湾。张我军先生在大陆生活多年，但他始终关切台湾，写出了一系列关于台湾政治、文化、教育等问题的文章，始终与台湾同胞休戚与共。但他对家乡的爱、对台湾的爱又是一种充满着理性的爱，甚至是一种金刚怒目、当头棒喝式的爱。他痛感20世纪20年代的台湾文学界“还是暗无天日，愁云惨淡，百鬼夜哭，没有一些活气，与现代的世界的文坛如隔在另一个世界似的”，因此满怀忧愤地写下《糟糕的台湾文学界》《为台湾的文学界一哭》《请合力拆下这座败草丛中的破旧殿堂》《绝无仅有的击钵吟的意义》等文论。他把自己的这些文论比作扔向台湾旧文坛的“炸弹”。他直陈：“我最痛恨的是坐井观天之徒，夜郎自大之辈，他们只知己而不知彼，一味夸博，甚至捏造事实，瞎说瞎闹，甚望我台湾的文人不可如此！”作为第一个向台湾旧文坛掷下“炸弹”的新文学先驱者，他冀求达到的是这样的目的：“我希望有继我而把台湾的古典文学破坏的一人出现，我又很希望在一方面极力建设新时代的新文学于我们的美丽岛，将来不久或许能看见灿烂之花在这美丽岛闪耀。”张我军先生的这些话语，所表达的是对家乡、对台湾的刻骨铭心的大痛和大爱。这种大痛和大爱，对与他同时代的人来说是一种灵魂的撞击，对今天的我们又何尝不是一种心灵的震撼?

再次是对新文学的坚决捍卫的精神。张我军先生是新文化运动所催生的中国新文学的坚定追随者和坚决捍卫者，是将中国新文学的火把烧向台湾岛的闯将。虽然他谦虚地说：“我不敢以文学革命军的大将自居，不过是做一个导路小卒，引率文学革命军到台湾来，并且替它呐喊助攻罢了。”张我军先生对中国新文学的追随和捍卫，对台湾新文学的呐喊和开拓，乃是因为他对包括台湾新文学在内的中国新文学有深刻的认识。中国新文学是一种通俗的大众语，是不同于贵族文学的国民文学，不同于古典文学的写实文学，不同于山林文学的社会文学。中国新文学对现代中国人的向心力、凝聚力起着极大的塑造作用。而作为中国新文学一部分的台湾新文学，也有着同样的内在意义和使命。张我军先生在1925年写的《新文学运动的意义》一文中指出："我们欲把台湾人的话统一于中国语，再换句话说，是用我们现在所用的话改成与中国语合致的……倘能如此，我们的文化就得以不与中国文化分断，白话文学的基础又能确立，台湾的语言又能改造成合理的，岂不是一举而三四得的吗？"他把白话文学的建立和台湾语言的改造作为台湾新文学建设的两大要点，而这样又是为了与中国新文学取得内在的一致，从而使台湾文化"得以不与中国文化分断"，这是何等深邃的思考，这是何等炽热的祖国情怀，这又是何等自觉的文化担当！

最后是身体力行的实践精神。张我军先生不仅是台湾新文学的摇旗呐喊者，而且是台湾新文学的身体力行的实践者。他不做光喊空头口号的文学运动家，而是做辛勤播种和耕耘的创作者。他用白话文学写诗歌、小说和散文，是一位优秀的台湾新文学作家。他还是当年中国北方名重一时的日语教授，翻译了大量日本文学作品，已出版的译著达15册230万字之多。他的作品言之有物，充满真性情、真感情，是思想的奔流，是性灵的抒发，语言明白晓畅、生动活泼。他告诫台湾的诗人不要执迷着、死守着已成的法则形式，奉先人偶定的形式法则为天经地义，实不知他人已定的形式只是自己的监狱。把自己的思想感情驱入监狱里头的人，是不能自由奔放、自由表现的。张我军先生自己的创作，正是思想感情的自由奔放和形式手法的自由表现，正是新文学所提倡的真文学、活文学。张我军先生的文学主张和创作实践，对我们当代文学的创新和发展也是很有益的借鉴和启迪。

检视张我军先生留下的这些精神遗产，让我们更清晰地体认张我军先生的人格的高迈和思想的光辉。张我军先生热爱自己的祖国中国，热爱自己的家乡台湾。在他的眼里，在他的心中，台湾自古属于中国。张我军先生的这种爱国主义精神，应当是海峡两岸和平发展的方向和依归。张我军先生对包括台湾新文学在内的中国文学在建设统一的现代民族国家方面所起的作用的深刻理解并身体力行，也启示着当今海峡两岸文学创作和交流应蕴含的动因和宗旨。

哲人已去，英风长存。张我军先生的精神遗产，值得作为后人的我们深思和继承，发扬并光大。

2012 年 11 月 24 日

“漂鸟”飞出人生的深广

——简论加拿大华文女作家创作

海外华文文学是当代世界文学的重要组成部分。21世纪，随着中国的崛起，中外交流前所未有地拓展，越来越多的国人到国外学习、旅游和定居，海外华文文学队伍随之壮大。在海外华文文学的格局中，加拿大华文（以下简称加华）文学是重要一翼，而加华女作家则是加华文学的主力军。

做出这样的判断，是基于加华女作家的阵容、创作及其影响。比如中国致公出版社2011年3月出版的《漂鸟：加拿大华文女作家选集》一书，收入了50位作家的作品。这是一本散文和小说集，诗歌作品没有被收入，也就是说一些女诗人没有出现在这本集子里。该书序作者徐学清先生在序言中说，加华女作家人数与作品均比男作家多。这本集子所反映出来的阵容，在海外华文文坛的确是一个很大的女作家群。

加华女作家在创作上并不是一个统一的集体，而是一个思想多元、风格多样的文学群落。有中文和中英双语写作能力的加华女作家，一般都有在中国成长的背景。有的作家的作品，很自然地以中国生活、中华文化为题材。如叶嘉莹的散文《说李清照词二阕》，对中国宋代著名女词人李清照的两阕词《南歌子·天上星河转》和《渔家傲·天接云涛连晓雾》做了独到的解读，生发出前人所未有的见解。她尤其注意这两阕词结尾的写法。关于前一阕，叶嘉莹认为结尾“旧时天气旧时衣，只有情怀不似旧家时”，写得极为委婉含蓄，全无伤感泪流的字样，而其哀感乃尽在言外。此阕词虽在过去未曾引起人们的重视，却是李清照词中最具有幽隐深微之特美的一阕作品。关于后一阕，她认为“九万里风鹏正举，风休住，蓬舟吹取三山去”三句，表现了一种飞扬的气势，这种想象和理想，已突破现实中一切性别文化的局限，而是对人生究诘的反思和超越。这阕词所表现的境界和美感，是李清照词中极可注意的一种特殊的成就。出生于北京的叶嘉莹，1945年毕业于北京辅仁大学国文系，1948年赴台湾，1969年迁居加拿大温哥华。她曾任台湾大学教授，美国哈佛大学、密歇根大学、哥伦比亚大学客座教授，加拿大不列颠哥伦比亚大学终身教授，加拿大皇家学会院士。她还受聘为中国多所大学的客座教授，是中国社会科学院文学研究所名誉研究员、中央文史研究馆馆员、南开大学中华古典文化研究所所长和博士生导师。跨越中西的丰富阅历和渊博学识，赋予叶嘉莹古典文学研究开阔的视野、别开生面的把握和颖异的见解。

理想主义的诉求，在有的加华女作家的作品中表现得十分鲜明。如李彦发表于《人民文学》杂志2015年第3期的纪实文学《尺素天涯——白求恩最后的情书》，通过对白求恩情感生活线索的采访和追述，从一个鲜为中国读者所知的视角，表现了白求恩崇高而感人的国际主义、人道主义和理想主义精神，同时也揭示了白求恩与左翼人士在加拿大的历史与现实境遇。作品风格既昂扬激越，又沉郁悲壮。1987年从北京赴加拿大的李彦，在文学创作上成就卓著，有多部中英文长篇小说和作品集出版。在中国生活和成长的背景，赋予其作品一种特别的家国情怀与话语。宇秀的散文《当宇秀是露丝玛丽的时候》，则弥漫着一种在理想和现实中徘徊逡巡、辗转反侧的思绪与心结。作者出国前在国内是从事写作工作，即“靠文字过活的”，移民加拿大后是五星级酒店中皮草店的一名店员，名字也从宇秀改为露丝玛丽。然而，作者的内心一直在宇秀和露丝玛丽所象征的两种身份、两种人生中挣扎：“露丝玛丽如今工作的场所比以前坐过的编辑部和书房不知要华丽气派多少，妆容与服饰比之以前在典雅和流行之间也更显得游刃有余，但是宇秀躲在露丝玛丽名字后面的感觉和外表的光鲜亮丽大相径庭，她开始有了‘劳力者治于人’的体会。”宇秀是用头脑谋生的，而露丝玛丽用的是外表。宇秀痛感：“当女人的外表在她的谋生中变得更为重要的时候，她的实际社会地位却是下降了的。”宇秀的痛苦还在于，她作为一个中国的才女在加拿大的皮草店打工，居然处处都不如一个来自北非的女人，“简直很丢中华民族的脸”。社会地位的下降，甚至使她记起了曾经有点疑惑和拒绝的革命话语，而“如今回头再读马克思的话，突然觉得分外解恨”。然而，作者又表现了一种反思，“做了露丝玛丽后，我由衷地感觉到宇秀有太多的缺失”，因为“在海外谋生，能够准确快捷地把钱数清楚，甚至能够又快又干净地把碗盘洗干净，都比会把方块字舞弄出思想和情趣来要有实际意义得多”。她不再认为写作比其他工作要高人一等，虽然她还是想写作……这已是一种新的境界，类似“见山还是山，见水还是水”的禅境。《当宇秀是露丝玛丽的时候》所表现的情绪是复杂的，如同它所表现的生活。

移民生活与中国传统的冲突，是加华女作家的又一大关注焦点。张翎的小说《母亲》，即是表现一对华人年轻夫妻与从中国来探亲的男方母亲在生活习惯乃至价值观方面的榫卯不合，导致令人伤感的结局。

海外生活的五光十色，尤其是各个族裔人物的思想和性格，是有的加华女作家作品中极吸引读者的内容。如曹小莉的散文《卖车大王爱德·史密特先生》，叙述了几位来自不同国家的人物的故事，并生动地刻画了不同人物的不同性格，既具有认识价值，又蕴含诸多人生况味。类似作品尚有原志的散文《与女权活跃分子们相处的日子》和雷蒙的散文《温哥华手记》等。

开阔的眼界、西方文化的熏陶，也使有的作家心态乐观豁朗。黎婷儿的《霜叶红于二月花》、马绍娴的《老年摄影快乐多》、为力的《北方之旅——访印第安居住地》等散文，表现的是一种自强不息、快乐生活的人生态度。

咏物以言志，是有的作家的写作路向。如汪文勤的散文《土豆唱歌》，别出心裁地以诗意的语言，描写和歌咏土豆这一“养育人类的食物”，表现了人对土豆的感恩；又通过对土豆的朴实与奉献的品质的描绘，发出“我们便是那些唱着歌的土豆”的声音。“土豆是会唱歌的，用沙质的喉咙，唱出泥土幻化而来的香气。”开篇三句，即标志了这篇作品的不凡气质与卓异修辞，是值得令人再三回味的佳章。

全球化时代的到来，尤其是中国“一带一路”倡议的提出，使中加两国的交流与联系空前地紧密，这是两国经济发展的机遇，也是文化前行的机遇。富于智慧与才华的加华女作家们在这新的历史契机中，定会找到新的定位，创造出新美的文学。这群“漂鸟”将会继续飞出人生的深广。

2017 年 7 月

探索一个尚待开拓的文学新大陆

——《丝绸之路上的华裔文学奇葩：中亚东干文学》序

杨建军的《丝绸之路上的华裔文学奇葩：中亚东干文学》（以下简称《中亚东干文学》），是一部难得的文学研究专著。首先它可能是国内第一部关于东干文学的个人研究专著，有一定的认识价值。此前虽然国内也有过这方面的著作，比如兰州大学教授、杨建军的老师常文昌主编的《世界华语文学的“新大陆”——东干文学论纲》2010年由中国社会科学出版社出版，但它不是一部个人著作。常文昌教授的另一部研究专著《亚瑟儿·十娃子与汉诗》是2003年在吉尔吉斯斯坦出版的，而且是用俄文撰写的。兰州大学的其他教师可能也都有这方面的博士论文，比如司俊琴副教授的博士论文是《中亚东干文学与俄罗斯文化》，但据我所知都还没有出版。国外以俄罗斯汉学家和东干族学者为主体的东干文学研究始于19世纪末20世纪初，特别是20世纪50年代东干学部成立之后，就开始了真正意义上的东干文学研究，无论是口头文学还是书面文学研究，都取得了丰硕的研究成果。中国学者关注中亚东干文学始于20世纪80年代末，国内的东干文学研究起步较晚，在21世纪初却也出现了较成规模的东干文学研究成果。甘肃、陕西、宁夏、北京等地有一些学者开展了东干学研究，研究范围涉及语言学、民族学、历史学、文学等方面。近几年教育部有人文社会科学项目“中亚东干文学研究”，国家社会科学基金青年项目有“中亚华裔东干文学与俄罗斯文化”，兰州大学人文社会科学学科建设基金项目有“东干文学与俄罗斯文化”，兰州大学中央高校基本科研业务费专项资金项目有“中亚东干民间文学对中国文化的传承”和“普拉东诺夫研究”，兰州市社科规划项目有“中亚东干文学对中国西北文化的传承研究”，等等。但也应该承认，国内对东干文学的研究主要局限于高校，而且主要是西北地区的高校。即使在学术界，大多数学者对东干人、东干学和东干文学恐怕也是很陌生的。所以，我首先肯定杨建军这部论著的认识价值。

顾名思义，中亚东干文学，就是中亚东干人创作的文学。东干人是100多年前西北回民起义失败后迁居中亚的华人后裔，也就是西北回族移民的后人，现有10余万人口，主要居住在吉尔吉斯斯坦、哈萨克斯坦和乌兹别克斯坦三国境内。

东干族是俄罗斯人对他们的称呼，因为吉尔吉斯斯坦、哈萨克斯坦和乌兹别克斯坦这三国是苏联的加盟共和国，东干族亦即苏联的一个少数民族 。东干文学经历了从口头文学到书面文学的发展历程。东干人迁居中亚后，汉字失传，只有从中国带去的口传文学。东干人先后借助阿拉伯字母和拉丁字母拼写东干文，最后又用斯拉夫字母创制了东干文，于是东干人便成为“世界上唯一说中国话又完全用字母拼写中文成功的人”。东干文字产生后，东干书面文学随之得到迅速发展，涌现出了一批优秀的作家和诗人。

杨建军这部论著从多元的视角来探索东干文学与中国文化的发生、东干文学的历史和地理脉络及底蕴。论著试图通过论析东干文学与中国文化、伊斯兰文化、俄罗斯文化及地域文化的关系，从文化源流上廓清东干文学的概貌。书中指出，中国文化是东干文学深刻的渊源，我们可以从华裔民间文化给养和恋华之情两个方面来把握中国文化对东干文学的影响。伊斯兰文化也是东干文学重要的文化源泉，东干文学的语言、美学风格等方面都体现了伊斯兰文化色彩。俄罗斯文化是中亚地区的强势文化，东干文学的语言、题材、风格等都与俄罗斯文化存在关联。东干文学还受到中国秦陇地域文化和中亚游牧地域文化的影响，我们能从文学语言、民俗意蕴、作家影响等层面感受到地域文化对东干文学的影响。东干人进入中亚后，虽然由于汉字失传及文化氛围的转变，无法再直接受汉文化影响，但数千年的中华文化熏陶已内化为东干人心灵深层的集体无意识。但这些一般是撰写这一论题专著的学者都可能会写到的，给我印象更深刻的，是作者还注意到了另一方面，就是中亚本土悠久的华裔历史文化积淀，并认为这一积淀与东干文学能够保持中国文化色彩有一定的关系。作者据此指出东干人踏入的中亚是一块具有中国文化积淀的土地，东干人对中亚土著居民来说并不完全陌生，而是相对比较熟悉的“文化他者”。比起东干文学与中国文化、伊斯兰文化、俄罗斯文化及地域文化的关系这四大方面来说，这是一个相对次要的方面，也是最可能让人忽略的方面。但杨建军没有放过对这个方面的关注，说明了他的学术思维是比较缜密的。

同样的缜密思维也表现在他对东干文学与俄罗斯文化及与地域文化关系的论述中。他在谈到东干文学在苏联时期以“社会主义现实主义”为主的创作风格，明显是受到苏联主流政治话语的影响之后接着指出的，20世纪30年代至80年代的俄罗斯文化发展在主流政治话语之外，还有一条源于陀思妥耶夫斯基并由安·别雷、帕斯捷尔纳克、亚历山大·索尔仁尼琴等人坚守的精神拯救脉流。由于对俄罗斯文化的解读处在政治话语的遮蔽之下，东干文学未能汲取这支俄罗斯文化脉流的文学艺术财富。他认为，东干文学吸纳俄罗斯文化的缺憾使我们意识到，华人作家在吸纳所在国文化时，必须警惕自身从文化弱者身份出发的局限性。华人作家要以客观冷静的心态审视所在国的主流文化与非主流文化，构建起自己宏阔的跨文化创作视野。从对东干文学受到中国秦陇地域文化和中亚游牧地域文化影响的现象的梳理中，作者得出自己的结论，认为我们应把地域文化纳入世界华裔文化研究的视野。比如，在美国华裔文学研究中，就应注意中国不同地区的地域文化和美国不同地区的地域文化对华裔作家的影响，以及这种影响造成的美国华裔文学文本间的细微差别。他还认为，长期以来，研究界一直关注世界华裔文学的“离散”特质，但是华人亚文化圈对华人的“凝聚”作用也是不容漠视的。关注聚居而成的华人文化村落、非聚居而成的华人文化社团，以及华人报刊，乃至新近活跃的华人文学网站等对世界华裔文学发展的作用，应该是未来研究的一个新生长点。这些结论的达成，显然来自一种独立和周密的学术思考。

这本论著通过东干文学与中国回族文学、中国俄裔侨民文学、美国非裔黑人文学、阿拉伯旅美侨民文学和俄罗斯作家的中国书写的多元比较维度，在世界侨民文学、世界华裔文学和华裔少数民族文学的格局中来定位东干文学。他认为，中亚东干文学是世界华裔文学中独立于东南亚诸国及欧美诸国华裔文学之外的，一个尚待开拓的文学“新大陆”，深入研究东干文学有助于丰富中国文化的内涵，理清华裔文学在世界文化长河中的又一新流向。论著从多元比较的维度，令人信服地阐述了东干文学的优长与不足，比如认为东干文学与美国非裔黑人文学具有见证了两族人曾经的悲惨处境和血泪抗争，关注妇女的命运、妇女遭受的歧视和妇女的成长，以及以现实主义为基点的创作手法等共同特点。两族作家在作品中也各自进行了宗教改造，但非裔黑人文学中的宗教改造蕴含着黑人主体意识的觉醒，黑人改变生存境遇的渴望；而东干文学中的宗教改造并未动摇东干人笃信伊斯兰教的根本，改造只是适应新观念的部分调整。非裔黑人文学中的终极关怀穿越了宗教，回到了人本身；东干文学中的作家的思考没能穿越宗教，也缺乏回归人本身的终极关怀。因此，东干文学的未来要想有大的突破，对人类终极命运的深度关怀是他们必须面对的问题。同为少数族裔的美国黑人文学在这方面的探索，无疑对东干文学的未来发展具有重要的借鉴意义。

书中还谈到了华裔文学对中国本土文学发展的意义，其他民族的侨民作家对华裔作家创作的借鉴作用，认为虽然中国本土文学是世界华裔文学的文化源泉，但是不能有中国本土文学优于他国华裔文学的错觉。阿拉伯侨民文学对阿拉伯本土文学改革的促进和对阿拉伯文学地位的提升启示我们，他国华裔文学对中国本土文学的发展具有重要的价值。如美国华裔作家汤亭亭获美国“全国图书批评奖”的《女勇士》中，关于东西方文明冲突的处理方式对中国本土作家就具有借鉴价值，东干作家对民间文学资源的倚重同样对中国本土作家具有借鉴意义。一些民族的侨民作家，比如阿拉伯侨民作家的创作能获得世界性的认可，对华裔作家的创作也具有启示意义。华裔作家的创作不应拘囿于思念中国故土或展示文化冲突，应从博爱、人道的视角去建构自己宏阔的创作视野，如此华裔作家的文学创作才会到达胜境。

更值得注意的是，书中指出世界华文文学的研究大致被学界划分为东南亚和欧美，即东、西两大板块，中亚、西亚等地一直被学界所忽略。其实在世界华裔文学中隐伏着一条规模庞大的伊斯兰文化带。构建这条文化带的作家以华裔穆斯林作家为主，也有华裔非穆斯林作家参与其间。中亚地区世界华文文学伊斯兰文化带的华裔作家群，主要来自中亚东干族、维吾尔族、哈萨克族等信仰伊斯兰教的族群。这条文化带具有丰富的文学矿藏和上乘的文学矿质。发掘此一文化带，不仅有助于我们拓宽世界华文文学研究的空间领域，拓展世界华文文学研究的历史纵深，其特殊意义还在于，让华裔少数民族文学进入了我们的研究视野。书中指出，世界华文文学伊斯兰文化带是以华裔少数民族作家为主体而建构的，世界华文文学界目前对华裔少数民族文学的研究还近乎一片空白。作者据此提出一种“双重还原”研究法，认为首先应走出把华裔简单等同于受汉文化影响的误区，从文学根源上还原其作为中国少数民族所具有的特殊文化基因。其次，应对影响华裔文学成长的华人所在国文化条分缕析，从文学现状上还原其作为华裔少数民族文学的生存状态。简言之，“双重还原”即文学根源和文学现状的还原。

以上这些都是作者关于东干文学研究并从多元文化、多元文学比较的维度提炼出的学术观点，不无独特新颖，有不少真知灼见。阅读这本论著，不仅能使人获得关于东干文学的认识，还在诸如世界华裔文学研究如何进一步拓展，尤其是如何开辟华裔少数民族文学研究新领域等方面获得十分有益的启发。还有很重要的一点，是在实施“一带一路”倡议的时代背景下，作为丝绸之路上中外文化交流的一个特例的东干文学，必将越来越成为一个醒目的存在。加强东干文学的研究，也必将是进行新丝绸之路文化和文学交流的一个焦点。可以说，这本论著切合了时代的需要，具有不可忽视的超越文学的现实意义。

这本论著也存在着作者在书中所承认的资料匮乏的问题，这是制约中国学者深入研究东干文学的最主要的瓶颈。为了解决这个问题，作者也做出了自己的努力，比如引用的资料多为东干原文或部分俄文，包括从吉尔吉斯斯坦和哈萨克斯坦收集到的俄文版东干作品及研究著作11种，东干文小说、诗集、口歌口溜等13种，东干报刊等4种。因此，这部论著本身对东干文学研究也具有资料价值。但相对于东干文学的历史而言，可能这些资料仍显不足，因此导致书中的一些申论概念有余而论据不足，尤其是与国外东干文学研究的对话缺失。这些遗憾，或许会随着作者今后研究的更加深入和研究条件的进一步改善而得到弥补。

是为序。

2015年11月

拓展桂学研究的多民族视野

桂学作为一个学术文化概念，正式提出于2009年。广西文联2009年先后召开两次桂学研究专家座谈会，是桂学作为一种学术研究登场问世的标志。

在中国文化研究领域，有的省籍学派如湘学、蜀学、浙学、徽学等历史悠久，成就辉煌。这些省籍学派有传统，有文献，有师承，有杰出的代表人物，它们既是地域文化，又是中华文化的重要构成部分。而作为新兴的学术，桂学既展开着广阔的前景与丰富的可能性，恐亦不免因无前范而生发桂学往何处去的茫然和焦虑。当然，从2009年至今，关于桂学的定义、内涵、对象、路径和价值意义等等，已有不少专家学者论述，并取得了一定的研究成果。但一种学术的创立期可能需要较长的时间，2009年至今仅仅五年，桂学研究的视野和议题仍有待拓展。

初生牛犊不怕虎。桂学的初生，桂学的史无前范，是一个短板也是一个长项。桂学缺乏学术积淀，缺乏学术传统，缺乏前人的肩膀，但也因此而少了历史的包袱和转型的困难。桂学是以现代学术的面目问世的，在本体论和方法论上与传统学术截然不同，它是以当代价值观为指导，直接面对当代现实，着眼于当代问题的学术。诚然，我赞同部分学者提出的这一观点：桂学研究对象的历史上限，可以早到旧石器时代。桂学是研究现今广西地域上由古到今所发生的一切文明活动及其发生、发展规律的学问。桂学研究的目的是什么呢？我认为桂学研究不是为了解决某些历史的悬案，更不是为了学者的个人兴趣和书斋自娱，而是为了服务于当代现实，为了服务于广西的经济和文化建设，为了服务于中华民族的伟大复兴。

从当代性和时代精神的站位回望，传统学术在内容和形式上的局限也是十分明显的。比如狭义意义上的湘学，是以宋明理学奠基开山的，涌现出了周敦颐、胡宏、张栻、王船山、陶澍、魏源、曾国藩、谭嗣同、皮锡瑞、王闿运、王先谦等杰出代表。也有学者认为，湖湘人文精神在毛泽东等新一辈人物身上得到了革命性的升华①；毛泽东继承弘扬湖湘文化精华，并注入历史唯物主义和辩证唯物主义精髓，为中国

① 《崇实重行　宏大湘学》，《光明日报》2013年5月30日，第11版。

共产党奠定了实事求是的思想路线[①]。但宋明理学是一种儒家哲学思想体系，它与以马克思主义哲学和社会主义核心价值观为思想体系的中国当代学术迥然相异。儒学的一些观念固然可以成为现代价值，甚至可以成为社会主义核心价值观的元素，但这需要进行重新阐释。所以有学者指出，传统湘学是一种前现代的理学型的学术文化，它能不能转化为某种现代学术形态？怎样转化？回答这些问题要慎重。毛泽东曾经深受湘学传统的影响，但是我们不能把马克思主义中国化成果之一的毛泽东思想归属于“湘学”的范畴，因为它不是对传统湘学的简单继承和延伸，而是对传统湘学的根本改造和超越，二者有性质上的根本不同。不能把毛泽东说成是“现代湘学”的代表人物，就算是在不同程度上受到湖湘学统影响的李达、金岳霖、李泽厚等现代湘籍学者，也不能把他们的学术思想归结为“现代湘学”，因为不论是马克思主义、新实在论还是所谓的“人类学本体论”，都是一种现代性的思想学说。像濂、洛、关、闽、湘学、蜀学、浙学、徽学这样一些有特定时代内涵、表现出地域文化特征的传统学术概念，都不能随便延伸到现在，否则容易混淆传统学术与现代学术的界限。[②]因此，桂学没有传统学术的基础，也没有传统学术的羁绊，作为以马克思主义哲学和社会主义核心价值观为指导的现代学术，它更有可能立异标新，开辟出自己的学术天地，缔造出自己的治学成就，从而成为有益当代、泽被后人的文化学派。

---

①② 《崇实重行　宏大湘学》，《光明日报》2013年5月30日，第11版。

桂学研究的对象是浩瀚的，路径也是甚多的。然而，无论是对于一个学者还是对于一个学派来说，时间和精力都是极其宝贵的。桂学研究不能迁延时日，空耗精神，需要确定优先议题，选好研究路径。如前所述，桂学研究要有宏心大愿，要为现实服务，为广西的经济和文化建设服务，为中华民族的伟大复兴服务，甚而，要为人类的和平与发展有所贡献。近代学术巨人梁启超曾经将中国史划分为三段，实际上这也是中国人认识中国在世界上的位置的三个节点，即中国的中国、亚洲的中国、世界的中国。他认为，从黄帝到秦统一，是为中国之中国，这个阶段是中国自发达、自争竞、自团结之时代。从秦统一到清乾隆末年，是为亚洲之中国，这个阶段是中国民族与亚洲各民族交涉频繁、竞争最烈之时代，也是中央集权制度日就完整、君主专制政体全盛之时代。从乾隆末年到现在，是为世界之中国，这个阶段是中国民族合同全亚洲民族，与西方交涉竞争之时代，也是君主专制政体渐就湮灭、而数千年未发达之国民立宪政体将嬗代兴起之时代。[①]借用梁启超的说法，我认为桂学也应该有这样的三重境界：广西的桂学、中国的桂学、世界的桂学。桂学研究要追求这样的大境界、大格局和大气象。

桂学要追求大境界、大格局和大气象，我认为首先就要拓展研究视野，其中包括多民族的视野。广西是一个多民族的聚居地，有12个世居民族。广西的文明、广西的文化，是多民族共同的创造。而各民族的文化和风俗，在广西这片土

---

① 梁启超：《中国史叙论》，转引自许倬云《中国文化与世界文化》，贵州人民出版社，1991，第1-2页。

地上又相互碰撞、相互交融，最终达到和谐共存、美美与共。实际上，各民族文化和风俗在广西这片土地上已经发生了一定程度的变异，形成了具有广西各民族特色的地域文化，这就是桂学研究所应重视和大力挖掘的。我注意到，潘琦在《关于桂学研究若干问题的思考》这篇论文中指出，桂学最大的特点是民族性，他认为广西的民族文化在全国很有地位，把广西12个世居民族的文化研究透，就能撑起桂学的“一壁江山”。这的确是真知灼见。

拓展桂学研究的多民族视野，这不仅是一个方法论的命题，也是一个本体论的命题。这是由广西区别于其他地域的“区情”所决定的。广西在2012年提出，到2020年，要把广西建设成为具有时代特征、壮乡风格，以及和谐兼容的民族文化强区，使广西成为在全国有较大影响力的区域文化中心、中国与东盟文化交流枢纽、中国文化走向东盟的主力省区。这为桂学研究提供了一个有利的大环境和大气候，也提供了一个方向和指南。桂学研究不能自外于这样一个宏伟目标，而应积极推进广西的文化发展。拓展桂学研究的多民族视野，首先是为广西建设民族文化强区做出贡献的题中应有之义。广西又是民族和睦的典范，是中华民族向心力的样板，这应该不是偶然的，而是有着文化的内在作用，有着文化的深层基因。桂学研究如果致力于揭示广西多民族文化的这一内在性和深层结构，将是对维护祖国统一乃至人类和平的一大贡献。也就是说，拓展桂学研究的多民族视野，是建设广西的桂学的必须，也是桂学成为中国的桂学、世界的桂学所必行。

拓展桂学研究的多民族视野，不是将桂学等同于民族学和民族史，而是要研究多民族在广西这片地域所发生和形成的心理、行为、风习及历史，这种心理、行为、风习及历史与本民族在其他地域所呈现的有所不同，因而是本民族性格和文化的广西特色，这就是桂学所应研究的课题。拓展桂学研究的多民族视野，还包括在研究某一民族课题时的多民族维度，即应考虑某个民族文化的多民族影响和交融的因素。多民族视野，才能确保桂学研究的严谨性、严肃性和真理性。

多民族的生活、多民族的文化，是广西最为可贵的地域特色，是桂学研究最应珍视的人文资源，也是桂学研究的源泉和宝库。沿着宽广的多民族视野一路前行，桂学研究必定大有可为，风光无限。

原载《广西教育学院学报》2015年第1期

八桂文化扑面来

——读“广西世居民族文化”丛书

广西，是中国少数民族人口最多的自治区；广西，是青山秀水、四季花开的美丽边疆。多姿多彩的民族文化、苍翠黛绿的自然风光，唤起多少梦想和灵感，多少诗情与画意。在中国经济建设大潮中正迎头赶上的广西，在全球化时代正昂首走向世界的广西，亟待国人的关注，亟需世界的了解。罗黎明主编、广西民族出版社推出的十二卷本“广西世居民族文化”丛书，是应运而生的及时之作，它无疑承担着一种重要的使命，具有非同一般的现实意义。

“八桂文化扑面来”，这是我阅读这套丛书的第一感觉、第一印象。十二本书，将壮、汉、瑶、苗、侗、仫佬、毛南、回、京、彝、水和仡佬等十二个广西世居民族的文化风情囊括在一起，分别呈现。尤其值得一提的是，每本书中穿插的大量精美图片，给读者视觉带来强烈的冲击力、诱惑力与吸引力。

从每本书的扉页上都能看到，这套丛书有着一个可观的编委会阵容，显示了该丛书的严肃性和庄重性。从内容的要求、体例的规定到作者的选择，丛书在整体上体现着策划者和编者的意图。十二个民族，从起源到发展，从历史到现实，生老病死、衣食住行、婚丧嫁娶，日常生活和宗教信仰，咸得以追本溯源、究根诘底与浓墨重彩、淋漓尽致地表现。丛书在此给人一种纵深感和整饬感。

在内容上，丛书是跨学科性的，涉及历史学、人类学、民族学、民俗学、宗教学、地理学等学科，广泛的涉猎、宽广的视野，给读者提供了知识的盛宴，使其思想得到极大启迪。严风华的《壮行天下》一书，叙述了中国少数民族中人口最多的壮族的历史起源、传统文化与现代生活，并从八桂多山多水的地理条件中，从多民族杂居的人文环境下，探索壮族民族性格塑成的途径。容本镇的《岭外汉风》一书，以宏富的史料为依据，揭示了广西各民族在历史上互相影响的历史事实。其他各卷，如冯艺的《瑶风鸣翠》、严风华的《风起苗舞》、蒙飞的《侗情如歌》、海力洪的《南国回风》、包晓泉的《京色海岸》和《水秀南方》、黄佩华的《彝风异俗》、何述强的《风兮仫佬》、李甜芬的《本色毛南》、李金兰和郭亮的《仡佬风存》，也展现了对民族历史与文化的深入探问，以及对民族和睦团结的史实的充分呈示。丛书体现了中国作为多民族国家的文化多样性和丰富性，也体现了中华文化的内在向心力与凝聚力。严谨而充实的史料准备，高瞻而允当的主体立论，使得丛书不是学术专著却具学术品格，不是政治读物却有现实关切。

这套丛书还有一大亮点，即它具有浓郁的文学性。丛书的作者大都是广西的著名作家。因此，丛书在某种程度上又体现了广西文学的阵容与实力。惹人注目的是，各卷的作者并非都具有相应的民族身份，但作家们书写的对象即使不是本民族，对所表现的他民族文化也充满热爱与虔敬。从丛书各卷中可以让人感受到，作家们对自己身为八桂人的自豪感与归属感；而作家们的生花妙笔，又与十二个民族的斑斓文化相互辉映，提升着丛书的内涵与品质，也营造着丛书深入浅出的生动性与可读性。

原载《中国图书商报》2011 年 7 月 5 日

打捞历史的深井

——《北宋名臣石鉴》序

南宁是一座历史悠久的城市。南宁古代属百越之地，秦朝统一岭南后，南宁为桂林郡辖地。南宁作为建制（县治、郡治），开始于晋代。元代设南宁路，南宁由此得名。当代南宁作为广西壮族自治区首府闻名中外，是“联合国人居奖”获得城市，中国—东盟博览会暨中国—东盟商务与投资峰会的永久举办地，“一带一路”海上丝绸之路有机衔接的重要门户城市……享有“绿城”美誉，绿色盎然、四季花开的南宁，也是中国历史文化名城。然而，一座城市的历史文化内涵，往往不是不言自明、不言而喻的，因为久远的岁月会湮没沉埋历史上曾经发生的那些惊天动地的事件，以及曾经活跃的那些呼风唤雨的人物。历史是一口深井，需要打捞；文化是一座矿藏，需要发掘。《北宋名臣石鉴》一书的作者刘止平、石天飞，从事的就是这样的工作。他们把打捞和发掘南宁历史文化视为己任扛在肩上，以风尘仆仆的田野调查、青灯黄卷的案头读写，钩沉索隐，拾遗补阙，为再现南宁历史样貌、打造南宁人文名片倾献心血。

《北宋名臣石鉴》一书的主人公石鉴（约1018—1093），邕州（今南宁市）金陵镇刚德村大小石坡人，宋皇祐元年(1049)进士，历宋仁宗、宋英宗、宋神宗三朝，先后任桂州、钦州、辰州、宣州、邕州、广南西路经略安抚使、工部尚书，授银青光禄大夫等。石鉴仕宋，大部分时间是在广西，其中，桂州知州就当过三任，可谓宋廷信任并倚重的治理广西这一南方边陲的要员。据本书作者考证，石鉴是历史上邕州的第一位进士，也是北宋时期邕州唯一的进士（石鉴之子石经是宋政和二年进士，但史志列为桂林籍），因此可以想见，石鉴的学术文章在那个年代冠绝邕州，乃邕州一时之选、文化之光。

石鉴之所以被北宋朝廷如此重用，首因其对“平侬（智高）”献计献策，并以“昭州军事推官”之身份成功游说邕州少数民族地区三十六峒势力站在朝廷一边，为“平侬”立下大功。北宋朝廷的“平侬”战争，在史学界是存在争议的。以历史唯物主义的观点而论，中国封建社会的专制统治引发周期性的农民起义是必然的。宋真宗（998—1022）至宋仁宗（1010—1063）统治期间，在侬智高起义之前，规模较大的农民和士兵起义就有赵延顺、王均等人的益州起义、王长寿起义、陈进起义、王伦起义、张海等人起义、保州士兵起义、王则起义等，其中陈进起义还是发生在广西宜州。在史学家的笔下，宋朝的问题是严重的：“宋朝自上至下的大批官吏，遇事因循苟且，而又贿赂公行，侈靡腐化。庞大的官僚机构日益腐烂了。”（范文澜、蔡美彪《中国通史》）“平侬”发生的宋仁宗时期，也是这样的景象：“仁宗在位岁久，政颇宽仁，然亦极因循腐败。兵多而不能战，财用竭蹶而不易支持，已成不能振作之势。”（吕思勉《中国通史》）“极因循腐败”“兵多而不能战”，以致宋廷因惧交趾（越南北部）而不敢接纳侬智高的依附，激起侬智高反宋，最终派出大将狄青实行镇压。但从另一方面来看，石鉴是饱读儒家经书、具有忠君报国信念的北宋进士，且在侬智高攻陷邕州时，其大多数亲属被害，无论是公恨还是家仇，都要求他忠诚于朝廷，“平侬”而后已。

侬智高从起事反宋至失败，只有三年。因此纵观石鉴的一生，“平侬”仅仅是其经历中极为短暂的时光。石鉴更漫长的人生，是在作为北宋官员治边稳疆的繁杂事务中度过的。但封建时代的正史，对农民起义都深恶痛绝，因此，史志中关于石鉴的记载，多聚焦于“平侬”一事。本书或因史料之有限，或因时间之仓促，不能对石鉴治边稳疆的事迹多所着墨，不无遗憾。然筚路蓝缕，以启山林。本书作为石鉴研究的开山之作，在奠定了自身地位的同时，亦有启发更多同道之蕴涵。

石鉴生于积弱的宋代，其一生的经历对宋代中央与地方、朝廷与边疆少数民族关系等宋史研究课题甚有参考价值，值得重视。石鉴文化也是南宁历史文化研究者需要珍惜的一部分。研究石鉴，对继承传统文化，发扬地域文化，推进和拓展地方人文建设，都是十分有益的学术规划。石鉴后裔在广西分布甚广，历代多有人才，本书搜集相关诗文事略，有存地方文脉、励后人志气之意，亦殊为可嘉。

是为序。

2017 年 6 月 17 日

后　记

本书是继《走向文学新天地》(文化艺术出版社)、《民族文学：现场与思考》(作家出版社)之后作者的又一评论集，所收文章或是写作时间在前两者之后，或是前两者没有编入。本书适时出版，在此诚挚地向广西民族出版社鸣谢。

石一宁
2023年9月3日于北京

图书在版编目（CIP）数据

文学经验：探索与言说 / 石一宁著. —南宁：广西民族出版社，2024.1
（中国多民族作家作品系列）
ISBN 978-7-5363-7670-0

Ⅰ.①文… Ⅱ.①石… Ⅲ.①中国文学－当代文学－文学评论 Ⅳ.①I206.7

中国国家版本馆CIP数据核字（2023）第025621号

中国多民族作家作品系列
文学经验：探索与言说
WENXUE JINGYAN：TANSUO YU YANSHUO
石一宁　著

出 版 人：石朝雄
组稿策划：梁秋芬　陶安宁
责任编辑：卢悦宁
责任校对：黄毅萍
装帧设计：张文昕
责任印制：梁海彪　张东杰
出版发行：广西民族出版社
地址：广西南宁市青秀区桂春路3号　邮编：530028
电话：0771-5523216　传真：0771-5523225
电子邮箱：bws@gxmzbook.com
印　　刷：广西民族印刷包装集团有限公司
规　　格：787毫米×1092毫米　1/32
印　　张：13.25
字　　数：300千字
版　　次：2024年1月第1版
印　　次：2024年1月第1次印刷
书　　号：ISBN 978-7-5363-7670-0
定　　价：68.00元